Gisbert Haefs · Das Kichern des Generals

GISBERT HAEFS

Das Kichern des Generals

ROMAN

HAFFMANS VERLAG

Alle Personen und Vorgänge in diesem Roman sind rein fiktiv.
Meinungsäußerungen erfundener Personen sind nicht die des Autors.
Ähnlichkeiten mit lebenden und toten Personen
bzw. realen Vorgängen wären zufällig.

Erstausgabe

Gesamtherstellung: Ebner Ulm
ISBN 3 251 00334 8

1. Kapitel

Filiberto Anagnostópulos fuhr zusammen; die Hängematte zuckte in alle Richtungen nacheinander. Schreibblock und Füller (ein Montblanc Meisterstück), die auf seinem Bauch geruht hatten, klatschten ins Gras. Der Biograph rieb sich die Augen. Greifengebrüll? Das Krächzen des Vogels Roc? Artillerie? Er blinzelte in den Himmel außerhalb des Pinienschattens und suchte vergeblich nach Blitzen oder Gewitterwolken; auch war der fern rauschende Atlantik nicht hangauf gerast, Gischt wider die weißen Wälle der Estancia zu speien.

Anagnostópulos fuhr sich durch die Haare. – Und stutzte. Die Nackenhaare standen starr: Struppen, Borsten, Arschgefieder des Stachelschweins. Da wußte er, noch ehe er sich erinnerte, was ihn geweckt hatte: das Kichern des Generals.

Es war ein gräßliches Geräusch. Abgebrochener Fingernagel an rissigem Perlmuttknopf. Alufolie, beim Auswickeln der Praline übersehen, am plombierten Backenzahn. Bimsstein an verkrusteten Hämorrhoiden. Wenn *Karaí Guasú* (der Große Alte) kichert, hatte es oft geheißen, rutschen im ganzen Land die Bestatter von ihren Frauen und zimmern hektisch Särge bis zum dritten Hahnenschrei.

Bei aller Disharmonie war das Kichern doch etwa so aufgebaut wie ein Akkord. Der Grundton kein Quarren, Murren, Rumpeln oder Geknarr, sondern das Knirschen und Malmen von Säurekieseln, die als Strudel die gereckte Hand des Erstikkenden ätzen und schrappen. Darüber, Terz und Hauch, nicht scharfes Keuchen eines durch Emphyseme keineswegs am Beißen gehinderten Bluthunds, wie es *el viejo general* zugestanden hätte – eher das breiige Gurgeln und Summen, mit dem es der Ahnherr aller Krokodile in heiterer Gelassenheit genießt, wenn Sägeschnabelkolibris ihm Steinschleim aus den Zähnen raspeln. Die Quint schließlich hatte etwas Sonniges, eine Sommermelodie, munterer als *Pájaro chogüí*, vom Zephyr gespielt auf Lanzenspitzen, Saurierknochen und den blutigen Ruinen eines Lustschlößchens.

»¡Ordene mi general!« Höchstens fünf Sekunden nach dem Geräusch stand Anagnostópulos neben der Matte, hellwach, bis zur Hirnhaut voll Adrenalin, die linke Hand an der Naht der gelben Bermudas, die rechte flach auf dem Herzen.

Erinnerungsfetzen, die Erzählung eines ehemaligen Adjutanten: Im Palast, im Büro des Präsidenten, klingelt eines der internen Telefone. *El viejo general* unterbricht den Monolog, dem die engsten Berater gelauscht haben, geht zum schweren Schreibtisch, nimmt den Hörer, sagt *¿qué?*, schneidet eine Grimasse und räuspert sich. »Nein, Señorita, da haben Sie sich verwählt. Hier ist das zentrale Sargdepot.« Dann hängt er auf. Und kichert. Drei Leute, die hätten verhindern müssen, daß diese Nummer von außen angewählt werden kann, wurden nie mehr gesehen.

Der *Karaí Guasú* saß auf der Terrasse, mit dem Obersten, der die Leibgarde befehligte, und dem neuen Adjutanten, in dessen fahlem erschreckten Gesicht die sonst kaum bemerkbare Narbe dunkelrot glomm. Der Oberst betrachtete mißmutig seine Hose, die den Kaffee aufsog. Langsam stellte er die leere Tasse auf den Teaktisch.

Ein Winken, an dem höchstens drei Finger beteiligt waren. Der Alte, dreieinhalb Jahrzehnte lang Herr über Leben und vor allem Tod seines Volks, hatte in den fünf Jahren des brasilianischen Exils weder Autorität noch Stil verloren. Er mochte keinen Staat mehr als Privatbesitz leiten und war inzwischen 82 Jahre alt, aber er hatte die Dollarmilliarden, das Charisma, und auch an diesem Novembernachmittag 1994 trug er Anzug, weißes Hemd, tadellos gebundene Krawatte.

Anagnostópulos wagte nicht, Block und Füller aufzuheben; fast im Laufschritt legte er die zwanzig Meter zur Terrasse zurück.

»Setzen Sie sich, Añañú.«

Der Biograph gehorchte und atmete auf. Die Verwendung des Spitznamens war ein Zeichen für gute Laune.

»Ich habe nachgedacht.« Der General betrachtete seine gepflegten Fingernägel. Zum x-ten Mal fragte sich Anagnostópulos, welche Aufgaben die Mestizin mit dem Lutschmund sonst noch erfüllen mochte, neben Maniküre. Mit ihr redete der Alte immer Guaraní, und es gab tausend Geschichten über Frauen . . .

»Da die Dinge sind, wie sie sind«, sagte der *Karaí Guasú*, »wollen wir ein bißchen an Fäden zupfen, die wir so lange gesponnen und gespannt haben. Mal schauen, was dabei herauskommt. Außerdem ist es gut gegen Langeweile, und man fühlt sich dann nicht mehr so nutzlos, alt und impotent.«

Alejandro Oribe hüstelte. Die Narbe auf seiner Wange war erloschen, das Gesicht hatte wieder die gewohnte Farbe. »Wir sind voll erregter Erwartung, *mi general.*« Da war keinerlei Spott; der Adjutant meinte jede Silbe ernst.

»Anfang der Fünfziger«, sagte der General, »hat es dem Hysteriker Perón, diesem Trottel, gefallen, einen alten deutschen General namens Kurt Tank und einen deutschen Kernphysiker . . . ah, wie hieß er noch? Später hat er, glaube ich, für Nasser gebastelt. Egal. Also, die beiden sollten für Perón ein bißchen Spielzeug herstellen.«

Oberst Sepúlveda trug noch immer Abzeichen und Uniform der schweren Truppen (»Kavallerie«) des Staats, der nicht mehr Privatbesitz des alten Generals war. Allerdings hatte er sich der Uniformjacke entledigt, zweifellos nicht ohne vorher den Alten um Erlaubnis zu bitten. ›Er wird sanft‹, dachte der Biograph. ›Früher hätte es diese Formlosigkeit nicht gegeben. Von wegen Bermudas . . .‹

»Erlauben Sie, *mi general*«, sagte der Oberst.

Der Alte nickte.

»Wir hatten in den letzten Tagen den Eindruck, Sie seien mit Ihren Gedanken weit fort. Waren Sie da bei Perón und diesen Fäden, an denen Sie zupfen wollen?«

»Nein, *coronel.* Jedenfalls nicht bei Perón. Den erwähne ich nur als Beispiel. Die Geschichte von ihm und seinem Spielzeug ist . . . eine Parabel.« Er schwieg, trank einen Schluck Kaffee.

»Warum haben Sie damals eigentlich Perón kein Asyl gewährt?« sagte der Biograph. »So weit sind wir zwar mit den Aufzeichnungen noch nicht, aber nun, da der Name gerade fällt . . .«

»Sie wissen doch, ich habe immer mit *allen* gespielt«, sagte der General. »Solange es nützlich war.«

»Und Perón war nicht nützlich?« Anagnostópulos dachte an die beinahe legendären Manöver – als Australien (noch) keine Japaner einwandern lassen wollte, ließ der *Karaí Guasú* sie ins Land, plus eine Milliarde Dollar; und eine Milliarde von den Saudis für das Wegsehen bei bestimmten arabischen Projekten, und noch eine für die Kanalisierung des Mäanders amerikanischer Waffen, und etwas von Israel für Unterstützung in der UNO und und und.

»Er war lästig«, sagte der General. »Und es hätte die Beziehungen zur neuen argentinischen Regierung belastet. Gute Nachbarschaft, nicht wahr. Außerdem war er ein Hysteriker; ein Enthusiast, der an seine Mission geglaubt hat – also ein Trottel. Aber zurück zu der Geschichte. Die beiden aus der alten Heimat, der Offizier und der Physiker, haben sich auf der feinen großen Insel im Lago Nahuel Huapí niedergelassen, gegenüber von Bariloche. Nette Gegend – verschneite Berge, blaues Wasser. Ach ja. Auf der Insel saß bis vor ein paar Monaten noch die Leitung des Nuklearprogramms. Menem hat es ja angeblich liquidiert.« Er grinste, bleckte einen Moment die Zähne. Es waren die dritten, perfekt.

»Angeblich?« sagte der Biograph.

»Sagen wir: vorübergehend eingemottet. So, daß ein Nachfolger mit schlechteren Beziehungen zu den Yanquis alles wieder ausmotten kann. – Also, es wurde ein Schacht in die Tiefe getrieben, bis in seismisch interessante Schichten. Und dann hatte Perón den besten, oder einzigen guten, Einfall seines Lebens. Er hat sie angewiesen, da unten mit Knallerbsen zu werfen. Oder, falls es Tanks Idee war, was ich fast annehme, hat Perón klugerweise zugestimmt.«

»Knallerbsen?« Oberst Sepúlveda beugte sich ein wenig vor. »Welche Sorte Knallerbsen?«

»Einfache. TNT. Dynamit. Kordit. Von mir aus antike deutsche Handgranaten aus dem Ersten Weltkrieg. Es waren aber, wie gesagt, seismisch interessante Schichten am Osthang der Anden, und fünfzig Kilometer westlich haben die Chilenen und die Yanquis das sofort angepeilt. Und sie haben sich gesagt, kein Mensch fummelt in dieser Tiefe mit normalem Sprengstoff herum, vor allem nicht ein General Tank und – *¡ay caramba!* Wie heißt denn der andere!?«

»Und?« sagte Oribe; wenn der Adjutant ein Hund wäre, dachte Anagnostópulos, hätte er jetzt die Ohren aufgestellt.

»Und«, sagte der *Karaí Guasú*, »dann haben die Chilenen sofort alle strittigen Grenzverträge mit Perón unterzeichnet. Dabei konnte er sonst gar nicht bluffen. War ein mieser Trucospieler; nicht mal Poker konnte er richtig.«

Anagnostópulos erinnerte sich an Geschichten – sagenhafte Pokerpartien, endlose Runden Tarock und Truco im Palast oder wechselnden Armeequartieren. Oft hatte *el viejo general* gewonnen. Fast immer. Der Biograph begann sich vor dem »Fädenzupfen« zu fürchten; fast teilnahmslos registrierte er, daß seine Nackenhaare sich prophylaktisch aufstellten.

Oribe schien mit seinen Gedanken woanders zu sein. Oder? Hatte er schon eine Ahnung? »Es mag Ihren Plänen hilfreich sein, *mi general*, daß einer Umfrage zufolge die Menschen daheim Sie noch immer lieben.«

»Ach, tun sie das?« sagte der General. »Die Trottel.«

»Was haben Sie denn genau vor?« sagte Sepúlveda.

»Dazu brauche ich ein bißchen Hilfe. Sie, Caballeros, werden alle drei ein wenig reisen.«

Der General kicherte.

Danach redete er sehr lange.

Und danach *lachte* er.

2. Kapitel

Über der Küste und dem Mittelmeer jenseits von Estepona lag noch grauer Dezemberdunst. In den Bergen schien schon die Sonne auf die nach jahrelanger Dürre öden Hangfelder und die bewässerten Grüns der Golfanlage; Andalusiens Wirklichkeit endete, wo der surreale Tagtraum der Reichen begann.

Guderian lief die zehn Kilometer um das Clubgelände, wie jeden Morgen seit fast 28 Monaten, mit den üblichen Unterbrechungen für Zauninspektion, Liegestütz und Sit-ups. Es war der letzte Morgen und eine Art Abschiedslauf, ohne besondere Vorkommnisse. An einer trockenen Zisterne tötete er zwei Vipern mit der mexikanischen Machete, vor Jahren in Pátzcuaro gekauft. Er wischte die Klinge an einem Klumpen Dörrgras ab, las zum tausendstenmal (mit dem tausendsten schwachen Grinsen) die Inschrift *Mi honor o la muerte*, und schob die Waffe zurück in die Scheide. Das gut befestigte Ensemble, das ihn beim Laufen nicht störte, trug er wie ein Samuraischwert über der linken Schulter.

Es war auch ein Abschiedslauf ohne besondere Regungen. Vielleicht half ihm die Bewegung, sich von seinen Gefühlen zu distanzieren; vielleicht waren die Gefühle ohnehin distanziert genug. Er dachte an Rosario, ihr Gesicht, ihren Körper; seit anderthalb Jahren hatten sie Arbeit und Bett geteilt, einander Wärme gegeben, aber kaum Nähe. Das Ergebnis langer Gespräche war, daß sie nicht mitkommen und er nicht bleiben wollte. Sie würde, vielleicht genau jetzt, den kleinen Honda starten und in die Stadt fahren, um nicht da zu sein, wenn er aufbrach. Maria, die Frau des Gärtners, wollte sie begleiten und »Dinge besorgen«.

Er lief weiter, locker, ohne zu keuchen. Nur mit einem kleinen Seufzer, als Erinnerungen neben ihm auftauchten, die er nicht abschütteln oder niederrennen konnte. Weniger Erinnerungen an die lebhaften Tage, wenn die Clubmitglieder (Topmanager aus Industrie, Dienstleistung und Verwaltung – alles, was zwischen Düsseldorf und Stuttgart gut und teuer war) mit Ehe- oder sonstigen Partnern, Sekretärinnen, seltener Kindern in den Club einfielen zu Erholung, Golf, Tennis, Planschen, Billard, Poker, Roulette und Bowling, zu Surf-, Segel- und Besichtigungstouren sowie generell zu exquisit miserablem Benehmen gegenüber den Domestiken. Die meisten Erinnerungen stammten aus den ruhigen Zeiten, wenn nur wenige oder gar keine »Gäste« da waren und Guderian zusammen mit Rosario, Maria und dem Gärtner Macedonio die Bungalows und Clubanlagen in Schuß hielt, ohne Zeitpersonal und ohne Hektik.

Dürstende Karnickel hatten ein Loch unter dem Zaun gegraben. Guderian blockierte den Durchschlupf mit einem schweren Stein, aber es gab keinen Pfropfen gegen die Erinnerungen. Ein Hauch aus der Sierra brachte den stechenden Geruch von versengter Erde und angekokelter Vegetation, der für Momente die Ausdünstung des feuchten Grases diesseits der Grenze überlagerte. Hoch im Westen, wo nachts die eisige Pracht des andalusischen Sternhimmels gelockt hatte, kreiste ein Geier.

Vor nicht ganz zweieinhalb Jahren hatten sie Guderian angeheuert, als »Sicherheitsberater« – de facto Mädchen für alles – des Millionärsclubs. Dessen Sicherheit war in der ganzen Zeit nur durch Wassermangel und ein paar Schlangen bedroht gewesen. Sie zahlten 6000 pro Monat, exterritorial, also netto, plus irgendwas an Versicherungen, die ihn nicht interessierten. Bei seinen Einsätzen als Golf- bzw. Tenniscoach und Barmann nahm er Trinkgeld an. Da er die meisten Bedürfnisse im Club stillen konnte, hatte er nicht viel ausgegeben; sein VISA-Konto bei einer britischen Bank wies ein Guthaben von fast 100 000 DM aus und wurde mit albernen 3,5 % verzinst. Sein Guthaben an Langeweile wuchs weit schneller. Vor ein paar Wochen hatte ihn der Clubsekretär, Fred Meininger, aus Wiesbaden angerufen und gefragt, ob er über die Jahreswende etwas in Paraguay zu erledigen bereit sei; Guderian hatte nach Details gefragt, gegrübelt, lange bittersüße Nachtgespräche mit Rosario geführt oder bestritten und dann beschlossen, nach Erledigung des Jobs in Südamerika zu bleiben.

Die meisten derartigen Entschlüsse hatte er aus Langeweile gefällt, nicht weil ihm das Neue (das er erst kennenlernen mußte) besonders überzeugend erschienen wäre. Er war 1959 geboren, hatte ein unauffälliges Abitur gebaut und mit den halblinken Eltern gebrochen, indem er sich freiwillig zu den Waffen meldete: Grenzschutz. Nach Sandkastenspielen mit der GSG 9 und Turnübungen (teils im östlichen Ausland) mit dem BND war er aus Langeweile ausgeschieden und zu einem privaten Personen- und Objektschutz gegangen, der ihn unter anderem als Bodyguard für edelblasierte ›Stern‹- und ›Spiegel‹-Reporter einsetzte, die in El Salvador und Nicaragua vorgefaßte Meinungen durch sogenannte Recherchen untermauern wollten. Nach Heimreise der Journaille sah er sich noch ein wenig um, beschaute vor allem die garstige Arbeit seiner amerikanischen Kollegen; eine junge Dame von der CIA ergänzte im Verlauf einer stürmischen Sechs-Wochen-Romanze (San Salvador – Managua – México D. F. – Guadalajara – Pátzcuaro – El Paso) seine undeutlichen Einzelheiten durch deutliche Anspielungen. Dann wieder heim ins größere Deutschland, zurück zur alten Firma, schließlich die Zeit als Babysitter für Millionäre und ihr andalusisches Spielzeug. *Out, over, Roger.* Und nun?

Macedonio, der ihn zum Flughafen Málaga fahren würde,

stand vor einem der kreisförmig angeordneten Bungalows, nickte ihm zu (ein wenig verdrossen, wie es schien) und befestigte eben einen neuen langen Stiel am Kescher, mit dem er Insekten, Laub und Halme aus den Pools zu fischen hatte. Guderian ging ins »Domestikenquartier«, duschte, zog ein helles Hemd, Chinos und Lederslipper an, stopfte Rennklamotten und Machete in die größere Reisetasche, Waschzeug ins Handgepäck und ging hinüber ins Sekretariat.

Fred Meininger, vor zwei Tagen aus Deutschland zur Vorbereitung der Weihnachtshektik angereist, hockte hinter dem schweren Eichenschreibtisch und hantierte mit einer Maus. Guderian konnte den Bildschirm nicht sehen, nahm aber an, daß der Sekretär Schiffchen versenkte oder Vampire jagte. Für richtige Arbeit war es wohl noch zu früh. Meininger blickte auf, nickte, deutete auf das Tablett mit Kaffee und Zubehör und schaltete den PC aus.

»Morgen, Mario. Bedienen Sie sich. Alles fertig?«

Guderian hob die Schultern. »Ich reise leicht.« Er goß sich einen Becher voll Kaffee und zog einen Stuhl vor den Schreibtisch, um nicht in einem der Plüschsessel ertrinken zu müssen. Eher desinteressiert sah er zu, wie Meininger unterm Tisch die in grauem Flanell befangenen Beine kreuzte und imaginäre Flusen vom dunkelblauen Blazer zupfte. Auf der Platte lagen Papiere und ein mit dickem Gummi umwickeltes Bündel.

»Tja, also, haben Sie es sich noch mal überlegt?«

Guderian schüttelte den Kopf.

»Bedauerlich.« Meininger patschte sanft mit der rechten Handfläche auf das Bündel. »Ich habe mir trotzdem erlaubt, ein offenes Rückflugticket zu besorgen. Falls Sie Heimweh kriegen . . .«

Guderian lachte. »Nett. Vielen Dank.« Er dachte an andalusische Nächte mit Barbecue und Fandango und großkotzigen Gästen, und an Rosario. Insgesamt war in alledem durchaus etwas von Heimat. Und Sicherheit. Und Knast.

»Málaga«, sagte Meininger. »Madrid. Buenos Aires – Iguazú, argentinische Seite. Ein Mitarbeiter namens Ramón Mendoza holt Sie da ab. Scheint einfacher zu sein als via Asunción. Das hier« – er schob das Bündel über den Tisch – »sind die Tickets und zehntausend Dollar. Spesen, Bestechungen, derlei Notfälle. Im Camp ist noch eine Dame – uh, Claudia Guttenberg, Deutsch-Chilenin. Zuständig bis März einschließlich.«

Guderian deutete auf die Papiere. »Ist das auch noch für mich?«

»Ja. Alles, was Sie an Unterlagen brauchen – Namen von Gesprächspartnern, Adressen, Bankdaten, Inventarlisten und so weiter.«

Es ging um ein ebenfalls dem Club gehörendes Gelände im Osten von Paraguay, Anfang der Achtziger gekauft und ausgebaut, als die Mitglieder des Clubs befürchteten, die Bonner Regierung werde dem Druck der Straße nachgeben, aus der Nachrüstung aussteigen und Westeuropa erpreßbar machen: Wenn das Gleichgewicht der nuklearen Abschreckung ende, könne die überlegene Seite notfalls bis zum Angriff mit konventionellen Waffen gehen; man bilde sich nicht ein, irgendwo einen Atomkrieg aussitzen zu können, lege nur einfach keinen Wert darauf, unter einem sowjetischen Besatzungsregime zu vegetieren. Dann lieber in Dschungelbungalows. Für ein solches Refugium hatte es nirgendwo bessere Konditionen gegeben als im Reich von General Stroessner. Seit dem Ende des Ost-West-Antagonismus hatte man versucht, das Areal samt Bebauung wieder abzustoßen. Nun sollte ein von UNO und EU gefördertes Joint-Venture-Projekt dort Personal unterbringen, Labors einrichten und die pharmakologischen Möglichkeiten der tropischen Flora untersuchen. Ein Mittelsmann hatte den Verkauf arrangiert.

»Wieviel Zeit zum Abwickeln?« sagte Guderian.

»Wenn Sie Glück haben, geht's in ein paar Tagen. Rechnen

Sie lieber mit mehr. Bis dahin sind Sie angestellt, dann kriegen Sie noch Geld für Resturlaub.« Meininger zog mit spitzen Fingern ein Foto zwischen den Papieren hervor. »Da. Oder hatten Sie das schon gesehen?«

Guderian schüttelte den Kopf. Es war eine Luftaufnahme; sie zeigte einen kreisförmigen Bungalowkomplex mit zentralen Gebäuden, einem äußeren Rodungsring, hohen Zäunen und einer Zufahrt mit Schranke. Jemand hatte CAMPO ALEMÁN an den Rand geschrieben, mit Fettstift.

»Wer kümmert sich darum?«

»Dieser Mendoza und seine Frau.«

»Sonst niemand?«

Meininger grinste flüchtig. »Wenn jemand Ferien machen will, wird Zeitpersonal eingestellt. Mendoza soll den Dschungel stutzen und die Bungalows funktionsfähig halten – Strom, Wasser und so weiter. Der Kommandeur der nächstgelegenen Panzergarnison kriegt dreitausend Dollar pro Monat; dafür schickt er gelegentlich einen Jeep vorbei und verzichtet aufs Plündern.«

»Und diese Deutsch-Chilenin?«

»Claudia Guttenberg? Arbeitet eigentlich für ein Export-Import-Büro in Asunción, das einige unserer ehrenwerten Mitglieder gemeinsam betreiben. Kennt sich aus, hat gute Drähte – sagen wir, freiwillig abkommandiert für diese Abwicklung.«

»Haben Sie Fotos von denen? Mendoza und Frau und die Chilenin?«

Meininger runzelte die Stirn. »Ja. Wieso?« Er kramte, fand die gesuchten Bilder und schob sie Guderian hin.

»Falls jemand das Personal . . . ausgetauscht hat.« Guderian versuchte, sich die Gesichter einzuprägen. Die Mendozas verfügten über reichlich Indioblut; beide waren klein und stämmig. Die Deutsch-Chilenin hatte ein ovales Gesicht mit feinem, fast zerbrechlichem Kinn, braune Haare, braune Augen.

»Mißtrauisch, was? Gut.« Meininger nickte nachdrücklich, wie zur Bestätigung einer soeben verkündeten ewigen Wahrheit. »Deshalb schicken wir Sie ja hin. Sie können Spanisch, Sie kommen von außen und sind wahrscheinlich resistent gegen Köder oder Drohungen.« Er seufzte. »Wäre alles ja nicht so kompliziert, wenn nicht doch manchmal jemand vom Club dagewesen wäre. Möbel gekauft, Kram hinterlassen – deshalb die Listen. Der eine will das haben, der andere jenes verkaufen. Na ja, Sie werden sehen.«

Guderian nickte.

Meininger faltete die Hände auf der Tischplatte und musterte die Nägel. Sie waren bestens manikürt. »Ich wiederhole mich, aber wir sehen Sie ungern scheiden, Mario. Bis Ostern müssen wir den Job hier neu besetzen. Wenn Sie es sich vorher anders überlegen . . .«

Guderian stand auf. »Dann sag ich Bescheid.« Er klemmte sich Papiere und Bündel unter den linken Arm und reichte Meininger die Rechte.

»Ah, noch was.« Der Sekretär erhob sich; beim Händeschütteln sagte er: »Was ich immer schon mal fragen wollte. Sind Sie eigentlich mit dem Panzergeneral verwandt?«

»Ganz ehrlich? Auch wenn Sie enttäuscht sind? Na gut – nein, soweit ich weiß.«

Meininger ließ die Mundwinkel sinken. »Hab ich mir gedacht. Trotzdem schade.«

Kurz nach 15:00 Uhr stand Guderian am nächsten Tag in der schwülen Hitze vor dem Abfertigungsgebäude des Flughafens von Puerto Iguazú. Der Mann, der aus dem Landrover stieg und sich mit einem fragenden Grinsen näherte, war etwa 165 cm groß, 15 cm kleiner als Guderian; er trug Jeans, ein blaues T-Shirt ohne Aufdruck, einen dünnen Schnurrbart und ähnelte dem Kerl, den das Foto in den Unterlagen zeigte.

Die Formalitäten waren schnell erledigt. Sie bestanden daraus, daß Guderian ihm erklärte, er sei *tú y Mario*, nicht *usted y Señor Guderian*. Ramón Mendoza fragte nach dem großen General und war glücklich, als Guderian behauptete, ein Großneffe (Enkel des Bruders) zu sein.

Da der argentinische Pilot vor der Landung die obligatorische Schleife über den Wasserfällen absolviert hatte, lehnte Mario die angebotene Fahrt ins Naturschutzgebiet (mit längerem Wandern) dankend ab. Dreißig Minuten später überquerten sie den Río Iguazú; die Argentinier ließen sich nicht blikken, ein brasilianischer Posten auf der anderen Seite der Tancredo-Neves-Brücke winkte sie durch.

Foz do Iguaçu wirkte wie eine wohlhabende Großstadt: gute Straßen, teure Häuser, moderne Hotels. Guderians Neugier hielt sich allerdings in Grenzen; er gähnte immer häufiger und mußte Schlieren wegblinzeln. Er nickte nur, als Mendoza etwas von »langer Flug, was?« und »müde, wie?« sagte.

Auf der mächtigen »Brücke der Freundschaft« über den Paraná war kaum Verkehr Richtung Paraguay; auf der anderen Seite dagegen staute sich alles. Mendoza sagte, Paraguay sei ärmer und billiger, deshalb kämen die Brasilianer aus dem reichen Foz nach Ciudad del Este zum Einkaufen und begännen jetzt mit der Heimfahrt. Morgens staue sich alles Richtung Puerto.

»Puerto?«

Mendoza grinste und machte eine ausladende Geste mit dem Arm; der paraguayische Posten nahm das als Gruß und winkte zurück. »Puerto Presidente Stroessner, heute Ciudad del Este. Da hast du's.«

Guderian gähnte wieder; es kostete Mühe, nach rechts und links zu blicken. Zu beiden Seiten der Brücke Tausende Verkaufsbuden zwischen Hochhäusern und Apartmentblocks sowie auf der Uferstraße; dann kamen sie zu einem weiten runden Platz und verließen das Zentrum. Die westlichen Gebiete wirkten unauffällig heruntergekommen.

»Netter Ort«, sagte er. Dann deutete er nach links; das letzte größere Gebäude protzte mit der Aufschrift *Asociación cultural japonesa.* »Japaner, hier?«

Mendoza kicherte. »Wenn das alles wäre ... Warte, bis du mehr siehst. Wenn Südamerika der Arsch der Welt ist und Paraguay das Arschloch, dann ist Ciudad del Este das fieseste Hämorrhoid.«

Guderian gluckste. Dann sagte er: »Wieso?« Mendozas langwierige Antwort hinderte ihn am Dösen und war ausreichend bizarr, so daß er sich fragte, ob nicht alles bereits Traum sei.

»Japaner«, sagte der Paraguayer. »Koreaner. Chinesen – Peking und Taiwan. Ah, auch beide Sorten Koreaner, klar? Araber. Die Hizbollah hat von hier aus dieses Attentat in Buenos Aires organisiert, das jüdische Zentrum, mit wieviel? Achtzig Toten? Egal. Deshalb ist auch der Mossad hier. Die CIA und der militärische Geheimdienst der Gringos. Und die Drogenbehörde, DEA. Das Cali-Kartell und das, was von den Medellín-Leuten übrig ist ... Die benutzen nämlich hier die Brücke und die Fähre und weiter oben den Stausee, um ihre Scheiße zu den brasilianischen Häfen zu bringen. Einen Teil jedenfalls; das meiste geht oben im Norden auf dem Landweg rüber – die Provinz Amambay gehört denen fast. Hab ich was vergessen? Unsere Polizei; aber ... na ja. Die militärischen Geheimdienste der Brasilianer und der Argentinier. Ziemlich sicher auch Russen, Franzosen und Briten. Beide Fraktionen der Armee – die Infanterie, untersteht General Anaya; korrupt, aber loyal. Und die *caballería*, also Panzer und so weiter, unter General Oviedo; sehr korrupt, macht angeblich jede Menge Geld, indem er die Cali-Leute eskortiert. Nicht loyal; man weiß nur nicht, ob er seine Pesos und Dollars jetzt sofort in einen Putsch oder demnächst in einen Wahlkampf stecken wird.«

»Ich glaube, hier gefällt's mir«, murmelte Guderian.

3. Kapitel

Eladio Montesinos verabredete sich gewöhnlich nicht in der Scheiße mit Freunden, aber Lorenzo war allenfalls ein Bekannter, kein Freund, und sie waren auch nicht verabredet. Außerdem war es ein besonderer Tag.

Eine Horde kreischender Vögel schoß hinüber nach Brasilien. Fahler Morgen, vor Sonnenaufgang; Eladio blickte nicht auf, um zu sehen, welche Sorte Vögel es war. Es interessierte ihn nicht sehr, und er befand sich gerade an einer steilen Stelle des Hangs. Lieber aufpassen, dachte er, als in dem Rinnsal landen, das der Damm vom Paraná übrigließ.

Er hätte nicht dort herumkraxeln müssen, um zwischen Kot, Kippen und Kondomen nach Gegenständen zu suchen, die vielleicht aus einer Tasche gerutscht waren und sich verkaufen ließen. Er hatte in dieser Nacht erstklassigen Umsatz gemacht, aber in solchen Nächten war Leonor meistens bis nach Morgengrauen beschäftigt, so daß er noch nicht heimgehen mochte, und guter Umsatz ist kein Grund, mit alten Gewohnheiten zu brechen.

Lorenzo de Kok kniete an einer flacheren Stelle zwischen drei Krüppelbüschen und zuckte zusammen, als Eladio lautlos neben ihm auftauchte.

»Ach du«, sagte er dann. »Ich dachte schon.«

»Lohnt sich nicht.« Eladio sah zu, wie die geschickten Finger des anderen kleine Gegenstände aufhoben und in die Plastiktüte steckten. Er wußte, daß sie bräunlich und glibberig waren, aber es war noch nicht hell genug, das zu sehen. »Gute Funde?«

Lorenzo schnaubte. »Vierzig, vielleicht ein paar mehr. Bis jetzt.« Er seufzte. »Eigentlich mach ich das ja nicht . . .«

Eladio hockte sich auf die Fersen und hielt de Kok das Zigarettenpäckchen hin. Als beide rauchten, sagte er:

»Ich hab mich auch schon gewundert. Was Besonderes?«

»Ah, Marta hat ihre Tage.«

»Und deshalb krabbelst du hier rum? Junge ...«

Lorenzo schüttelte den Kopf. »Die kreischt dann immer im Schlaf, oder schmeißt mit Kissen. Da geh ich lieber erst ins Bett, wenn sie wieder wach ist. – Und du? Hier?«

»Alte Gewohnheit. Man weiß ja nie ... Die gehen aber immer an dieselben Plätze, was?«

Lorenzo blies die Wangen auf. »Wohin denn sonst? Ist doch viel zu steil.«

Sie rauchten schweigend zu Ende. Hundert Meter entfernt polterte ein Lkw über die Brücke der Freundschaft. Eladio musterte den untersetzten Halbindio, der da in schmierigen Klamotten kauerte, in der linken die Plastiktüte, in der Rechten die Kippe. Die Finger, die die Zigarette hielten, glitzerten feucht; Eladio sah zu, wie Lorenzo noch einen Zug nahm, und schüttelte sich unterdrückt, als etwas feucht Glitzerndes neben dem Mund hängenblieb. Vielleicht war es auch nur Einbildung.

»Na denn. Gute Jagd noch.« Er warf die Kippe weg und stand auf. »Irgendwas Größeres weiter drüben?«

Er hatte sich langsam von Norden nach Süden vorgearbeitet; de Kok schien im Süden begonnen zu haben, jenseits der Brücke.

»Zwei Leichen«, sagte Lorenzo. »Durchschnitt, was? Haben aber beide nix in den Taschen. Nix Lohnendes jedenfalls.«

Eladio nickte. »Wir sehen uns.« Er verließ den halbwegs ebenen Fleck zwischen den Büschen und suchte weiter, oft auf Händen und Knien. Die Beine – er trug unten nur zerfetzte Shorts und Sandalen – waren wie üblich verschmiert und zerkratzt. Leichter zu waschen als eine richtige Hose. Irgendwie kriegte er es immer fertig, die Fotografenweste mit den tausend Taschen sauberzuhalten. Viel war in diesem Morgengrau noch nicht in die Taschen geraten; jedenfalls nicht viel hier am Hang. Die anderen Geschäfte ... Er summte leise.

Die erste der beiden Leichen, ein Indiomädchen, lag zwischen groben Steinen. Vierzehn, dachte er, vielleicht fünfzehn; er blickte zur Uferstraße hinauf, wo die aus Holz, Plastik und Wellblech bestehenden Rückseiten der tausend Verkaufsbuden eine abweisende Front mit wenigen Lücken oder Ritzen bildeten. Vergewaltigt, erwürgt, hinabgestoßen. Sie trug eine dünne Synthetikbluse und einen bunten, zerrissenen Rock. Er seufzte, wandte den Blick von der heraushängenden Zunge ab und kroch weiter.

Ein Schweizer Armeemesser. Ein paar Meter entfernt ein Schlüsselbund. Ein kleines Portemonnaie; es enthielt einen brasilianischen Führerschein, ein paar Kreditkarten und kleine Geldscheine. Mit klebrigen Fingern zählte Eladio. 36 000 Guaraní – nicht ganz zwanzig Pesos oder Dollars. Na ja. Er würde dem Sargento einen Besuch machen müssen, wie vereinbart. Eine geschäftliche Vereinbarung. Der Polizist sorgte dafür, daß die Kollegen Eladio nicht behelligten; dafür erhielt er alle »amtlich verwertbaren« Fundstücke wie Schlüssel und Papiere und einen allerdings sehr dehnbar definierten Zehnten. An guten Tagen versteckte Eladio regelmäßig den größten Teil der Beute, bevor er den Sargento besuchte, der manchmal, wenn er mürrisch war, zum Unglauben neigte und darauf bestand, alle Taschen zu untersuchen.

Nach einer halben Stunde hatte Eladio sich fast bis unter die Brücke vorgearbeitet. Es wurde hell, und ehe er sich der zweiten Leiche näherte, die kaum fünf Meter entfernt schon zu sehen war, wollte er noch eine Zigarettenpause machen. Bis zur Brücke, dachte er; dann Schluß für heute. Leonor mußte den letzten Kunden inzwischen bedient haben. Sie würde duschen und sich dann schlafen legen. Die Vorstellung interessierte ihn erheblich mehr als das steile Ufer und die wartende Leiche.

Während er langsam rauchte, starrte er hinüber auf die brasilianische Seite. Er dachte an seine Ausbildung in den Künsten der Fingerfertigkeit, zuerst in Santos, dann in Rio, und an die Heimkehr nach Asunción, von wo es ihn schnell nach Ciudad del Este gezogen hatte, zur Brücke und zu den Zehntausenden, die mit leichtsinnig eingesteckten Brieftaschen aus dem reichen Brasilien ins arme Paraguay zum Einkaufen kamen. Oder um sich zu amüsieren. In den letzten Monaten hatten Leonor und er immer wieder Alternativen erwogen; sie hatten genug Geld zusammen, um wegzugehen, die Geschäfte zu verlagern – aber wohin? Rio, Montevideo, Punta del Este, Buenos Aires?

Er schnippte die Kippe fort und kroch weiter, verschob das Denken auf später. Die Leiche, die Brücke, danach der Heimweg und die Reinigung und das Bett und Leonor.

Dann spürte er etwas wie eine eisige Hand nach seinem Magen greifen. Er kannte den Mann, der da unter der Brücke lag, nur mit einem Hemd bekleidet. Er wußte, wohin der Mann gehörte, den jemand mit einem Messer erledigt hatte. Genitalien und Kehle, vielleicht in dieser Reihenfolge. Er schaute nach oben, zur Brücke, dann wieder auf die Leiche. Zehn Meter vor der paraguayischen Grenzkontrolle. War es denkbar, daß ein Wagen gehalten hatte und der Mann über das Geländer geworfen worden war, mitten in der Nacht, ohne daß ein Grenzposten etwas sah? Oder . . .

Aus der Brusttasche des Hemds ragten zwei Dinge. Ein Papierzipfel und die Kappe eines Füllhalters, der den Sturz unbeschädigt überstanden zu haben schien. Mit spitzen Fingern zupfte Eladio an dem Papier. Es war weiß und mehrfach gefaltet. Mit Schreibmaschine hatte jemand TRAIDOR darauf getippt.

»Verräter?« murmelte Eladio. »An wem?«

Er sah sich um. Ratten; sie hatten sich noch kaum um den Toten gekümmert, der also nicht lange dort gelegen haben konnte. Vögel. Die Brücke war leer; drüben in Brasilien waren sie eine Stunde voraus, aber selbst dann war es noch zu früh. Zu früh wozu? Er beobachtete Lorenzo de Kok, der jetzt unten am Paraná kauerte. Er hatte die Plastiktüte geleert und umgedreht und hielt sie ins Wasser, um sie auszuspülen; dann streifte er sich sorgsam seine Fundstücke über die Finger und hielt beide Hände wie in defekten Handschuhen ins Wasser. Eladio machte ein halblautes Würgegeräusch tief im Hals. Wieso hatte Lorenzo den Toten nicht erkannt?

Dann schüttelte er den Kopf. Lorenzo war von hier, hatte nie in Asunción gelebt, hätte vielleicht einen ermordeten Ex-Minister erkannt, aber ...

Eladio seufzte. Es war eine gute, ertragreiche Nacht gewesen, und heute sollte ein besonderer Tag sein. Es war sein zweiundzwanzigster Geburtstag. Er hatte den Touristen und Einkaufsbummlern an die 700 Dollars und Pesos abgenommen, in sämtlichen Währungen des Cono Sur; heimkehren, duschen, zu Leonor ins Bett, die ihm als erstes mehrerer Geburtstagsgeschenke orale Wonnen versprochen hatte »bis du schreist«. Und nun das.

Er verfluchte seine ersten vierzehn Lebensjahre, in Asunción. Ohne die Kenntnisse von damals hätte er heimgehen können. Ein Toter mehr, na und? Aber dieser Tote – lieber hätte Eladio eine scharfe Bombe gefunden; die mochte ihn und die Brücke zerreißen, aber nicht das halbe Land.

Er stand auf, langsam, wie ein alter Mann. Langsam kletterte er hoch und ging auf die Brücke, zum schläfrigen Posten.

»Da unten«, sagte er heiser, »liegt einer.«

Der Posten zuckte mit den Schultern. »Sag's mir nicht. Wieso kümmerst du dich darum?«

Eladio starrte ihn an und nannte einen Namen. Den Namen des Toten. Und dessen letzte Stellung.

Der Posten mochte Ende zwanzig sein; er war alt genug, um bestimmte Namen noch zu kennen. Eladio sah, wie der Mann blaß wurde. Nur um die Nase herum, aber das genügte.

»Muß ich . . .«

Der Posten nickte. »Nicht sofort. In ein paar Stunden. Wenn alle wach sind. Sonst holen wir dich.«

»Das hab ich befürchtet.« Eladio wartete, bis der Posten zum Telefon griff; dann ging er schnell über die breite Straße, kroch den Südsockel der Brücke hinunter, sobald es möglich war, und verschwand zwischen Holzbuden, Müllbergen und Gebäuden. Er machte einen kurzen Dauerlauf daraus. Noch einen Block nach Süden, dann rechts die steile Steigung der Straße hinauf. Erst als er, leicht keuchend, vor der Casa Taipei angekommen war, ging er wieder langsamer. Eigentlich fand er das Monstrum – drei Dutzend Stockwerke aus Glas, Metall und Beton – abstoßend, aber an diesem Morgen erschien es ihm als Vorbote des 21. Jahrhunderts, Garant einer fortgeschrittenen Zeit mit ordentlichen Institutionen und einem funktionierenden Staat. Und erschwerten Arbeitsbedingungen für Taschendiebe.

Noch war es nicht soweit. Zum Glück? Er schnitt eine Grimasse, als er mit der Sandale in einem der monströsen Fahrbahnlöcher hängenblieb. Die Moschee neben der Casa Taipei war noch immer nicht fertig, auch nicht das einem obskuren arabischen Fürsten geweihte künftige Hotel schräg gegenüber. Vor dem koreanischen Restaurant stand eine Pfütze von Abwässern; in ein paar Stunden würde die Sonne nur dehydrierten Schmutz übriggelassen haben. Die Sonne, die jetzt niedrig durch die Bäume am oberen Ende der Straße schielte. Vor dem vor allem von Gringos genutzten Hotel standen interessante Wagen, aber Eladio widerstand jeder Versuchung. Gegenüber dem großen Grillrestaurant bog er links in eine Nebenstraße, fast zwei Blocks bis zum kleinen Park der Stadtverwaltung, dann wieder rechts, überquerte die große Nord-Süd-Straße zum weitläufigeren Park, jenseits dessen die hohen teuren Apartmenttürme standen.

Er wohnte im zweiten. Zwanzig Etagen mit achtzig Wohnungen, die meisten behaust von aufstrebenden Bürgern der Stadt. In den anderen Türmen leben mehr Araber, Koreaner und Japaner; Leonors Geschäfte hätten dort eher Anstoß ... vielleicht nicht gerade Anstoß, aber Aufmerksamkeit erregt. Die Wohnung kostete viel, klar, aber die bessere Kundschaft zahlte mehr, Leonor brauchte Dusche, Telefon und Getränkekühlschrank, und insgesamt –

Eladio gähnte, als er auf den Fahrstuhl wartete. Er gähnte schon wieder, als er die Tür zum Apartment öffnete, gähnte weiter, während er sich im Bad auszog und unter die Dusche ging, und dann gähnte er nicht mehr, als er sauber und frisch ins Schlafzimmer trat.

Leonor lag auf der Seite; sie hatte noch gelesen und lächelte. *»Feliz cumpleaños, chico«*, sagte sie kehlig, legte das Magazin weg, streckte ihm eine Hand entgegen und fuhr sich mit der Zunge über die Oberlippe.

Das Fenster war verdunkelt. Neben der Lampe auf dem Nachttisch lagen Dollarnoten – fünf Zwanziger und fünf Zehner (Gegenwert der Monatsmiete der Wohnung, oder fünf Jobs à 30$; emsiger Abend), dazu ein Hunderter und ein Zettel. Darauf standen ein Name, Leonard Thompson, und eine lange Telefonnummer, mit den Vorwahlen für Brasilien und Foz do Iguaçu.

»Licht aus?« sagte Eladio.

»Ts ts. Dann siehst du doch nichts.«

4. Kapitel

Gegen 10:00 Uhr, drei Stunden nach Beginn der Arbeit, hatte Romualdo Villena die wichtigsten Dinge veranlaßt und hoffte, eine Art Überblick zu haben. Aus dem Bürofenster blickte er auf den großen Platz, von dem die Straße zur Brücke der Freundschaft abging. Es war heiß; in der Hektik des Morgens hatte er vergessen, die Rolläden des nach Osten gehenden Fensters herabzulassen. Er holte es nach, setzte sich dann auf die Schreibtischkante und starrte aufs Telefon.

Keine Chance. Er mußte. Seufzend nahm er den Hörer und wählte die nicht registrierte Nummer in Asunción. Es war ein altmodischer Apparat mit Wählscheibe; Villena hatte darauf bestanden. Er wollte nicht, daß reguläre Besucher bei Tag oder irreguläre bei Nacht schnell feststellen konnten, welche Nummern gespeichert waren und mit wem er zuletzt gesprochen hatte.

Die mürrische Stimme in der Hauptstadt sagte lediglich: *»¿Qué?«* Villena räusperte sich. »Puerto«, sagte er, das Kürzel des alten Namens von Ciudad del Este.

»Und? Was?«

»Heute früh wurde ungefähr um halb drei der Posten auf der Brücke angerufen; es war ein anonymer Anruf, eine obszöne Belästigung durch eine Frau mit ich zitiere ›heißer Stimme und brasilianischem Akzent‹. Der Posten legte nicht sofort auf, verständlich für einen einsamen Mann in der Nacht.«

Asunción grunzte.

»Während des Telefonats hörte er auf der Brücke einen Wagen näherkommen, der aber lange vor Erreichen der Station bremste, anhielt, dann vermutlich auf der Brücke wendete und nach Brasilien zurückkehrte. Der Posten beendete das Gespräch, ging hinaus, sah hinterher und ist ziemlich sicher, daß es ein Chevrolet Van war. Soweit er sehen konnte, haben die Brasilianer nicht kontrolliert. Gegen halb fünf kletterte ein den hiesigen Behörden als Taschendieb – Meisterdieb, heißt es – bekannter Mann vom Uferhang auf die Brücke und meldete, unterhalb der Brücke liege eine Leiche. Er nannte den Namen.«

»Den Namen der Leiche?«

»Anagnostópulos.«

Schweigen, dann: *»Der* Anagnostópulos?«

»Sekretär und Biograph des, eh, *Karaí Guasú*. Ihm wurde die Kehle geschlitzt, und man hat ihn der *cojones* beraubt.« Villena gluckste und setzte hinzu: »Die er angeblich sowieso nie hatte.«

»Scheiße. Sonst was?«

»Nackt, bis auf ein gewöhnliches Oberhemd, billig, in Brasilien Dutzendware in Kaufhäusern. In der Brusttasche des Hemds ein Zettel, mit Maschine betippt, Aufschrift VERRÄTER, und ein Patronenfüller Marke Waterman.«

Wieder Schweigen. Schließlich ein Knurren. »Komisch. Añañú hat immer einen Kolbenfüller benutzt. Montblanc, Meisterstück. Und?«

»Bis jetzt nichts. Kein Mikrofiche oder derlei in der Kappe. Die Leiche ist im Kühlschrank. Krankenhaus.«

Nach einer kurzen Pause und einem langen Morgenhusten (er raucht immer noch zuviel, dachte Villena) sagte der Mann in Asunción: »Kann dies und jenes und alles bedeuten, nicht wahr? Kümmern Sie sich drum – Sie haben freie Hand. Absolut. Der Bürgermeister wird informiert, von hier, daß er Sie in Ruhe läßt.«

»Ich würde gern die brasilianischen Kollegen . . .«

»Warum?«

»Die Pathologie drüben in Foz ist besser.«

»Hmf. Ach, was soll's? Wir müssen sie ohnehin einschalten. Gut. – Und die andere Sache?«

Villena lachte gepreßt. »Ich habe einige Namen und Adressen, aber keine stichfesten Beweise.«

Die Stimme klang erstaunt. »Schon? Namen, meine ich? Sie sind doch erst zwei Wochen ... Gute Arbeit, Junge. Weiter so. Aber erst mal das ... neue Problem, ja?« Pause. »Ehrlich gesagt, das hat Vorrang. Mir ... gruselt ein bißchen.«

»Meinen Sie, mir nicht?«

Sekunden, nachdem Villena aufgelegt hatte, kam seine Sekretärin herein, mit einem großen Becher Milchkaffee. Sie stellte ihn auf den Schreibtisch.

»Während du telefoniert hast, war der Bürgermeister auf der anderen Leitung«, sagte sie.

Villena nickte. »War zu erwarten, daß er sich meldet. Und?«

»Du sollst sofort rüberkommen.« Sie lächelte schräg. »Klingt nach Panik. Was ist eigentlich los?«

Villena trank einen Schluck Kaffee und musterte die junge Frau. Im Zwielicht des Raums und im Nachklingen des schrägen Lächelns spielten alle vier Großeltern in Margarita Jacksons Gesicht: zwei Briten, ein Criollo, eine Mbya-Guaraní.

Er wußte noch immer nicht, wie weit er ihr vertrauen konnte. Von den verfügbaren Mitarbeiterinnen war sie die einzige gewesen, die in diesem Land der Mate-Trinker brauchbaren Filterkaffee herstellen konnte. Villena machte sich nichts aus Mate; vermutlich hatte das die Auswahl beeinflußt, als er Margarita aus Asunción mitbrachte. Der zweite Grund war, daß sie sich in Ciudad del Este auskannte (sie kam von einer Farm nahe Hernandarías), ohne dort verwurzelt zu sein. Ohne dort jemandem oder einer Organisation etwas zu schulden.

Er setzte den Becher ab. »Unter uns.« Er bemühte sich, keine Emotionen zu verraten, weder mit der Stimme noch mit der Miene. »Diese Leiche heute früh.«

Sie nickte, sah ihn aufmerksam an. Grüne Augen mit braunen Flecken. Ovales Gesicht, rotbraunes Haar, volle Lippen. Sie sahen warm aus, aber vielleicht wäre es besser, dachte er, das nicht näher zu untersuchen.

»Es ist der Biograph und Sekretär des . . . alten Generals.«

Sie hob die Brauen. »*Des* Generals?«

»Ja.«

»O Gott.«

Ihr Gesicht zeigte, daß sie sofort begriff, was das bedeuten konnte. Villena nahm den Becher und ging auf die andere Seite des Schreibtischs. »Ich brauche beide Kasernen«, sagte er halblaut. »Der Bürgermeister muß warten. Kannst du die Gespräche in . . . fünf Minuten hinkriegen? Ich brauche noch ein paar Sekunden zum Denken.«

Sie nickte wieder und ging zur Tür. »Mach ich. Ach, und die Klimaanlage wird heute abend repariert, vorher kriege ich keinen.«

Er zuckte mit den Schultern. Als sie die Tür hinter sich zugezogen hatte, schloß er die Augen und lehnte sich im Sessel zurück.

Sie hatten ihn aus der Hauptstadt hergeschickt, weil sie ihn für den richtigen Mann hielten. Als Pilot und Offizier der kleinen Luftwaffe war Romualdo Villena in den USA, Israel und Südafrika gewesen, zur Aus- und Weiterbildung. Vor Jahren hatte ein Autounfall mit Schleudertrauma ihm Schwindelanfälle beschert und die Fliegerei beendet. Im Oktober 1988, kurz vor dem Putsch, war seine junge Frau, im vierten Monat schwanger, spurlos verschwunden; später fand man ihren Kopf, den er und ein Zahnarzt identifizieren mußten. Elena hatte sich nicht eigentlich politisch engagiert, sie hatte lediglich nach verschwundenen Freunden gesucht. Den Putschisten unter General Rodríguez und der folgenden Zivilregierung von Wasmosy, den sie noch immer *El Ingeniero* nannten, einfach weil er kein Militär war, erschien Villena als geeignet, beim Aufbau einer neuen Sicherheitsorganisation mitzumachen, die das schützen sollte, was leicht euphemistisch als demokratische Verfassung galt.

Vor zwei Wochen hatte die immer geheimere Abteilung ihn aus dem offiziell nichtexistenten Stab abgezogen, der Verbindungen zwischen Leuten des alten Regimes, den Fraktionen der Streitkräfte und den Kokain-Baronen des Cali-Kartells untersuchte. Und sie hatten ihn nach Ciudad del Este geschickt, wo nach Ermittlungen der Argentinier und Israelis die Spuren endeten, die die Verursacher des Bombenanschlags auf das jüdische Zentrum in Buenos Aires hinterlassen hatten. Ciudad del Este, früher Puerto Presidente Stroessner, Übergang nach Brasilien und zu Brasiliens Häfen: Kokain, Geld, Waffen, Hizbollah, Mossad, CIA, DEA ... und beide Fraktionen der Armee, die Infanterie, deren Loyalität zweifelhaft war, und die schweren Truppen, deren Illoyalität außer Zweifel stand. Ein Arsenal voll offener Munitionskisten, in das nun irgendwer eine Handgranate namens Anagnostópulos geworfen hatte, die vielleicht scharf war.

Er steckte den rechten Zeigefinger in den Schlüsselring, der auf der Schreibtischplatte lag, und beschrieb schrappende Achten und Kreise. Der einzige Schlüssel, der nicht kratzte, weil er in einem Plastikgehäuse steckte, gehörte zu Villenas Wagen, einem gründlich zerbeulten, zuverlässigen und fast 15 Jahre alten Jeep, noch ohne Automatik. Der ehemalige Besitzer, ein britischer Reiseveranstalter in Asunción, hatte sich zeitweilig unsicher gefühlt und in den offenen Wagen eine absurde Zentralverriegelung einbauen lassen. Und ein winziges Gerät, das die Impulse der Fernentriegelung an die Zündung (zum Vorwärmen?) weitergab. Typisch britischer Unfug, dachte Villena, aber immerhin kratzt der Schlüssel nicht auf dem Schreibtisch.

Dann riß er sich zusammen, als er durch die Tür gedämpft Margaritas Stimme hörte; Sekunden später summte das andere Telefon – nicht das mit der Wählscheibe.

Vorsichtig, ohne zuviel zu sagen, verabredete Villena sich für den Nachmittag zunächst mit dem Kommandeur der Infanterie, danach mit dem der »Kavallerie« genannten Panzertruppe. Es würden zwei Drahtseilakte werden; alles nur, um sich den Rücken frei zu halten. Er war sicher, daß beide etwas wußten, daß keiner ihm etwas sagen und zumindest einer von beiden ihm kein Wort glauben würde.

Danach leerte er seinen Becher, steckte die Schlüssel ein und verließ sein Büro.

»Ich bin beim Bürgermeister«, sagte er. »Von da fahr ich gleich raus. Du kannst wie üblich Schluß machen.«

Margarita nickte. »Sieh dich vor.«

Er winkte, ging hinaus, nahm die Treppe statt des Fahrstuhls, der ohnehin die halbe Zeit nicht funktionierte, und trat auf den gleißenden Platz hinaus. Der Jeep stand nicht weit vom Hauseingang. Villena holte die Schlüssel aus der Tasche. Grundlos, spaßeshalber (sagte er sich später) drückte er den Impulsgeber, als er noch fünf Meter vom Wagen entfernt war. Der Feuerball versengte ihm die Brauen und schleuderte ihn zu Boden, noch ehe er die Detonation hörte.

5. Kapitel

Zwei der Kondome waren nicht mehr zu verwenden, gerissen; Lorenzo de Kok übergab sie dem Paraná und sah sie davontreiben. Die übrigen – 65 Stück, naß vom Flußwasser und mehr oder minder sauber – steckte er in die ausgespülte Plastiktüte. Er klopfte eine Zigarette aus dem Päckchen, nahm sie, ohne sie mit den Fingern zu berühren, zwischen die Lippen, zündete sie mit dem Wegwerffeuerzeug an und wusch sich die Hände im Fluß. Er blieb auf dem Uferstein hocken, rauchend und dösend, bis die Hände in der Luft getrocknet waren; dann spuckte er die Kippe aus, nahm die Tüte und machte sich auf den Heimweg. Es war kurz vor fünf, und noch herrschte Ruhe an der Brücke.

Auf dem Weg durch ungepflasterte Nebengassen nach Nordosten bildete er sich einmal ein, eine Polizeisirene zu hören; er hob die Schultern. Kurz nach fünf Uhr erreichte er sein Firmengelände, ein unverputztes eingeschossiges Steinhaus und einen Betonschuppen mit Wellblechdach an einem kleinen, mit hohem Holzzaun umgebenen Hof. Die beiden ungleichen Flügeltüren der Einfahrt waren angelehnt; der Faden, der einmal zu einem antiken Tampon gehört hatte, hing unberührt über dem Spalt. Keine Fußspuren im Lehm des Hofs, den er vor seinem Aufbruch gegen zwei Uhr nachts mit dem Schlauch gründlich benetzt hatte. Martas sanftes Schnarchen – eher ein beinahe orgasmisches Schnaufen – quoll wie ein faseriges Rinnsal aus dem Schlafzimmerfenster und rieselte zu den Pfützen. Von der blinden Rückwand des Nachbarhauses troff das dumpfe Rot des Sonnenaufgangs. Lorenzo ging um den argentinischen Ford Falcón und den Fiat herum zum

Schuppen. Er öffnete das Yale-Schloß in der feuersicheren Eisentür, trat ein, zog die Tür hinter sich zu und blinzelte; es dauerte einige Sekunden, bis die Augen sich ans Dunkel gewöhnt hatten und an die Lichtsplitter, die zwischen Wellblech und Mauerkante in den Schuppen getrieben wurden und Teile der Maschinen und Bottiche stechend hervorhoben. Lichtfetzen? dachte er – von den Blechwellen und der scharfen Mauerkante aus dem Spannlaken des Morgens gerissen? Oder Lichtweben, von einer finsteren Spinne, Reinkarnation des seit 124 Jahren verwesenden Diktators Solano López, tükkisch gesponnen, um noch die Helligkeit zu mißbrauchen.

Dann dachte er an eine andere Spinne, die noch lebte; er kicherte leise und suchte sich zwischen den Geräten einen Weg zum abgesperrten Büro. Er schloß auch diese Tür auf, ging hinein und knipste die Schreibtischlampe an, kehrte mit diesem schwachen Licht hinter sich wieder in den großen Raum zurück und leerte die Tüte in einen Bottich. 65 mal 20 Cents (er dachte in Pesos oder Dollars, handlicher als die aufgeblähten Guaraní-Summen), 13 Dollars für 13 Päckchen mit je 5 Recycling-Kondomen. An die 25 000 Guaranís. Nun ja. Den Jungen, die für ihn (sogar in den Parks von Asunción) gebrauchte Nahkampfsocken sammelten, zahlte er 45 pro Stück. Lange her, daß er das letzte Mal selbst zum Plastikfischen ausgezogen war, mit Rute und ohne Angel. Ein wenig grämte er sich, daß er Marta hatte verleumden müssen, aber sie würde nach kurzem vertikalen Schimpfen horizontale Vergebung walten lassen.

Im Büro setzte er sich an den kleinen Schreibtisch, nahm die starke Lupe aus der Schublade und untersuchte den Füller. Man hatte ihm gesagt, er solle ihn durch einen Montblanc ersetzen, Meisterstück, aber in Ciudad del Este hatte er keinen auftreiben können. Egal; sein alter Parker war angeknabbert und kam nicht in Frage, und den Waterman hatte er vor zwei Tagen einem besoffenen Touristen – Yanqui – abgenommen, der sich in einer Parrilla mit gegrilltem Fleisch und Bier rettungslos versaute.

Nichts zu sehen. Lorenzo grübelte. Entweder war nichts versteckt, oder so geschickt, daß er es nicht fand. Er grunzte, legte die Lupe wieder in die Schublade, schloß den Füller in die kleine Geldkassette, löschte das Licht und ging in den Schuppen. Marta schlief noch, er wollte noch nicht schlafen, da konnte er ebensogut arbeiten.

Er schaltete die Neonröhren ein, suchte die Plastikflasche mit dem hautfreundlichen Geschirrspüler, grinste und spritzte mehrere reichliche Gaben über das Latexgeschrumpel in dem Bottich, der tatsächlich eine uralte deutsche Waschmaschine war. Am Handwaschbecken füllte er einen Eimer, nicht zu heiß, und goß das Wasser über die Sammlung. Dann kalkulierte er; im Bottich mochten an die tausend Kondome treiben, und irgendwie erschien ihm das Verhältnis Gummi: Wasser ungünstig. Er füllte den Eimer noch einmal halb, leerte ihn in die Maschine und schaltete sie an. Das vertraute dumpfe Grollen, dann das beruhigende, gemächliche *swisch-uapp*, *swisch-uapp*, als der stumpfe Holzpropeller (er wußte nicht, wie er den Einsatz anders hätte nennen sollen) im Bottich sich in Bewegung setzte, vor und zurück, vor und zurück, jeweils eine Dritteldrehung, je zwanzigmal pro Minute.

Die nächsten zehn Minuten, in denen der oben offene Apparat *swischte, uappte* und schäumte, verbrachte Lorenzo damit, die vier Riesenkörbe mit Hotelwäsche vorzusortieren, auf drei Maschinen zu verteilen und diese mit Waschpulver zu beschicken.

Als alle Maschinen grummelnd angelaufen waren, stellte er den antiken Apparat ab und fischte mit einem Spaghettisieb (zum Kochen hatte Marta ein neues besorgt) nach und nach die Kondome aus der Brühe, kippte sie in den Eimer und spülte sie im Handbecken lauwarm aus. Er ließ die Lauge aus dem Bottich in den vergitterten Abfluß darunter laufen, spülte mit einem halben Eimer Wasser nach und holte den Trockner aus der Ecke.

Es war ein Spezialgerät, selbst gebaut: die Trommel einer unrettbar kaputten Waschmaschine, über die Räder eines Knabenfahrrads montiert, mit Achse und Kurbel und einem alten Trockengestell als Ständer. Er hatte etliche Besenstiele zersägt und mit Glaspapier rund- und weichgeschliffen, in Stücken von je etwa 20 cm, diese an den ungeschliffenen Unterseiten mit Querbolzen versehen – meist dicken Nägeln, je nach Verfügbarkeit – und durch Messerschlitze in zwei Automatten geschoben, dann die Matten aneinandergenäht, so daß sie die alte Wäschetrommel komplett umgaben. Über die zweihundert Besenstiel-Phalli streifte er nun schnell, geschickt und vorsichtig zweihundert gereinigte Kondome, die er dabei noch einmal auf Unversehrtheit prüfte, gewissenhaft. Er schob das Gerät in sein Büro, setzte sich, öffnete eine Flasche Bier, zündete sich eine Zigarre an, nahm einen Schluck, dann einen tiefen Zug, knipste den an der Wand befestigten Föhn an und begann zu kurbeln.

Als die Flasche leer und die Zigarre halb geraucht war, kam ihm ein Gedanke. Eher nebenbei; keine bedeutende Unruhe. Lorenzo schaltete einen Moment den Föhn aus und dachte an Reden, die man ihm von seinen Großvätern übermittelt hatte. Großvater de Kok, holländischer Schiffskoch, nach einer mit dem Schlachtermesser beendeten Meinungsverschiedenheit mit einem Offizier im Hafen von Montevideo von Bord gegangen, hatte sich bis Hernandarías durchgeschlagen, wo er eine Kneipe aufmachte und die Tochter eines Ache-Indios und einer Chinesin heiratete. Angeblich (laut Lorenzos Vater) hatte der alte Mann gelegentlich geäußert, es sei sinnvoll, das Bratenfeuer erst anzumachen, wenn das Beefsteak nicht mehr am Stück schnaube. Der andere Großvater, ein brasilianischer Schmuggler, der sich nach guten Geschäften mit einer Mulattin zur Ruhe setzte und de Koks Mutter zeugte, huldigte ebenso angeblich dem Wahlspruch »einen Zöllner erstechen, zwei Zöllner bestechen, drei Zöllner meiden«.

Lorenzo de Kok kalkulierte die Menge der Zöllner, mit denen er in den kommenden Wochen zu rechnen hatte, und die Lautstärke des zu erwartenden Schnaubens. Aus der Schublade zog er die Armeepistole, nahm das halbleere Magazin heraus und schob ein neues ein. Ehe er wieder föhnte und kurbelte, legte er die Waffe auf den Quittungsblock und öffnete eine neue Flasche. Der Block trug den Namen der auf ihn und Marta gemeinschaftlich eingetragenen Wäscherei: EL CONDOMINIO.

6. Kapitel

Die unangenehmen Dinge begannen für Guderian am mittleren Vormittag; bis dahin hatte sich alles gut angelassen. Um 9 Uhr war er fertig mit Duschen und Anziehen, wenn auch nicht mit Wachwerden. Er mußte etwa 15 Stunden geschlafen haben. Der Jet-lag schwappte wie Bleibrei in seinem Schädel. Vage erinnerte er sich an die Fahrt durch einen schachbrettartig angelegten Ort, die alte Provinzhauptstadt Hernandarías, und an Dschungelpisten, einen Bungalowkreis, eine freundliche Frau (Señora Mendoza, zweifellos mit Vornamen vorgestellt) und daran, nachts einmal fröstelnd durch die klimatisierte Luft zur Toilette getorkelt zu sein.

Als er die Bungalowtür öffnete, brandeten Geräusche über ihn hinweg (allerlei Geraschel und vor allem das Kreischen von tausend Vögeln), und die schwüle Luft traf ihn wie eine Dampframme. Es roch nach amoklaufender Vegetation (*›hastige* Pflanzen‹, dachte er, ›wenn es das gibt‹) und brünstigen Reptilien. Eine riesige wogende Vulva; gestrandeter und zu Formen geronnener Ozean. Er schnalzte leise, kniff die Augen gegen die grelle Tropensonne zusammen und zog die dunkle Brille aus der Brusttasche.

Auf der Veranda eines der Mittelgebäude erschien Consuelo (plötzlich wußte er den Namen wieder) und winkte mit der linken Hand. In der rechten hielt sie ein kleines Gefäß, eine Mate-Kalebasse mit Saugröhrchen. Irgendwann wollte er probieren, wie der Blätteraufguß durch so eine *bombilla* schmeckte, aber im Moment gierte er nach Kaffee.

Bis die Reptilien kamen, war alles sehr erfreulich. Consuelo stellte ihm eine Emaillekanne mit aufgebrühtem Kaffee hin, selbstgebackenes Weißbrot, Eier, Schinken, Saft, ein in der Mikrowelle heißgemachtes Pfundstück eines köstlichen Bratfischs; Ramón Mendoza unterbrach seine Fehde (Machete gegen Schlingpflanzen) für einen langen Kaffee und ein paar kurze Scherze; und Claudia Guttenberg – aber die war eben erst aus ihrem Bungalow gekommen, um lauwarmen Kaffee zu trinken, ihr schulterlanges braunes Haar zu schütteln und Guderian aus milden braunen Augen zu mustern, wobei sie die apart große Nase kräuselte, nicht rümpfte. Da tauchten die Reptilien auf.

Zuerst die kleinere Sorte, schlimmstenfalls bissiger Leguan: ein Armeejeep mit vier Uniformierten. Einer blieb am Steuer sitzen und ließ den Motor laufen; die übrigen stiegen aus und schienen auf etwas zu warten.

Der Range Rover kam zwei Minuten später. Zwei Männer in Khakihemden und Chinos; und ein hinter der getönten Scheibe unkenntlicher Fahrer, der es ebenfalls für unnötig hielt, den Motor auszuschalten.

Mendoza, längst wieder bei der Arbeit, kam sichtlich unbegeistert, mit schleppenden Schritten zur »Plaza« zwischen den Bungalows; mit der Machete klopfte er beim Gehen gegen sein rechtes Bein. Consuelo seufzte leise.

»Wer ist das?« sagte Guderian auf Spanisch.

Claudia Guttenberg sagte schnell, auf Deutsch: »Arschlöcher.« Dann wechselte sie ins Spanische. »Die Jungs von der schweren Truppe, die immer mal nachsehen, ob alles in Ordnung ist. Und die beiden anderen, das sind ein hohes Tier von der Pharmafirma und ein Architekt. Hatten sich für später angemeldet.«

»Müssen wir raus?«

Sie nickte.

Guderian leerte seinen Becher und stand auf. »Wir haben die Nettigkeiten noch gar nicht hinter uns. Du oder Sie?«

»Auf Spanisch duzen wir uns hier alle; wäre blödsinnig,

wenn wir beide uns zwischendurch auf Deutsch siezen würden, oder?«

»Ziemlich. Okay, gehen wir. Ich tu erst mal so, als ob ich nichts wüßte.«

Claudia hob die Brauen. »Weißt du denn was?«

Sie ging hinaus. Guderian folgte und genoß sekundenlang den Anblick nackter gebräunter Beine unter dem luftigen weißen Rock.

Einer der beiden Zivilisten hob die Hand; er war schmächtig, glattrasiert, mit glatten Haaren und einem knapp links der Mitte sitzenden Scheitel, der eher geschürft denn gekämmt wirkte.

»Ich bin Cayetano Recalde, der Architekt.« Er lächelte fast mühsam; oder schüchtern; oder verängstigt? »Und das hier ist Señor Sergio Gutiérrez, der für die Umwandlung insgesamt zuständig ist.«

»Wir haben telefoniert«, sagte Claudia. »Ich bin Guttenberg. Das hier ist Señor Guderian, gerade aus Europa . . . abkommandiert.«

Recalde reichte ihr, dann Mario die Hand; Gutiérrez nickte nur und fuhr sich mit einer sehr trocken wirkenden Zungenspitze über die Lippen.

»Ramón Mendoza kennen Sie ja schon.«

Recalde nickte, Gutiérrez blickte gelangweilt in den Himmel; Mendoza stand reglos da, die Machete immer noch in der Hand.

»Dann wollen wir anfangen.« Recalde warf Gutiérrez einen Blick zu, fast ein Flehen.

»Sie werden Recalde helfen«, sagte Gutiérrez. Seine Stimme war trocken und ein wenig nasal; als ob die Laute sich an Polypen vorbeiquetschen müßten. Er strich mit dem rechten Zeigefinger seinen dünnen schwarzen Schnurrbart und wandte sich ab.

Guderian betrachtete Claudia Guttenberg von der Seite. Sie

hatte die Mundwinkel herabgezogen. »Ich glaube nicht, daß wir von Ihnen Anweisungen entgegennehmen müssen.« Die weiche Stimme, die wie eine akustische Ergänzung der milden braunen Augen war, klang plötzlich scharf.

Gutiérrez deutete auf den Jeep und schnipste; zwei der Soldaten kamen näher. *»Jefe?«* sagte einer.

Guderian berührte flüchtig Guttenbergs Arm, ging um die beiden Soldaten herum zum Jeep, lächelte den Fahrer an, griff über dessen Beine zum Zündschlüssel und stellte den Motor ab.

»Ich bin leicht erregbar«, sagte er über die Schulter. »Lärm und so etwas . . . Mag ich nicht.«

Gutiérrez starrte ihn ausdruckslos an; Recalde kaute auf der Oberlippe, die er zwischen die Zähne gezogen hatte.

»Macht es Ihnen etwas aus, dem Caballero im Rover zu sagen, er möchte seinen Lärm abstellen?«

Gutiérrez stieß eine Art Seufzer aus. »Ich möchte Kooperation«, sagte er – nicht zu Guderian, sondern zu den Soldaten. Der Fahrer blieb reglos sitzen, die Hände auf dem Lenkrad; der dritte, etwas abseits (Sergeant, wenn Guderian die Streifen richtig las), langte nach der Pistolentasche an seinem Koppel. Die beiden anderen wandten sich von Gutiérrez ab und Guderian zu, blieben dann mit den Händen an ihren Pistolentaschen stehen und starrten auf den Lauf der MPi, die Mario blitzschnell aus dem Jeep geschnappt hatte.

»Nett«, sagte er, wie nebenher. »Alte Freundin; hab ich lange nicht mehr in der Hand gehabt.« Er betete, daß die Waffe geladen sein möge, und richtete sie auf den Boden.

Sie war geladen; der Feuerstoß betäubte ihn, seine Ohren klirrten. Der Sergeant stand starr, ebenso die beiden Gefreiten; Mendoza hatte sich irgendwie hinter Gutiérrez begeben und hielt die Machete halbhoch.

›Attacke‹, dachte Guderian. ›Abwehr. Ablenkung. Eskalation.‹ Höchste Zeit für Deeskalation und Verhandlungen.

Claudia ließ die Hände sinken, die sie auf die Ohren gelegt hatte, und warf ihm einen Blick zu. Seltsamerweise war er sicher, den Blick lesen zu können wie einen Brief – *gut, aber Schluß jetzt.*

»Freundliche Kooperation?« sagte er. »Vielleicht mit einem Schluck Bier oder Mate? Wir wollen doch die guten Beziehungen zwischen der *caballería* und dem *campo alemán* nicht beschädigen. Sind ja nur noch ein paar Tage.«

Der Sergeant nickte kaum merklich und blickte zu Gutiérrez hinüber. Eindeutig, wer der Boß war. Gutiérrez schaute finster; Recalde sagte leise etwas. Gutiérrez kicherte humorlos und hob die Schultern. Mendoza, nah genug, hatte die Bemerkung des Architekten offenbar verstanden und grinste schräg, machte dann ein ernstes Gesicht und sah die deutsche Chilenin an. Guttenberg verzog keine Miene. Recalde hob den Arm, deutete auf den Range Rover und drehte die Hand im Gelenk; der Fahrer schaltete den Motor aus.

»Kaffee wäre nicht schlecht.« Gutiérrez machte mit gequetschter Stimme eine Art Frage aus dem Satz.

Ramón Mendoza ließ die Machete sinken, blies kurz die Wangen auf und ging zum Haus. Guderian registrierte, daß die Soldaten sich entspannt hatten und fast fröhlich dreinsahen; er sicherte die MPi und reichte sie mit großer Geste dem Sergeanten, statt sie einfach wieder in den Jeep zu legen.

Kaffee. Bier. Mate. Gutiérrez, Recalde und Ramón verschwanden bald zwischen den Bungalows; der Architekt hatte eine Rolle mit Skizzen und Plänen aus dem Rover geholt – irgendeine wichtige Erweiterung, ein Umbau oder Verbindungsbauten bedurften der Vermessung; oder derlei – Guderian hatte nicht genau gefragt. Die Soldaten lehnten am Jeep, rauchten und redeten leise. Consuelo hantierte drinnen; sie hatte Mario kurz auf die Schulter geklopft.

Er saß auf dem Verandageländer, den Rücken an einem

Pfosten, und spielte mit der leeren Bierflasche. »Kolumbianer, wenn ich das richtig gehört habe?«

Claudia saß in einem Korbsessel; sie hatte die Beine übereinandergeschlagen und starrte in ihr Mineralwasserglas. »Mhm. Klingt wie Bogotá; das heißt aber nichts. Die für Cali oder Medellín arbeiten, sind nicht alle da geboren.« Sie blickte auf. »Beschissene Macho-Nummer, nebenbei. Ich hasse das.«

Guderian seufzte leicht. »Kann ich gut verstehen. Es hat aber wenig Zweck, einem hungrigen Jaguar zu sagen, daß man Vegetarier mit feinen Tischsitten vorzieht.«

Sie gluckste.

»Was hat Recalde eigentlich gesagt? Scheint ein guter Beitrag zur De-Eskalation gewesen zu sein.«

»Entspannung durch ungepflegte Scherze.« Ihre Stimme klang nüchtern; sie blickte ihn ausdruckslos an. »Er hat gesagt: ›Der muß sich doch nur vor der Tante aufspielen, damit sie ihn hinterher ihre Möse lecken läßt‹.«

»Wenn's der guten Zusammenarbeit dient . . .« Er lächelte flüchtig, streifte ihre Beine mit einem Blick, dachte an den Dschungel und betrachtete die Ringe an ihrer linken Hand. Auf dem Ringfinger steckte eine feine Silberschlange, die ein Stückchen Lapislazuli im Maul hielt, und auf dem Zeigefinger ein Goldring mit einem Diamantsplitter. »Seltsam«, sagte er dann.

»Was? Meine Beine?«

»Dafür gäb's nettere Adjektive. Gutiérrez . . . Diese Sorte Kolumbianer; die haben die Unterwelt von Madrid und Barcelona fest im Griff. Drogen sowieso. Irgendwie hatte ich mir den Vertreter einer Pharmagruppe, die hier den Laden übernehmen soll, anders vorgestellt.«

Sie nickte. »Merkst du was?«

Die Visite (Consuelo sagte *visitación*, »Heimsuchung«) endete kurz nach 12:00 Uhr. Der Architekt hinterließ mehrere Plankopien, für den Fall, daß die ersten Bautrupps kämen oder Mendoza das dringende Bedürfnis hätte, mit Rodungsarbeiten zu beginnen. Und auch, damit sie wußten, welche für Umbauten vorgesehenen Bungalows als erste geräumt werden sollten. Gutiérrez hinterließ einen schlechten Geschmack.

Guderian wartete, bis die beiden Wagen verschwunden waren; dann raffte er sich trotz anhaltender Trägheit zu einem Lauf ums Lager auf. Er machte zehn Runden, japste in der feuchten Mittagshitze und nannte sich einen Trottel; die nächsten Übungen dieser Art würde er morgens oder abends machen. Immerhin – als er aufgab, kannte er die Anordnung der kaum voneinander abweichenden Bungalows, der Geräte- und Maschinenschuppen mit Pumpen und Dieselaggregat für Notstrom, die gerodete Fläche diesseits des hohen Zauns, die Überstiege . . .

Als er zu seinem Bungalow ging, rief Claudia ihn an; sie lud eben eine kleine Reisetasche in den zerbeulten Nissan Pickup.

»Willst du duschen oder lieber baden?«

Er machte kehrt und ging zu ihr. »Was hast du vor?«

»Eine Spritztour an den Stausee. Nach dem Besuch heute fühl' ich mich besudelt. Danach hab ich was in der Stadt zu erledigen.«

»Hernandarías?«

»Tz tz. Stadt, nicht Dorf. Puerto.«

»Puerto ist Ciudad del Este?«

Sie grinste kurz. »Hat sich noch nicht so richtig durchgesetzt. Wär' vielleicht nicht schlecht, wenn du mitkämst.«

»Okay. Moment.« Er ging in seinen Bungalow, holte Badehose und ein Tuch aus dem Gepäck, sah sich um und beschloß, die mexikanische Machete nicht mitzunehmen. Auf dem Weg zum Pickup sortierte er etwas zerstreut die Reptilien noch einmal, wie schon beim Rennen. Die Soldaten, fand er, waren doch eher Kaimane, aber zutraulich; der Sergeant? Auch ein Kaiman, etwas größer vielleicht. Recalde ein zahmer

Alligator, bei dem nicht sicher war, ob er nicht ein paar Reservezähne hatte. Und Gutiérrez? Er dachte an das trockene Züngeln des Mannes, jedesmal bevor er etwas sagte. Waran?

Einen halben Kilometer südlich des Campo bogen sie von der relativ breiten Dschungelpiste östlich in einen Buckelweg. Claudia steuerte den Pickup, als müsse sie gleichzeitig schwerem Beschuß und Granattrichtern ausweichen, um eine dringende Nachricht für Al Capone zu überbringen. Guderian sagte mehrmals leise »au« und hielt sich fest. Das Bocken von Weg und Wagen erschwerte die Unterhaltung.

»Wie – au – kommt man – ups – zu so einem – juj – Job?«

Sie entblößte kurz ihre weißen Zähne und steuerte mit der Linken, um ein paar Haare wegzustreichen, die sich über den Haarreif in die Stirn- und Augenpartie gewagt hatten. »Nachher«, sagte sie. »Sonst bin ich gleich heiser.« Sie mußte laut sprechen, um Motor und Luftgeräusche zu übertönen.

Als die Strecke ein wenig ebener wurde, stellte Claudia ein paar Fragen, die er mehr oder minder befriedigend beantwortete, und er erfuhr, daß sie ursprünglich von einem Bauernhof bei Valparaiso stammte, ein Internat besucht hatte (»Art evangelische Nonnenschule, absolut grauenhaft«) und dann Stewardess bei der chilenischen Ladeco geworden war. »Einmal verwitwet – Alpinist, Lawine«, sagte sie, »und einmal geschieden – Arschloch.« Dazwischen hatte sie einen deutschen Fluggast »sagen wir mal betreut«; wie sich herausstellte, war er Geschäftsmann und baute für einen Firmenverbund das südamerikanische Netz aus. Er suchte noch gute Mitarbeiter und bot mehr als das Doppelte dessen, was Ladeco zahlte, auch nach dem Ende der »Betreuung«.

»War ganz interessant«, sagte sie; »Büro in Asunción aufbauen, Reisen nach Lima, La Paz, Santiago, Buenos Aires, Rio, was man will, und fast freie Hand.«

»Und das Arschloch?«

»Brasilianer; Import-Export und wahrscheinlich dreckige

Sachen, Sitz in Asunción. Den Dreck hab ich aber erst spät entdeckt.«

»Und wie kommst du hierher?«

»Ach, mal was Neues.« Sie wischte mit der Rechten über das Lenkrad und machte eine Bewegung, als müsse sie etwas Klebriges abstreifen, das sich nicht wegwerfen lassen wollte. »Asunción soll ausgebaut werden – mit nem Mann an der Spitze. Ich wollte eigentlich aussteigen, aber dann haben sie mir was in Frankfurt oder Brüssel angeboten, wo man nicht so viel Hornhaut auf den Ellenbogen braucht, angeblich. Vorher soll ich das hier noch abwickeln.«

»Ziemlich *tough*, was?«

»Der Job oder ich?«

»Beides.«

Sie runzelte die Stirn. »Was meinst du denn, wie weit du als Frau in Südamerika sonst kommst?«

Plötzlich wich der Dschungel zur Seite, endete dann ganz. Sie kamen auf einen schotterbedeckten Platz mit mehreren Einmündungen größerer Wege von Südwesten. Am Rand stand eine Gruppe Tische und Bänke aus roh behauenem Holz, im Schatten hölzerner Baldachine oder Schirme, dahinter eine breite Holzbude mit Cola-, Bier- und Eisreklame.

»Am Wochenende ist hier mehr los.« Claudia bremste den Wagen zwischen zwei Tischen ab, so daß er halb im Schatten der Schirme stand. »Und nachts.«

»Wieso nachts?«

»Komm mal mit.«

Sie stieg aus, nahm ihre Tasche, schloß den Wagen aber nicht ab. Guderian folgte ihr den ausgetretenen Weg entlang, vorbei an der leeren Verkaufsbude. Dahinter lag eine Art Bucht, mit aufgeschüttetem Sandstrand.

»Der Itaipú-Stausee«, sagte Guttenberg.

Es war eine gewaltige Fläche blaugrünen Wassers, gleißend unter der Mittagssonne. In der Ferne sah man grüne Tupfer –

keine Inseln, wie sie erklärte, sondern Landzungen am brasilianischen Ufer. Insgesamt vielleicht ein Dutzend weißer Segel; ansonsten schien der See leer.

»Da drüben ist noch eine Bucht, etwas kleiner.« Claudia wies nach rechts, wo ein Pfad sich in Dschungelausläufer schlängelte. »Da liegen ein paar Motorboote. Die sind nachts oft unterwegs.«

Guderian hob die Brauen.

»Einer der Handelswege der edlen Kaufherren aus Cali«, sagte sie. »Bringen ihr Zeug mit Pickups und kleinen Lastern her, drüben warten ihre brasilianischen Kumpel, die den Koks zu den Seehäfen bringen.«

Sie gingen zum Nordrand der Bucht, wo überhängendes Gehölz einen kleinen Schattenklecks spendete. Guderian sah einige unerfreuliche Schleifspuren im Sand.

»Gibt's hier Schlangen?«

Sie stellte ihre Tasche in den Schatten, warf ihm einen spöttischen Blick zu und begann sich auszuziehen. »Ein bißchen Risiko muß man schon eingehen, Macho. Ciudad del Este ist gefährlicher.«

Gegen 17:00 Uhr erreichten sie die östliche Metropole. Claudia fuhr durch einige Nebenstraßen, wies auf Besonderheiten hin (»in dem Haus sitzen ein paar Hizbollah-Leute«; »das da ist die Lieblingskneipe der alten Stroessner-Anhänger«), bog dann in die Avenida Alejo García ein. Geradeaus sah Guderian den Teil einer Hotelfassade, die Schwarzwald, Allgäu und Berghof zu kombinieren schien.

»Hotel Munich«, sagte Claudia. »Da hängt einiges an Exilfauna rum. Und Touristen, klar. Gut gegen Heimweh, falls du mal welches kriegst.«

Sie bog nach rechts, in eine Straße, die nach einem Coronel Camilo Recalde benannt war.

»Verwandtschaft des Architekten?«

»Keine Ahnung. Recalde ist eine der alten großen Familien, denen noch immer das halbe Land gehört. Ich weiß nicht, ob er was mit denen zu tun hat. – So, da sind wir.«

In einer kleineren Nebenstraße, deren Asphaltierung an einigen Stellen noch zu ahnen war, hielten sie vor einem unverputzten fünfstöckigen Haus: Apartments über einem Minimarkt. Diesmal schloß Claudia den Wagen ab.

»Was suchen wir hier?«

Sie wies mit dem Kinn auf das Gebäude. »Einen alten Freund besuchen. Na ja, so alt auch nicht. Engländer; Schriftsteller.«

»Hier?«

Sie steckte den Autoschlüssel in die Brusttasche ihres Polohemds und lachte. »Dein ›hier‹ klingt wie ein verschluckter Satz. Was macht die Makrele in der Gobi, oder so ähnlich. Komm, laß dich überraschen.«

»Ich bin schon reichlich überrascht worden, heute.« Er schnüffelte; das Treppenhaus roch nach Urin, Ratten, Abfall und Schweiß. »Nett. Wie heißt dein Kumpel?«

Sie antwortete nicht, sondern stieg die Treppe hinauf ins dritte Geschoß. Drei Türen gingen vom Treppenhaus ab. Vor der linken blieb sie stehen und deutete auf den handgeschriebenen Zettel, der dort mit Heftzwecken befestigt war. Dann klopfte sie.

Guderian las. POLPERRO PETTIGREW. Er murmelte den Namen halblaut und schüttelte ungläubig den Kopf.

Die Tür öffnete sich. Ein langer hagerer Mann stand da. Er mochte irgendwo zwischen fünfunddreißig und vierzig steckengeblieben sein, hatte schulterlanges rotes Haar, Bartstoppeln, wasserblaue Augen, eine Milliarde Sommersprossen am ganzen Leib, Knie wie Türknäufe an haarigen dürren Beinen, wuchtige Hammerzehen, und trug nur ein breites Grinsen. Ein Monster von Penis baumelte bis fast zum halben Oberschenkel.

»Hello there, Limpy«, sagte er. »Inside, baby.« Die bisher hinter der Tür verborgene Hand wurde sichtbar; sie wies ins Innere der Behausung und hielt eine Browning High Power.

»Wieso Limpy?« sagte Guderian; er hatte das Gefühl, etwas sagen zu müssen, konnte aber nur an Belangloses denken. Oder Beleidigendes.

»Wegen Claudia.« Sie blinzelte. »Eton, Oxford – Balliol, wenn dir das was sagt –, kann Latein. Claudia ›die Hinkende‹, deshalb *limp*. Klar?«

»O Mann.« Guderian besann sich auf seine Erziehung und wechselte vom Deutschen ins Englische. »Nice place.«

Pettigrew behauste einen riesigen Raum, in dem eher zufällig ein paar tanzende Fliesen verlegt waren. Hier und da prangten Fetzen einheimischer Fußmatten. Das kleine Bad gegenüber der Wohnungstür war permanent geöffnet, ohne Zwischentür und ohne Duschvorhang. Im Wohnraum gab es ein nacktes Fenster (Staub, Mückenkadaver und Fingerabdrücke dienten als behelfsmäßige Sichtblenden), darunter eine zweischläfrige Matratze samt Decken und Kissen, mitten im Zimmer unter einer kahlen Glühbirne einen Tisch, daneben ein kugelförmiges Aquarium, das mindestens einen halben Kubikmeter faßte. An einer unregelmäßig weiß gestrichenen Wand lehnte ein einbeiniger Melkschemel neben einem nicht ganz ausgefüllten, unbefriedigten Puff. Auf dem Tisch stand eine alte mechanische Remington, links neben ihr weißes Papier, rechts ein Stapel beschriebener Blätter. Ein Stuhl. Neben dem Durchgang zum Bad ein Hocker mit einer einsamen Kochplatte, auf der ein Topf (halb Emaille, halb Kalk) mit einem Tauchsieder wartete.

»Ziemlich barock möbliert, wie?« sagte Guderian, dessen Englisch eher Amerikanisch war.

Pettigrew deutete auf Schemel, Puff und Matratze. »Setzt euch doch bitte; willkommen auf diesem Anwesen.«

Die Nachrichtensprecher des BBC World Service klingen

vergleichsweise vulgär, dachte Guderian; Pettigrews Oberlippe mußte versteift und kalfatert sein. Dazu die edle Stammelautomatik.

Claudia ließ sich ohne viel Tamtam auf einem Mattenfetzen nieder, im Schneidersitz. »Macht es dir etwas aus, beide Waffen zu verstecken? Wir haben was Wichtiges zu besprechen, da irritieren sie ein bißchen.«

Pettigrew legte die Browning auf den Manuskriptstapel. »Oh, wir sind aber heute heikel, oder?« Er ging zum Lager, bückte sich, hob rosa Boxershorts auf und zog sie an. Seine rechte Hinterbacke war schwarz behaart; auf der linken glaubte Guderian eine Art Knutschfleck zu sehen.

»Kann ich euch was anbieten?« Der Brite ging zum Tisch und packte den Stuhl, als ob er ihn festhalten müßte.

»Was hast du da?« sagte Claudia, und gleichzeitig Guderian:

»Eine Information, wenn möglich.«

»Wasser, Bier, Brandy. Ah, und argentinischen Rotwein – ganz ordentlich. Was für eine Information?«

»Wie ist das Leben so, mit einem derartigen Gerät?« Guderian deutete auf die Boxershorts.

Pettigrew hob die Schultern. »Unter uns, Junge – normal. Der wird nur steif, nicht größer.«

»Brandy für mich«, sagte Claudia. Mario nickte.

Pettigrew verschwand im Bad; man hörte Wasser laufen. Guderian ließ sich auf den Puff sacken, der leise furzte. Claudia hatte die Augen geschlossen.

»Wir haben ein Problem«, sagte sie, als Pettigrew mit drei tropfnassen Duralex-Gläsern und einer Flasche 103 zurückkam. »Beziehungsweise nicht wir, sondern er. Oh, Verzeihung – Mario Guderian.«

»Wie Hitlers Panzerchauffeur? Verwandt?«

»Mein Vater ist, eh, war Adoptivenkel. Wieso hab ich ein Problem?«

Claudia nahm ein Glas entgegen und setzte es an die Unterlippe. Sie sprach darüber hinweg. »Klar hast du ein Problem; solltest du allmählich begriffen haben.«

Pettigrew reichte Mario das zweite gefüllte Glas, ging dann mit dem dritten und der Flasche zum Stuhl-Tisch-Ensemble und setzte sich. »Was für ein Problem?«

Gerafft, ohne Wesentliches auszulassen, berichtete sie von der Visite im Campo, von den Soldaten, dem Architekten Recalde und Gutiérrez. Schließlich sagte sie: »Die hohen Herren haben ihn aus Europa geschickt, damit er bei Auflösung und Verkauf hilft.«

Pettigrew rümpfte die Nase und betrachtete Guderian nachdenklich; die wasserblauen Augen waren plötzlich hart. »Böses Problem, seh ich ein.« Unter der Schreibmaschine zog er, ohne hinzusehen, Zigaretten, Streichhölzer und eine Untertasse hervor.

»Kann mir mal jemand sagen, worüber hier geredet wird?« sagte Guderian. »Was für ein Problem denn, zum Teufel? Nein danke, Nichtraucher.«

Claudia nahm eine Zigarette aus dem Päckchen, das Pettigrew ihr mit überdehntem Arm hinhielt. Als beide Zigaretten brannten, ließ der Brite das glimmende Streichholz auf den Boden fallen.

»Tja. Zwei Probleme, würde ich sagen. Gutiérrez? Name sagt mir nichts, aber ... Ist das so ein Schmächtiger mit Schnurrbart? Trockene Zunge, die immer rauskommt, bevor er spricht? Ah.« Er schüttelte den Kopf und grinste schief. »Dann sind's wirklich zwei Probleme.« Er inhalierte, schnippte Asche auf den Boden und reichte Claudia die Untertasse.

»Du meinst Gutiérrez . . .?«

»Einer der drei oder vier Top-Leute. Cali. Vielleicht Nummer Zwei, weiß ich nicht genau. Ich glaube, er mag es nicht, wenn man ihm widerspricht. Ich würde mal sagen . . .« Er summte und betrachtete die glühende Spitze der Zigarette.

»Also, bis zum Ende der Transaktion bist du sicher, aber Gutiérrez wird dafür sorgen, daß du nicht heil rauskommst. Wenn alles andere erledigt ist.«

Guderian knurrte leise. »Und was ist das andere angebliche Problem?«

»Wir sind noch beim ersten. Soweit ich weiß, zahlt eure Truppe doch der *caballería* einiges, damit die ein bißchen auf euch aufpassen. Offenbar zahlt Cali mehr.«

Claudia blickte Mario an. »Dämmert's?«

»Nee. Ich finde, ihr spinnt ein bißchen. Was wäre denn das andere Problem?«

»Die schicken dich her, aus Europa, um bei einer Sache mitzumachen, die genausogut ohne Aufpasser durchgezogen werden kann. Die haben den Campo hier seit – zwölf Jahren? Ungefähr. Alles längst abgeschrieben. Was zahlt die Gegenseite?«

»Zwei Millionen. Dollar.« Guderians Stimme klang plötzlich unsicher.

»Peanuts – nicht für solche wie uns, aber für die. Und die paar Souvenirs, Bücher, Möbel, die nach Europa gebracht werden sollen . . . Unfug.«

Claudia drückte ihre Zigarette aus. »Ich krieg Hunger. Sollen wir dich zu einer *parrillada* einladen, Petty? Wann hast du zuletzt richtig gegessen?«

»Vorgestern. Ein Sandwich. Ja, gern, nehm ich mit Dank an. Wenn ich dabei trinken darf.«

»Was heißt das denn alles, eurer Meinung nach?« sagte Guderian.

»Entweder kriegst du in den nächsten Tagen neue Anweisungen, die so nett sind, daß man sie dir in Europa noch nicht geben wollte. Weil du sonst nicht geflogen wärst. Mann, die wissen doch genau, mit wem sie hier verhandelt haben. Pharmakonzern, daß ich nicht lache. Oder . . . du hast irgendwas angestellt, weißt zuviel, hast dich mal danebenbenommen.«

»Ich hab ein offenes Rückflugticket«, sagte Mario trotzig, aber es klang für ihn selbst nicht besonders überzeugend. »Claudia, wissen die wirklich, mit wem sie verhandelt haben?«

»Klar, von Anfang an. Und die paar persönlich wichtigen Souvenirs hätten die Mendozas und ich wirklich allein sortieren können.«

Guderian trank seinen Brandy aus und setzte das Glas ab. »Turbulenzen«, sagte er. »Bitte legen Sie die Sicherheitsgurte an.«

7. Kapitel

Die Explosion, die einige Fensterscheiben zerstört und mehrere Autos beschädigt hatte, war ein ausgezeichneter Grund, die lästige Unterredung mit dem Bürgermeister aufzuschieben. Villena überließ das Wegräumen und Sortieren der Trümmer den Kollegen der regulären Polizei; er interessierte sich eigentlich kaum für mögliche Funde. Reste eines Sprengsatzes, wenn nicht ohnehin völlig zerstört, würden kaum den Urheber des Anschlags zu identifizieren helfen. Villena ließ zu, daß Margarita ihn kurz in die Arme nahm. Es erregte ihn; er spürte, daß sie es wußte; er fand es angenehm, aber gleichzeitig lästig. Nein, nicht lästig – betrüblich? Er suchte im Geiste nach dem richtigen Adjektiv. Irgendein Wort, ein einziges, um »tut mir leid, ich würde ja gern, aber ich muß mit so vielen Bällen gleichzeitig jonglieren, daß ich keine Hand zum Streicheln frei habe, und außerdem bist du in diesem Kaff die einzige Person, die nicht draufgehen darf, wenn mir was passiert« zusammenzufassen. Er gab die Suche nach dem unmöglichen Wort schnell auf, murmelte etwas wie »bleib aus der Schußlinie«, bat sie, die Sache mit dem Bürgermeister zu erledigen, und floh.

Auf dem letzten Stück Straße, von dem man nie so recht wußte, ob es noch Avenida San Blas hieß oder schon zur Brücke der Freundschaft gehörte, gab es auf dem breiten Mittelstreifen ein paar Schankbuden. Villena wühlte sich durch dichte Trauben brasilianischer Einkaufstouristen, kaufte zwei Becher Milchkaffee und zwei Portionen süßes Fettgebäck, dazu eine Zeitung, auf der er alles balancieren konnte, und setzte sich neben den alten Indio, der an einen Pinienstamm gelehnt herzzerreißend Harfe spielte. Der Sombrero vor ihm war fast leer, aber das mußte nichts heißen; der Alte räumte das Geld immer schnell weg, ehe ein Passant ihn für allzu wohlhabend halten konnte.

Villena aß seinen Fettkringel, trank Kaffee, lauschte der paraguayischen Pop-Folklore, die der Indio auch mit einer Hand hervorbrachte (die andere hielt abwechselnd Becher und Gebäck), und tauschte mit ihm ein paar Bemerkungen über das Wetter und die neuesten Fernsehprogramme aus. Sie sprachen Guaraní; sehr leise.

Später brachte ihn ein wortkarger, über das Ziel nur mäßig erfreuter Taxifahrer zur schwer zu erreichenden Infanteriegarnison südwestlich des Flughafens. Die Schweigsamkeit des Fahrers gab Villena Gelegenheit, über die erhaltenen Informationen nachzudenken. Einige Araber, bei denen es sich um Hizbollah-Leute handeln konnte oder auch nicht, seien dabei, ihre Häuser zu befestigen und halbschwere Waffen einzulagern; man habe ein Nazi-Grab entdeckt und eine schwere beschnitzte Eichentruhe mit Aufzeichnungen; die Cali-Leute seien nervös, weil in den nächsten Tagen eine Riesenladung (angeblich eine ganze Lkw-Kolonne) »Ware« ankommen würde, die ursprünglich durch die Provinz Amambay nach Brasilien hatte gehen sollen; auf dem Paraná sei eine Ladung russischer Waffen aus alten ostdeutschen Beständen unterwegs, flußauf; der *Karaí Guasú* im fernen Guaratuba verhandle mit hohen Offizieren der *caballería* über eine Rückkehr an die Macht ...

Zuviel. Viel zuviel. Gleichzeitig alles viel zu reich an Einzelheiten, als daß Villena es hohnlächelnd hätte ignorieren können. Die Lkw-Kolonne beispielsweise ...

»Zwölf Wagen«, hatte der Alte gesagt. »Drei Stück sind alt, Gringo-Zeug, von der Yanqui-Armee. Zwei sind deutsch, mit Stern; die beiden haben rote Karos auf den Türen. Die anderen weiß ich nicht. Sind über Bolivien ins Land, immer die

Neun runter, du weißt schon, Mariscal Estigarribia, Filadelfia, Zalazar, dann rüber nach Concepción, und von da sollten sie wie immer nach Pedro Juan Caballero – Amambay gehört ja der *caballería* und den Cali-Leuten, nicht der Regierung. Aber in der alten Ecke, Cerro Corá, treiben sich Gringos rum, suchen angeblich Solanos Schatz, sind aber, heißt es, Drogenleute; deshalb ist die Kolonne in Yby-Yau nach Süden. Soll angeblich bis Jejui auf der Drei bleiben, dann durch den Dschungel weiter – Curuguaty, Itakyry, Hernandarías. Kann man da überhaupt fahren?«

Villena knurrte leise vor sich hin; der Taxifahrer warf ihm im Rückspiegel einen mißmutigen Blick zu. Rote Karos. Yby-Yau. Dschungelpisten. Alles war möglich. Und Solanos Schatz . . . Nicht zu reden von einem Nazi-Nachlaß, dem *Karaí Guasú* und russischen Waffen. Den Rest der Fahrt zur Garnison fluchte Villena stumm vor sich hin; es waren einige Blasphemien von erlesener Obszönität dabei, und mit leisem Bedauern sah er voraus, daß er diese stumm improvisierten Kunstwerke nicht würde behalten können.

Der Kommandeur der kleinen Garnison, ein Major des Heeres, sah einigen seiner Leute beim Zerteilen einer Anakonda zu, als das Taxi durchs Palisadentor rollte. Villena bat den Fahrer zu warten, stieg aus und strich sich die Nackenhaare glatt. Sie stellten sich gleich wieder auf; Villena haßte Schlangen.

»Proviant«, sagte der Major. »Wir sind sehr knapp, da kommt das gerade recht.«

Villena nickte. Er kannte die Probleme. Er kannte auch den Major – flüchtig; sie hatten vor fünf Tagen mit dem Bürgermeister Mate getrunken.

»Kannst du mir einen Wagen leihen?« sagte Villena. »Meiner ist mir heute morgen um die Ohren geflogen.«

Der Major grinste. »Abenteurer, was? Sitzt in der Stadt und spielt mit bösen Buben. Danke, dann lieber Jaguar und Anakonda. Aber ... na schön, geht in Ordnung; du kannst dein Taxi wegschicken.«

Der Stuhl in der Holzbaracke, den der Major ihm anbot, stand mitten in der nie abreißenden Wanderschaft einer Myriade rötlicher Ameisen. Villena hob ihn hoch, blies ein paar Tiere vom Sitz, stellte ihn einen Meter von der Piste vor den Schreibtisch des Majors und setzte sich. Es gab Mate, oder lauwarmes Bier, oder Caña. Villena entschied sich für den Zuckerrohrschnaps. Er schmeckte wie Likör, der eine halbe Saison als Schmiermittel für ein Dieselaggregat dienstverpflichtet war.

»Wie heißt die spezielle Scheiße?« sagte der Major. Er holte ein Kistchen brasilianische Zigarren aus einer Schublade und hielt es Villena hin.

»Ja, danke. – Die spezifische Kotsorte, die mich herbringt, bringt mich auch zur Wahrheitsliebe.«

Der Major grinste – nur der Mund; die Augen waren plötzlich sehr kalt. »Da bin ich gespannt.«

Villena gab ihm die Streichhölzer zurück und blies einen perfekten Rauchring. »Statistik für Asunción, hatten wir gesagt, ja? Vor ein paar Tagen.«

»Mhm. Hat dir sowieso keiner geglaubt, ist aber eine passable Ausrede. Was ist wirklich deine Aufgabe?«

»Die Bombe von Buenos Aires.«

Der Major runzelte die Stirn. »Du willst mir doch nicht erzählen, es hätte sich inzwischen sogar schon bis zum Ingenieur herumgesprochen, daß die Hizbollah in Ciudad del Este sitzt und dafür verantwortlich ist?«

Villena seufzte. »Typischer Fall von Staatsgeheimnis. Du kannst mir aber keine Namen nennen, oder?«

Der Major schüttelte den Kopf.

»Na schön. Ich habe ein paar Namen, inzwischen – nicht alle, aber genug, um weiterzumachen. Dafür ...«

Der Major unterbrach. »Moment. Weshalb haben sie dich geschickt? Und weshalb jetzt?«

»Druck von außen. Israel, die USA und Argentinien. Und die trübe Aussicht, daß es, wenn wir nicht selbst etwas unternehmen, auf unserem Boden von den anderen . . . Interessenten erledigt wird. Mit mittelschweren Waffen.«

»Hm, klingt wahrscheinlich.«

»Heute früh, wie gesagt, ist mein Wagen hochgegangen.« Er erklärte in wenigen Sätzen die Sache mit Schlüssel und Zündimpuls. »Könnte sein, daß ich schon jemanden auf die Füße getreten bin. Es gibt aber eine Möglichkeit, die mir fast noch weniger gefällt.«

Der Major bleckte die Zähne, zwischen denen die Zigarre steckte. »Und zwar?«

»Heute früh haben wir die Leiche von Filiberto Anagnostópulos unter der Freundschaftsbrücke gefunden.«

Der Major schwieg. Langsam hob er die Hand zum Mund und nahm die Zigarre heraus. Er betrachtete den kleinen Aschekegel und sagte leise: »Dann ist also doch was an den Gerüchten.«

»Aber was?«

»Daß der *Karaí Guasú* ewig tatenlos die Füße in den Atlantik hängen läßt . . . unwahrscheinlich. Weißt du mehr?«

»Nur noch mehr Gerüchte.« Villena faßte ohne Quellenangabe die Dinge zusammen, die der alte Indio ihm berichtet hatte. Schließlich sagte er: »Weißt du etwas davon?«

Der Major grunzte. »Ich hab was gehört – Buschtrommel, wie üblich – von einem Flußdampfer, der russische Artilleriemunition geladen hat. Feldartillerie.« Er machte eine Pause. »Nukleare Gefechtsfeldmunition.«

Villena öffnete den Mund, brachte aber nur ein Krächzen heraus.

Der Major betrachtete ihn interessiert. »So ähnlich hab ich mich gefühlt, heut früh. Ah, und das kommt von den Indios. Frag mich nicht, woher die das wissen, aber die haben sogar den Dampfer beschrieben. Ein alter Pott mit einem russischen Mädchennamen – Olga, Nina, Irina, irgend so was. Und rote Karos auf beiden Seiten am Bug, knapp über der Wasserlinie.«

»Rote Karos?« Villena legte die Zigarre weg, die plötzlich wie eine Mischung aus Pampagras und Schweinemist schmeckte. »Eigentlich . . .« Er hustete, schüttelte den Kopf und begann noch einmal. »Ich wollte, abgesehen von einem alten Jeep, ein Stillhalteabkommen, oder so.«

Der Major lehnte sich zurück, faltete die Hände hinter dem Kopf und starrte an die Decke; die Zigarre ragte fast senkrecht zwischen den Zähnen auf.

»Was immer ihr hier betreibt, juckt mich nicht. Amtlich. Anakondas tranchieren, Mädchenhandel, Heroin, egal. Ich wollte eines feststellen und um eines bitten. Meine Aufgaben sind die Hizbollah und – seit heute – alles, was möglicherweise mit dem *Karaí Guasú* zusammenhängt.« Villena seufzte. »Ich fürchte, ich werde ein paar . . . Leute treten müssen, damit sie sich um diese Waffensache kümmern. Ansonsten misch ich mich nicht in eure Angelegenheiten ein. Ich bitte nur um Kooperation – Informationen – Alarmrufe, wenn du etwas hörst, was mein Anliegen betrifft.«

Der Major regte sich nicht, starrte weiter an die Decke und sagte, ohne die Zigarre aus dem Mund zu nehmen: »Bist du denn sicher, daß sich das alles trennen läßt?«

»Wie meinst du das?«

»Vielleicht hängt das ja alles zusammen.«

»Dann gute Nacht.«

Zwei Stunden später verließ Villena das Camp der Panzertruppe. Der Kommandeur – ein Oberstleutnant namens Contreras – hatte ihn frostig empfangen; man war beim Sie geblieben. Contreras wußte angeblich nichts, hatte keine Gerüchte gehört, nahm Villenas Versicherung, sich nicht in die Affären der *caballería* einmischen zu wollen, mit einem Stirnrunzeln zur Kenntnis und sagte unverbindlich, er werde im Falle besorgniserregender Informationen erwägen, Villena anzurufen.

Sehr beiläufig hatte der Oberstleutnant, als er mit Villena sein Büro betrat (keine Ameisen, dafür eine Klimaanlage), einen Zettel weggeräumt, der auf der Schreibtischplatte lag. Handschriftliche Notizen. Irgend etwas über Campo Alemán; mehr hatte Villena nicht entziffern können. Was ihn stutzig machte, war lediglich, daß Contreras den Zettel überhaupt wegräumte. Und daß neben Campo Alemán ein Karo gemalt war, mit einem Rotstift im ansonsten schwarzen Text.

8. Kapitel

Sie kamen nicht nahe genug heran, um wirklich etwas zu sehen. Und um irgendeine Form von Zugang (nicht zu reden von Zugriff) zu erzwingen, waren sie zu wenige: zwei Männer.

Der Teil der Siedlung, um den es ging, war seltsam schiffsartig gebaut, fast eine Skizze der Arche. Die »Bordwand« bestand aus lockeren Palisadenteilen und Zäunen und den Rückseiten von Gebäuden, die »Kapitänskajüte« war eine Holzkapelle.

»Von mir aus nenn mich Ishmael, bloß beschaff uns den Wal, der den Kahn da versenkt«, hatte der eine sehr früh gesagt. Wie der andere war er knappe Dreißig, durchtrainiert, schlank; wie der andere besaß er einen uruguayischen Paß. Der Name darin lautete Santiago Ortega, der im anderen Jaime Villarrica, aber er hieß weder Santiago noch Ishmael, sondern Gershom. Der andere hieß tatsächlich Chaim. Seit einer Woche schliefen sie im Busch, beobachteten das deutsche Dorf, marschierten abwechselnd zu einer zwei Stunden entfernten Lichtung, wo sie den antiken Van geparkt hatten, und fuhren in immer wechselnde Orte der Umgebung, um Proviant zu besorgen, Zeitungen zu kaufen, zu telefonieren.

Chaim lag auf dem Bauch, das japanische Fernglas vor den Augen. »Scheiße«, sagte er halblaut. »Jetzt geht's wieder los.«

Gershom hatte an einem Baum gelehnt, weiter weg, und eine Zigarette geraucht; der Rauch stieg durch die dichten Zweige und wurde so sehr zerfasert, daß man ihn vom Dorf aus kaum sehen, geschweige denn identifizieren würde. Er steckte die Kippe in den kleinen Plastikeimer, der halb mit Sand gefüllt war und den sie später weit entfernt leeren würden. Dann ging er dorthin, wo Chaim und zwei Uzis und das zweite Fernglas lagen.

Wie an jedem Spätnachmittag versammelten sich die Bewohner der Siedlung (zwanzig Häuser innerhalb der »Arche«, dazu ein paar Farmen oder Gehöfte im Umkreis von zehn Kilometern) am langen Tisch auf der Freifläche vor der Kapelle. Der Älteste sprach ein Gebet, dann ließen sie sich zur Vesper nieder.

Gershom bewegte das starke Fernglas, musterte die Gesichter. Alle waren von Wetter und Sonne gebräunt, viele hatten ausgeblichene blonde Haare, und er war sicher, daß die meisten blauäugig waren. Einige aber auch glotzäugig, triefäugig, mit Wasserkopf, mit mongoloiden Zügen, mit allerlei körperlichen Schäden, die sich eher beim Gehen zeigten als nun, da sie saßen und zu essen begannen.

Ein Dorf deutscher Mennoniten, vor über hundert Jahren als Utopia im Dschungel angelegt, seit über hundert Jahren abgeschottet gegen die Umgebung, außer gegen die wenigen anderen utopischen Siedlungen, die alle weiter entfernt waren. Hundert Jahre Isolation, hundert Jahre Inzucht.

Und fünfzig Jahre Heimat von etwas anderem. Zuerst Heimat einer Person, dann Heimat der Leiche und der Hinterlassenschaften. Auf dem kleinen Friedhof hinter der Kapelle klaffte ein Loch in den sehr deutschen, sehr ordentlichen Reihen alter Gräber. Kein Loch, genauer, sondern eine Lücke; man hatte eines der hölzernen Grabmale entfernt und etwas – die Reste eines Sargs und des Inhalts – ausgegraben, vor fast einer Woche. Ein Mann, vermutlich der Dorfschreiner, hatte zwei Kisten angefertigt; die eine, größere, enthielt das, was sie dem Friedhof entnommen hatten, die andere war voll von Papier und kleineren Gegenständen. Gershom und Chaim hatten gesehen, wie man die kleinere Kiste füllte und verschloß – der Deckel war zugenagelt worden.

Wieder suchte er die Gesichter ab; das eine, vertraute, fast unheimlich vertraute war nicht dabei. Wahrscheinlich saß der Mann mit dem Rücken zu den Beobachtern. Wieder suchte er in den Gesichtern nach Spuren. Es mußte irgendwann Fehltritte mit den halbversklavten Ache-Indios der Gegend gegeben haben, dachte er, aber die Ergebnisse waren entweder ausgestoßen worden, wenn nicht ausgemerzt, oder was immer an Ache-Blut in irgendwelchen Adern geflossen sein mochte, war inzwischen so ausgedünnt, daß es sich nicht mehr in Zügen oder auch nur Haarfarbe zeigte.

»Hoffentlich warten die mit dem Transport, bis das Team hier ist«, murmelte Chaim.

»Dadurch, daß du es alle zwei Stunden wiederholst, wird es auch nicht interessanter.«

Chaim warf ihm einen Blick zu, sagte aber nichts.

Sie hatten es nicht glauben mögen, als das Gerücht sie vor zehn Tagen erreichte. Angeblich hatte einer aus dem Dorf einem der Indios, die immer noch als Tagelöhner für die Leute arbeiteten, etwas gesagt – Andeutungen, eine mündlich zu überbringende Botschaft, was auch immer. Angeblich fürchte man, jemand – wer auch immer – wolle die Ruhe eines Toten stören, sich seines Erbes bemächtigen, seine Hinterlassenschaft sichten und entwenden. Angeblich solle im größten, sichersten der deutschen Dörfer ein sicheres, unverletzbares Grab eingerichtet werden, und dorthin wolle man die sterblichen Reste samt Nachlaß bringen.

Sie hatten es nicht geglaubt, aber von Cindad del Este aus die Zentrale informiert. Sie waren aufgebrochen und hingefahren, kein Problem dank der exzellenten Buschpisten; die Observierung der Hizbollah mußte warten! Und sie hatten gesehen, wie die Leute etwas ausgruben, wie die beiden Kisten gezimmert und gefüllt wurden – nun standen sie auf einem Handkarren vor der Kapelle, und jeden Abend wurde der Karren in eines der Häuser gebracht. Tagsüber waren die Kisten vor der Kapelle sicher, jederzeit von allen zu beobachten, und nachts kümmerten sich der Bewohner des einen Hauses und seine Familie darum.

Noch zwei Tage, bis das Team eintreffen würde; vorher war kaum etwas zu machen. Angeblich waren mehrere Pferdefuhrwerke (die Utopisten hielten nichts von Motoren) aus dem anderen Dorf unterwegs, mit bewaffneten Männern, die die Kisten abholen sollten. Hoffentlich, dachte Gershom, lassen sie sich Zeit.

Irgendwie war er immer noch nicht sicher, ebensowenig wie Chaim, ob die unheimliche Ähnlichkeit der Züge, die sie sahen, Tatsache war oder Projektion – ob sie aus den Informationen und Beobachtungen heraus zu der Annahme oder dem Wunsch gelangt waren, es müsse sich um Tatsachen handeln und bei dem Mann, der die Kisten hütete, um einen Sohn des Verstorbenen. Und je länger man ihn betrachtete, desto deutlicher wurden vage Ähnlichkeiten, bis er schließlich dem Toten nicht nur ähnelte, sondern glich.

Die Vesper war beendet; die Leute erhoben sich, man räumte ab. Ein paar Männer standen zusammen und beredeten irgend etwas, einer ging langsam zur Kapelle, blieb neben den Kisten stehen, wandte sich dann um.

Gershom zog scharf Luft durch die Zähne. Nein, kein Irrtum. Der Mann, der da stand, war vielleicht 55 bis 60 Jahre alt. Und er sah aus wie Martin Bormann.

9. Kapitel

Leonor erwachte gegen 11:00 Uhr, ein wenig zerschlagen, aber wohlauf. Das Geburtstagskind rumorte in der Küche; es roch nach Kaffee und Toast. Leonor lächelte flüchtig; dann, als sie aufstand und zufällig auf den Nachttisch blickte, lächelte sie breiter. Die 220 $ lagen dort, suhlten sich oder luden zum Suhlen ein, und der Zettel mit Leonard Thompsons langer Telefonnummer erinnerte sie an gewisse Dinge: Übereinstimmungen und Ähnlichkeiten, nicht nur hinsichtlich der Vornamen; und eine Verabredung. Eladio wollte abends ausgehen, aber Geschäft ist Geschäft.

Sie stand auf, duschte, zog sich an (dünner Wollbustier, kurzes weißes Kleid, insgesamt nabelfrei), entfernte Bezüge und Laken, bezog das breite Bett neu. Fünf Garnituren, dazu Handtücher, Badetücher und Leibwäsche; mit einiger Mühe stopfte sie alles in einen Seesack, den ihr vor Jahren, zu Beginn ihrer Karriere, ein junger Neuseeländer gegeben hatte. Sie lächelte, als sie an ihn dachte – beide jung, beide nicht besonders geschickt, aber er war sehr sanft gewesen. Und pleite; der Seesack war die Bezahlung.

Eladio stand nackt in der Küche, ein Bein auf dem Boden, das andere auf einem Stuhl, hielt einen Becher Kaffee (schwarz) in der Hand, starrte aus dem Fenster und lauschte einer Männerstimme im Kofferradio, die – unterlegt von *O Cangaceiro* – Paraguay speziell und der Welt allgemein mitteilte, der dort leise singende Luis Alberto del Paraná (y los Paraguayos), bis heute unvergessen, wiewohl seit zwanzig Jahren tot, habe in den Jahren seines Weltruhms und seiner Welttourneen wahrscheinlich für die CIA gearbeitet, nebenbei.

»Na und?« sagte Eladio halblaut. »Die meisten Regierungen hier unten doch auch, oder?« Dann sagte er: »Aiiii-yai«, als Leonor leise hinter ihn trat und zwischen den Beinen hindurch einen einhändigen Morgengruß entbot.

»Riecht gut hier«, sagte sie, ließ ihn los, berührte seine Schulter mit der Zunge und goß sich Kaffee ein.

»Du auch.« Montesinos nahm den Fuß vom Stuhl und wandte sich ihr zu. »Ach, du bist schon angezogen?« Es klang enttäuscht.

»Du mußt doch zur Polizei. Und ich hab einiges zu erledigen.«

»Aber doch nicht sofort, oder?«

Sie trank einen Schluck Kaffee, musterte sein betrübtes Gesicht, dann seine unbetrübte Lendengegend. »Geburtstag, Junge, was? Ich hab aber das Bett schon frisch bezogen.«

Er grinste und patschte auf den Tisch. »Stabiles Holz.«

Sie nahm noch einen Schluck, stellte den Becher auf den Herd und streifte Kleid und Slip mit einer Bewegung ab. »Na los«, sagte sie. »Soll ich den Bustier anlassen?«

Eigentlich hatte er nach dem Besuch bei der Polizei ein bißchen spazieren oder lungern oder dösen wollen, dann eine gründliche Runde mit Leonor im Bett und danach ein feines Abendessen. Scheißyankees. Sonderwünsche, Sonderbehandlung, 100 $ statt der üblichen 30; nun ja, nicht zu ändern. Statt gegen elf Uhr abends würden sie sich schon um acht im koreanischen Restaurant schräg gegenüber vom Hotel Convair treffen, damit Leonor anschließend diesen Leonard empfangen konnte. Bah.

Die Polizei war erstaunlich sanft mit ihm umgegangen – ein paar Fragen, eine Unterschrift unter ein Protokoll, sonst nichts. Man sagte ihm, es werde sich möglicherweise in den nächsten Tagen ein spezieller Ermittler noch einmal bei ihm melden, ein Mann namens Villena, und jetzt könne er gehen.

Zu früh für ernste Versuche, dachte Montesinos. Er schlenderte zu einer der Schankbuden nahe der Brücke, auf dem Grünstreifen, trank eine Flasche Bier, blätterte in einer nichtssagenden Zeitung und überlegte, was er mit dem Tag anfangen sollte. Der Bettler, ein alter Indio, spielte wenige Meter entfernt, an einen Baum gelehnt, mit fast perverser Beharrlichkeit ausschließlich Nummern wie *Ypacaraí* oder *Malagueña* auf seiner Harfe – Nummern, die jeder paraguayische Musiker entweder so spielte, daß sie an die legendären, unverweslichen Einspielungen von Luis Alberto und den Paraguayos erinnerten, oder aber so, daß kundige Zuhörer sofort begriffen, daß da jemand absichtlich vom Archetyp abwich. Er überlegte, wo er das Wort »Archetyp« zum erstenmal gehört hatte.

Nach der zweiten Zigarette leerte er die Flasche, warf dem Indio im Weggehen 500 Guaraní in den Hut und mischte sich unter die Einkaufsbummler rechts und links des Brückenkopfs. Es herrschte der übliche dünne Mittagsbetrieb; die meisten Touristen saßen jetzt in Cafés oder Restaurants oder Parrillas. Trotzdem ...

Ein älterer hellhäutiger Brasilianer erinnerte ihn an seinen Lehrmeister, den König der Taschendiebe nicht nur von Santos. Der Alte hatte ihn ekelhaft behandelt, und Eladio hatte ihn gehaßt. Er hatte ihn aber auch bewundert – als Herrscher der Unterwelt, als listigen Kopf verwickelter Pläne, als unanfechtbaren Tyrannen, vor allem als unübertrefflichen Dieb. Eladio hatte die ganz harte Schule mitgemacht, bis zum bitteren Ende, der Prüfung. Sie dauerte notfalls einen Tag, war manchmal auch schon nach wenigen Minuten beendet. Der Prüfling, der sich den *dez tocas* unterzog, »zehn Berührungen«, mußte im Lauf höchstens eines Tages zehn Gegenstände, die der Meister an seinem Körper oder in seinen Kleidern versteckt hatte, so geschickt herausholen, daß der König nichts bemerkte. Es galt als gute Leistung, fünf zu schaffen; acht und mehr war extrem selten. Eladio hatte es auf elf gebracht: Zehn Objekte hatte er dem Alten entwendet, ein elftes in einer Jackentasche hinterlassen. Als der Alte ihn grimmig lobte, hatte Eladio ihn darauf hingewiesen, daß da noch etwas sei. Es war eine Glasscherbe, mit einem üblen Indiogift. Eladio hatte nicht gewartet, bis der Alte mit Schaum vor dem Mund krepierte; er war sofort abgehauen und hatte sich seitdem nie wieder in brasilianischen Großstädten gezeigt.

Vor einer Bretterbude, die japanische HiFi-Geräte anbot (im Schnitt fast vierzig Prozent billiger als in Brasilien), standen fünf Interessenten. Eladio stolperte über einen fast schrägstehenden Kantstein, stürzte zwischen zwei prospektive Käufer, hielt sich an ihnen fest, ließ sich von ihnen aufhelfen, entschuldigte sich herzlich für die Belästigung und ging weiter. Die Brieftasche des rechten Mannes enthielt Papiere, ein Familienfoto und – kein Geld; vermutlich hatte der Kunde ein Portemonnaie in einer Hosentasche. Die Brieftasche des anderen war ergiebiger; neben Papieren (der Mann war Argentinier) fand Montesinos 640 Pesos. Ein feister blonder Mann betrachtete die Auslagen eines Stands mit Indio-Handwerk; er hatte ein Portemonnaie in der Gesäßtasche stecken und war vermutlich Deutscher. Das Portemonnaie enthielt Scheck- und Kreditkarten, 33 argentinische Pesos, 500 Dollar, 500 DM und ein paar klebrige Guaraní-Scheine. Zwei, drei Buden weiter, Pause; Wechsel der Straßenseite, Pause; einmal um den Block. Neben der halbfertigen Moschee in der Avenida Jara trank Eladio in der schäbigen Bar ein Bier, ging aufs Klo (Toilette wäre übertrieben), zählte die Beute und pfiff leise. Alles in allem fast dreitausend Dollar – Gegenwert; einen 100-Peso-Schein und die Guaraní legte er in eine der Brieftaschen, schob alles in Innentaschen seiner Weste und wünschte sich einen feinen Rest-Geburtstag. Die Brieftaschen, Portemonnaies, Kreditkarten und sonstigen Papiere würde der Sargento erhalten, samt dem angeblichen Zehnten.

Es war 16:00 Uhr, als er die Bar verließ. Eine innere Stimme sagte ihm, es wäre besser, das offenbar strahlende Glück nicht zu sehr zu strapazieren; eine andere behauptete, der ganz große Geburtstagsfisch warte noch.

Er wechselte die Straßenseite. In der nächsten Nebenstraße, vor dem Hotel Executive, stand eine dicke Männertraube, alle in guten Anzügen, ein paar Amerikaner, ein paar Araber, dazu teuer gekleidete Criollos ohne Indio-Blut. Eladio wartete, bis ein Wagen die Straße herabkam, ging dann an den debattierenden Caballeros vorbei, eng, um nicht vom passierenden Auto gestreift zu werden.

Die Brieftasche war sehr dick; sie enthielt Papiere auf den Namen Alejandro Guzmán. Und Papiere auf den Namen Cristóbal Muñoz, der genauso aussah wie der andere. Und Papiere auf den Namen Alvaro del Bosque, mit dem gleichen Foto. Und neuntausend nordamerikanische Dollar in Hundertern.

Mit zitternden Knien bog Eladio Montesinos links über den Parkplatz eines unverputzten, ansonsten fertigen Apartmenthochhauses, kletterte über einen Bauzaun, überquerte ein leeres Grundstück und kam in der Nähe des leicht großspurig Hotel y Casino Acaray genannten Komplexes wieder auf eine Straße. Er wußte, daß er diese Brieftasche nicht dem Sargento geben durfte. Er wußte auch, daß er jetzt nicht nach Hause gehen konnte, da Leonor zweifellos Kundschaft hatte. Er fluchte lautlos vor sich hin, weil er nicht auf das Gesicht geachtet hatte. Die Paßbilder – das eine Paßbild mal drei – zeigten eine Visage, die er kannte.

Er zögerte; dann betrat er die Lobby des Acaray, ging zum Empfangstisch, grinste den Angestellten (Julio? Eduardo? Er kam nicht auf den Namen) freundlich an und bat um Feuer. Während der andere die angebotene Zigarette nahm und aus einer Silberdose ein Briefchen Streichhölzer mit Hotelwerbung kramte, steckte Eladio die Brieftasche, die ihm die Finger zu versengen schien, in den Schlitz des Hotelbriefkastens.

Noch einmal Glück: Der Sargento war nicht in der Polizeistation; Eladio konnte das Bündel deponieren (der grinsende Beamte, der es entgegennahm, kannte das Verfahren) und verschwinden, ohne das Risiko einer Leibesvisitation einzugehen.

Ziellos lief Montesinos noch um einige Ecken, überquerte mehrere Straßen, ging ins abgelegene Hotel Catedral, um einen Kaffee zu trinken, und fragte sich immer wieder, was er nun tun sollte, und ob ihn einer aus der Gruppe vor dem Executive gesehen, vielleicht sogar erkannt haben mochte.

In einer Innentasche seiner Weste brannten die 9000 $, die er einem Mann gestohlen hatte, von dem er wußte, daß der auch Sergio Gutiérrez hieß und vermutlich Chef der hiesigen Vertretung des Cali-Kartells war.

Als sie die Alejo García überquerte, sah Leonor nicht weit vor sich auf dem Trottoir Lorenzo de Kok gehen. Er blieb stehen, als sie seinen Namen rief. In der Hand trug er einen fast antiken Pappkarton, der aussah, als habe man ihn zwanzigmal der Post oder ähnlich fahrlässigen Einrichtungen anvertraut.

»Zu mir?« sagte er; mit dem Kinn deutete er auf den übervollen Seesack, den Leonor über der Schulter trug.

»Können wir wechseln? Der Karton ist leichter.«

Er grinste. »Kundendienst. Und du ahnst ja nicht wie sehr.«

Sie gab ihm den Seesack und faßte den Karton an der Verschnürung. Er war fast so groß wie eine Espressomaschine und noch viel leichter, als sie angenommen hatte. »Was ist drin?«

»Ware. Aus Asunción.«

»Ah.« Sie wußte, daß in der Hauptstadt etliche Straßenjungen für ihn arbeiteten, in Parks und auf Müllhalden Kondome sammelten. »Wie kriegst du die her?«

»Mit dem Bus. Fünftausend für den Fahrer.«

»Aber für mich bitte nur die guten, ja?«

Lorenzo blickte sie von der Seite an; er wirkte beinahe empört. »Für so eine gute Kundin! Eh, überleg dir doch noch mal meinen Vorschlag von neulich, ja?«

Sie seufzte. »Ich denk gelegentlich dran, aber ich bin derart ausgebucht . . .«

»Schade. Vielleicht gibt's ja doch mal eine Lücke.«

Leonor nickte; dabei dachte sie nicht im Traum daran, auf Lorenzos Angebot einzugehen – kostenlose Kondome gegen einen Besuch pro Woche. Es gab da etliche Kriterien wie Aussehen, Sympathie, Ausstrahlung, Sauberkeit; Lorenzo erfüllte keines davon, und was das Geld anging, war sie durchaus stolz darauf, wählerisch sein zu können. Das würde irgendwann einmal enden, aber bis dahin hoffte sie, von etwas anderem zu leben.

Marta stand zwischen drei laufenden Waschmaschinen. Sie trug einen dünnen Überwurf, eine Art Poncho, nichts darunter, war barfuß und schwitzte in der stickigen Halle. Es roch nach Wasser, Waschmitteln, nassem Tuch und feuchtem Boden. Leonor schaltete ein neutrales Begrüßungslächeln ein; Marta nickte nur, streifte ihren Mann mit einem mißmutigen Blick und ging in die Ecke, in der ein Trockner klickte, wie eine Zeitbombe, die gern detonieren würde, aber nicht kann, weil der Sekundenzeiger festhängt.

Lorenzo warf den Seesack auf einen Tisch, öffnete, verteilte die Wäsche auf drei Plastikkörbe und ging dann mit dem Kondom-Karton in den Büro-Verschlag. Leonor folgte.

»Wie zahlst du?« sagte er.

Sie hob die Schultern. »Egal.«

»Dann Dollars. Sagen wir – fünf für die Wäsche, fünf für, uh, wieviel Kondome willst du?«

»Für fünf Dollar.«

»Gut. Und hundert extra. War abgemacht.«

»Puh«, sagte sie, wandte sich ab und holte unter dem Kleid, aus dem Slip ein paar Geldscheine. Lorenzo nahm sie, roch daran, verdrehte genießerisch die Augen und reichte ihr ein Päckchen.

»Alles drin?« sagte sie.

»Alles drin. Du weißt, wie's weitergeht?«

»Ja. Wann kann ich die Wäsche holen?«

»Hmff . . . Übermorgen? Ich könnte sie aber auch bringen.«

»Laß nur; ich hol sie oder schick Eladio. Bis alsdann.« Sie ging zurück in die Halle, steckte das Päckchen in den Seesack, hängte ihn sich über die Schulter und winkte Marta mit der Linken zu. Marta deutete ein Nicken an.

Leonor erledigte ein paar Einkäufe. Zu Hause packte sie den Seesack aus, legte Lorenzos Päckchen auf den Nachttisch und hörte den Anrufbeantworter ab. Zwei Anforderungen aus Hotels, deren Empfangschefs ihr ein paar periodisch erneuerbare Gefallen schuldeten. Sie sah auf die Uhr, überlegte kurz; dann rief sie zunächst die lange Nummer an, die der Yanqui hinterlassen hatte, und ließ ihm ausrichten, elf Uhr sei eine gute Zeit. Der zweite Anruf: Hotel San Rafael; dort hatte sich inzwischen eine Kollegin des Problems angenommen. Im anderen Hotel, Puerta del Sol, war der prospektive Kunde ebenfalls schon versorgt, aber Sekunden vor ihrem Anruf, sagte der *mozo* am Empfangstisch, habe es eine weitere Anfrage geben. Er verband sie mit dem Mann, einem Argentinier, der sich als »Notfall für die Intensivstation« bezeichnete und ihr seine Zimmernummer nannte. Sie nannte ihren Preis – 30 $ zu Hause, 40 $ im Hotel. Offenbar war ihm ein kurzer Fußweg keine zehn Dollar wert.

Sie legte auf, schaltete den Anrufbeantworter wieder an und ging in die Küche. Halb sechs inzwischen. Zeit für einen schnellen Kaffee, sechs Uhr Puerta del Sol. Vielleicht war der Porteño ja nett, oder wirklich ein Notfall einschließlich Zugabe; um acht war sie mit Eladio verabredet, zum Essen. Sie sah voraus, daß sie guten Appetit haben würde.

10. Kapitel

»Scheiße«, sagte Heffernan. »Ich hasse Schlangen.« Seine Nackenhaare stellten sich auf, und etwas Kaltes rieselte ihm den Rücken hinunter. Dabei schwitzte er, in kniehohen Stiefeln, Khakihose, Khakihemd, Safarijacke, nicht zu rechnen Patronengurt und Tropenhelm.

Sie waren etwa zweieinhalb Kilometer Luftlinie entfernt von einer alten Nord-Süd-Piste und etwa das Doppelte von der Hauptstraße nach Pedro Juan Caballero. Das Dschungeldickicht schien den Pfad, den sie mit Macheten öffneten, nach ein paar Minuten hinter ihnen wieder zu schließen. Der Wind, wenn man das gelegentliche Wehen so nennen wollte, reichte gerade aus, um faulige Gerüche aus den tausend sumpfigen Tümpeln aufzurühren. Schmetterlinge. Gelbes Licht, das so spärlich durchs Buschwerk drang, als ob es ein Hilfeersuchen der Sonne wäre, die nicht über Macheten verfügte. Uralte Bäume überragten hier und da den zähen Bewuchs – Bäume, in deren Rinde vielleicht vor 124 Jahren jemand Linien geritzt hatte. Linien, die vielleicht Richtungen angaben, vielleicht aber nur Wunden waren, hinterlassen von Tieren oder Schlingpflanzen.

»Komm schon, Baby.« Lou Corbucci, der vor ihm ging, grinste ihn über die Schulter an. »So wie du eingepellt bist, beißt sich an dir doch jede Schlange die Zähne aus.«

Heffernan schielte hinter dem dunklen Schlangenschwanz her, der sich in dunklem Schatten im dunklen Schlamm zu winden schien. »Handschuhe«, knurrte er.

Corbucci gluckste. »Pelzmantel vielleicht?«

Einer der Indios weiter vorn rief etwas; es klang wie

»Yvypyté«, der Name einer Stelle zwischen den Sümpfen und Hügeln. An dieser Stelle, sagten die Ka'yguá und die Ache, befinde sich der Nabel der Welt, und dort stehe ein riesiger Baum, ein Yvyraromí, und zweifellos sei das der beste Ort, um mit der Suche nach dem Schatz des Mariscal López zu beginnen. Aldo Heffernan, Lou Corbucci, Walter Jeffries und Lee Medlar, dazu sechs Indios; Waffen, Hacken, Spaten, Wasser, Notrationen, Zwei-Mann-Zelte. Und die Funkgeräte. Zwei Indios waren mit Adam Tolliver und Mark Lupescu bei den Wagen geblieben. Und bei den schweren Waffen.

Heffernan ächzte leise und wischte sich den Schweiß von der Stirn, mit einem längst schweißnassen langen Ärmel. Inzwischen wünschte er, er wäre bei den Wagen statt auf diesem Irrsinnsmarsch durch die Sümpfe. Kelche, Monstranzen, Juwelen, Gold und Silber in Münzen und Barren, schwere Altarleuchter, Halsketten . . . Es war ein verlockender Gedanke gewesen, den sagenhaften Schatz bergen zu können, nach dem länger als ein Jahrhundert so viele gesucht hatten; inzwischen war der Gedanke an die Klimaanlage eines der Range Rover und an die Kühlbox mit Bier oder notfalls Tonic unendlich viel verlockender als sämtliche paraguayischen Schätze.

Aber die Angaben – so präzise, bis jetzt; so überzeugend, so unwiderstehlich. Thompson würde die letzte, die ganz exakte Lokalisierung durchgeben, sobald er sie von dem anonymen Mittelsmann erhalten hatte. Heffernan schätzte, daß sie nicht mehr als drei Stunden von den Wagen entfernt waren, und die Kolonne mit dem Koks aus Cali würde voraussichtlich am nächsten Mittag vorbeikommen. Bis dahin konnten sie die Stelle mit dem Schatz gefunden und markiert haben und wieder bei den Wagen und den Kühlboxen und dem Zünder für die Minen und bei der leichten Artillerie sein.

Von vorn rief wieder jemand *»kurijú«*. Das war eine große Schlange; ob Anakonda oder Mamba oder indische Kobra oder Ouroboros persönlich wollte Heffernan gar nicht wissen. Er packte die Machete fester, preßte die Zähne aufeinander und starrte zu beiden Seiten auf den Boden, in den Busch, hoch in die Äste. Dabei murmelte er *»coori-hoo«*, mehrmals; egal welche Schlange, der Name war immer noch leichter auszusprechen als die zahllosen ü-Laute. Yvypyté. Yvyraromí. Ob die hier irgendwie mit den Türken verwandt waren?

An einer halbtrockenen Stelle machten sie Rast, schweigend, bis auf gelegentliche Flüche, wenn sie nach Moskitos schlugen.

Die beiden Funkgeräte summten. Jeffries packte eines, fummelte an Schaltern herum und meldete sich.

»Swamp Storm Drei, mitten in der Scheiße. Was gibt's?«

Heffernan konnte nicht hören, was die gar nicht so weit entfernte Stimme mitteilte; Jeffries hielt das Gerät dicht ans Ohr.

»Mist«, sagte er. »O heilige Kacke. Ist das sicher?« Er lauschte wieder, dann stöhnte er. »Na gut. Wenn's denn so sein soll . . . Haben wir eben mehr Zeit zum Buddeln. Over.«

»Was ist los?« sagte Corbucci. Er hielt eine Feldflasche in der Hand, den Unterarm über dem Knie.

»Tolliver. Die hören ja drüben den Funk ab. Jemand hat den Cali-Leuten gesagt, hier liegen Yankees auf der Lauer, sie sollen die ›andere Route‹ nehmen. Die versuchen jetzt rauszukriegen, was die andere Route ist. Wir sollen buddeln und baggern, aber möglichst nicht mehr allzu weit in die Wildnis vordringen.«

»Viel wilder kann's nicht werden, oder?« Medlar schob die rote Baseball-Kappe in den Nacken und spuckte aus. »Irgendwas über die genauen Grabedaten?«

»Von Thompson nichts Neues.«

»Hört mal, Jungs«, sagte Heffernan. »Ich weiß nicht, ob das so gut ist, was wir machen. Von wegen ›andere Route‹ – wo immer die langgeht; ich finde, wir sollten sofort zurück zu den Wagen, damit wir durchstarten können, sobald wir was wissen.«

»Dann mußt du dich aber von deinen geliebten Schlangen

verabschieden.« Corbucci zeigte die Zähne. »Täte dir doch leid, oder?«

Jeffries starrte finster auf das Gerät, das er noch immer in der Hand hielt. »Das hier ist ja bloß ein Nebenschauplatz. Andererseits: Wozu ist es gut, wenn wir neben den Wagen hokken und nichts tun? Da können wir doch besser hier suchen, oder? Auch wenn's mir eigentlich von Anfang klar war, daß wir nichts finden.«

Einer der Indios (zwei hockten in der Nähe, die anderen vier waren weiter in den Busch eingedrungen) kam von irgendwo zurück, rief den beiden Hockenden etwas zu und wandte sich dann an Corbucci, der das beste Spanisch sprach.

»Wir haben etwas«, sagte er.

Die Kette hatte sich tief in den Stamm eingefressen; das andere Ende führte in einen halb überwachsenen Tümpel, in den nicht einmal die Indios steigen mochten. Heffernan dachte an die tausend ekligen, glitschigen, giftigen Tierchen, die unter der trüben Oberfläche darauf warteten, ihn zu besabbern oder zu beißen; er sah zu, wie drei Indios, Jeffries und Corbucci an der Kette zogen. Etwas gab nach, unten.

»Zieh!« sagte Jeffries. Und noch einmal: »Zieh!« Und dann: »Hah!«

Etwas glitt langsam aus dem schwarzen stinkenden Wasser. Sie zerrten es die kleine Böschung hoch; dann ließen sie alle gleichzeitig die Kette los. Die Indios traten hastig ein paar Schritte zurück; die Amerikaner machten Würgegeräusche unterschiedlicher Art.

Das Ende der Kette war wie ein Kokon um ein Skelett gewickelt, ohne sämtliche Knochen zusammenhalten zu können. Ein verfaulter, zerfressener Patronengurt (oder dessen Überbleibsel) hing etwa dort, wo die Leibesmitte gewesen war. Aus dem grinsenden Schädel wanden sich ein paar kleine schillernde Schlangen und flohen zurück ins Wasser.

»Schlechtes Zeichen«, sagte einer der Indios. Er bekreuzigte sich.

»Gutes Zeichen«, sagte Corbucci; er kniete nieder und untersuchte den Schädel flüchtig.

»Wieso gutes Zeichen?«

Corbucci blickte auf. »Heffy, du Pißnelke, hast du noch nie eine Leiche gesehen? Schau mal. Dem hier hat jemand den Schädel eingeschlagen.« Er hob die letzten Seilwindungen an; in der Schädeldecke sahen sie ein schartiges Loch.

»Was ist daran gut?«

Corbucci seufzte. »Die Geschichten, Jungs. Solano hat das Zeug von seinen Leuten verbuddeln oder versenken lassen und dann die Zeugen umgelegt. Oder umlegen lassen, egal. Wer würde denn hier im Sumpf jemanden mit einer Kette umwickeln und in den Teich legen? Das muß einer von Solanos Leuten sein – einer von denen, die den Schatz verstecken sollten.« Er stand auf und sah die anderen der Reihe nach an.

»Und du meinst . . .« sagte Medlar.

»Meine ich, ja. Wir müssen ganz in der Nähe sein.«

11. Kapitel

»Irgendwer macht einen schönen Schnitt«, sagte der Oberst. »Fragt sich nur, wer.«

Der Adjutant überflog den Computerausdruck, schnaubte leise und legte das Blatt auf den Stapel zu den übrigen. Er trat hinter den Mann im Khakihemd, der mit Kopfhörern vor dem Funkgerät saß. Der Funk- oder Abhörwand, genauer; eine der Außenwände des riesigen Kellerraums bestand nahezu komplett aus glimmenden, knisternden, blinzelnden, summenden oder kreiselnden Apparaten.

»Wem außer uns gönnen Sie es denn, Sepúlveda?« sagte Oribe. Der Mann mit den Kopfhörern blickte ihn an und legte den Finger auf die Lippen. Der Adjutant nickte; leiser fuhr er fort: »Falls Sie wirklich recht haben.«

Der Oberst gluckste. »Der *Karaí Guasú* möchte etwas wissen, und wenn er es weiß, dann weiß zumindest *er,* ob er irgendwem etwas gönnt. Was auch immer.«

»Worum geht es?«

»Ein neuer Faktor.« Sepúlveda wedelte mit einem Zettel, auf dem ein Vorname, ein Nachname und eine Altersangabe standen. »Das heißt, wir wissen nicht, ob ein Faktor daraus wird oder bloß eine weitere Null. Jedenfalls will er wissen, ob der Typ echt ist.«

Oribe nahm den Zettel, las den Namen, nickte. »Ach so, der ... Tja, war ja zu erwarten, daß der General danach fragt, oder? Mal sehen. Wenn der hier fertig ist.« Er deutete mit dem Zettel auf den Mann mit Kopfhörern.

»Ich geh dann wieder rauf«, sagte der Oberst. »Er will, sobald er fertig ist, Schach spielen.«

»Sagen Sie, bloß mal so.« Oribe kniff ein Auge zu. »Meinen Sie, der bringt's noch? In seinem Alter? Ich meine, die Kleine ist bestimmt gut für ihn, aber . . .«

Sepúlveda grinste flüchtig. »Sagen wir mal so, Amigo: Ich traue ihm alles zu. Absolut alles. Auch das, auch in seinem Alter. Und ich kenne ihn lange genug; deshalb will ich lieber nicht so ganz genau wissen, was er wirklich noch bringt. Auf diesem und anderen Gebieten.«

»Seit wann sind Sie eigentlich bei ihm?«

»Solang ich denken kann.«

»Wie alt sind Sie jetzt?«

»Sechzig. Mein Vater gehörte zu seinem Haushalt, wenn man so will – Stab. Kochen, putzen, Leibwache im Chaco-Krieg. Kurz vor Schluß ist er gefallen; der *Karaí Guasú* hat meine Mutter unterstützt und mich als *mozo* übernommen, als ich noch klein war.«

Der Mann mit den Kopfhörern räusperte sich.

Oribe flüsterte nun beinahe. »Manchmal schwer für mich, die alten Verbindungen zu verstehen. Kann man ja fast Blutsverbindungen nennen, oder?«

Sepúlveda wechselte vom Spanischen ins melodische Guaraní; auch er sprach leise. »Bruder«, sagte er, »halbes Blut macht Euch doch nicht zum Fremdling. Und Blutsverbindung? Nur insofern, als wir, mein Vater und ich und andere, mit ihm zusammen Blut vergossen haben. Andere« – er kicherte – »sind da weit verwandter mit ihm.«

Oribe nickte matt. In der engen Umgebung des Generals fühlte er sich manchmal wie ein Außenseiter: Seine Mutter war Italienerin gewesen, sein Vater Indio. Sepúlveda hatte den Namen von einem kastilischen Vorfahr – den Namen, und ein Vierundsechzigstel Blut. Die übrigen dreiundsechzig Teile waren Payaguá, wie bei fast allen Angehörigen der alten Garde.

»Und dann?« sagte der Adjutant. »Ich meine, nachdem Ihr *mozo* wart?«

Sepúlveda ging wieder zum Spanischen über. »Schule. Und die Armee. Und . . .«

Er brach ab; ein Techniker erschien und gab dem Mann an den Funkgeräten ein Zeichen, das durch einen erhobenen Daumen beantwortet wurde.

»Und?« sagte Oribe.

Der Mann nahm die Kopfhörer ab. »Der Empfang ist wieder klar. Sie können dem *Karaí Guasú* sagen, daß alles bestens läuft. Die Yanquis stochern in Cerro Corá herum, die Lkws werden pünktlich im Campo eintreffen, der Dampfer wird bald entladen. Es gibt nur einen neuen Faktor.« Er kritzelte etwas auf einen Zettel, den er dem Adjutanten reichte.

»Ist das ein Name, oder was?«

Der Funker nickte. »Ist neu aufgetaucht, im Campo. Was soll mit ihm geschehen?«

Der General betrachtete den Zettel; dann blickte er Oribe an, mit einem schrägen Lächeln. »Ehrenwerter Name. Stellen Sie fest, ob es da Beziehungen gibt; vorläufig soll nichts mit ihm geschehen. Vielleicht . . . kann man ihn noch verwenden. Und wie läuft das Projekt?«

»Alles bestens. In drei Tagen ist die Sache beendet.«

»Dann werde ich kichern«, sagte der General.

12. Kapitel

Aus Höflichkeit gegenüber ihrem Gast wechselten die beiden Herren in dunklen Anzügen zum Spanischen. Für den Gast, den sie *comandante* nannten, da sie keinen genauen Rang kannten, waren sie die Señores Chang und Ching – ein wenig angemessener als Meyer oder Smith oder Durand, aber ebenso unpräzise.

»Es geht also nicht nur um siebenundneunzig und die Folgen bei Ihnen?« sagte der *comandante.*

Ching bot ihm einen dünnen Zigarillo an und gab ihm Feuer.

Chang sagte: »Nein, keineswegs. Obwohl es natürlich etwas damit zu tun hat.«

»Was werden Sie dann eigentlich machen?«

Ching schob den Aschenbecher an eine Stelle, die den Scheitelpunkt des gleichschenkligen Dreiecks bildete, das entstanden wäre, wenn man die Kante der Kopfseite des Tischs als Hypotenuse genommen und deren Ende mit dem Aschenbecher verbunden hätte.

»Was erwarten Sie denn?« sagte Chang.

Der *comandante* grinste flüchtig. »Möchten Sie meine höfliche oder meine wahre Meinung?«

Ching füllte drei kleine Gläser mit einem öligen, fast grünlichen Likör.

»Beide«, sagte Chang.

Der *comandante* blies einen Rauchkringel und hustete kurz und trocken. »Also, die höfliche zuerst. London und Peking – pardon: Bei Djing – haben einen Vertrag ausgehandelt, der eine Art Bestandsgarantie enthält. Selbstverständlich werden sich die ehrwürdigen Alten Gebieter daran halten und Hongkong zu langer Blüte in Freiheit und Wohlstand verhelfen.«

Ching rieb mit dem rechten Ärmel seines Anzugs einen Tropfen von der polierten Fläche des Mahagonitischs.

»Und die wahre Meinung?« sagte Chang.

»Nach der Übergabe werden die neuen Herren alles abschaffen, was nicht unbedingt erforderlich ist. Wie sie in Shanghai und Umgebung festgestellt haben, kann man einen Wirtschafts- und Finanzboom durchaus ohne Demokratie betreiben. Das werden sie auch in Hongkong versuchen. Es wird dort so viele Freiheiten und so viel Demokratie geben wie vor ein paar Jahren auf dem Tienanmen-Platz. Die Millionen Chinesen, die vor dem roten Faschismus nach Hongkong geflohen sind, werden die gleiche Vorzugsbehandlung erfahren wie die Tibeter, Uiguren oder Mongolen.« Er beugte sich vor und streifte Asche im Becher ab. »Schauen Sie – Leute, die meinen, sie könnten dem ganzen Teil der Menschheit, der das lateinische Alphabet verwendet, einfach so vorschreiben, ab sofort habe man *zh* wie *dsch* und *q* wie *tsch* auszusprechen, die werden sich kaum darum kümmern, wie der Dalai Lama die Menschenrechtslage in Hongkong bewertet.«

Ching zog ein Seidentüchlein aus dem linken Ärmel, wischte sich die Nase und steckte es in den rechten Ärmel des Jacketts.

»Und Sie glauben, diese, eh, ›demokratischen‹ Probleme berühren uns?« sagte Chang.

Der *comandante* gluckste. »Das ist Ihnen scheißegal, Señores. Aber die Triaden wissen genau, daß man bessere Geschäfte machen kann, wenn die daran Beteiligten sich frei bewegen und entscheiden können. Und daß demokratisch oder halbdemokratisch organisierte Staaten ein besseres Spielfeld sind als Gegenden, die von Gesinnungsschnüffelei und Polizeiterror erstickt werden. Deshalb nehme ich an, Sie werden versuchsweise einen kleinen Teil Ihrer Geschäfte in Hongkong lassen. Man weiß ja nie. Den größten Teil werden Sie verlagern – oder haben ihn schon verlagert. London, Singapur, Amsterdam, Chinatown New York, Chinatown San Francisco. Und zum Beispiel Ciudad del Este. Mit unserer schönen neuen Freihandelszone MercoSur, dem allmählichen Abbau von Grenzen und Zöllen zwischen Brasilien, Uruguay, Paraguay und Argentinien, gibt es kaum eine bessere Stadt für ... Investitionen aller Art.«

»Vierzehn Milliarden Dollar«, sagte Ching.

Der *comandante* stutzte. »Bitte?«

»Vierzehn Milliarden Umsatz«, sagte Chang, »wird Ciudad del Este dieses Jahr machen. Wenn nicht in den letzten paar Tagen des Jahres noch extreme Ausschläge nach oben oder unten dazukommen. Der größte Teil davon ist, wie üblich, Schmuggel und sonstige illegale Geschäfte. Unter den neuen MercoSur-Bedingungen können wir dieses illegale Niveau nicht halten; zumindest ein Teil muß in Zukunft so organisiert werden, daß nicht mehr alles von Schmuggel abhängt. Kein Zoll, kein Schmuggel, klar? Und den ganzen Cono Sur mit Feuerwerkskörpern zu beliefern wäre ein kleiner, aber verheißungsvoller Beginn.«

Der *comandante* legte den Zigarillo in den Aschenbecher und verschränkte die Arme vor der Brust. »Reden wir Klartext. Haben Sie den vorgeschlagenen Ort geprüft?«

»Nicht nur das«, sagte Ching.

»Wir haben mit den bisherigen Besitzern einen Vertrag geschlossen«, sagte Chang.

»So wie wir es ausgetüftelt hatten?«

»Ja, *comandante*. Einschließlich der Zahlungsmodalitäten. Ihr Mittelsmann war sehr hilfreich. Nun brauchen wir eigentlich nur noch Ihre Unterschrift. Oder die Ihres ... Chefs.«

Der *comandante* grinste kalt. »Ich sichere Ihnen abermals zu, daß Sie von uns aus völlige Handlungsfreiheit haben. Egal, wie sich die politische Lage entwickelt. Aber Unterschriften?

Ts ts ts. Wir wollen das doch als Übereinkunft unter vertrauenswürdigen Caballeros betrachten, nicht wahr? Bindende mündliche Zusage.«

Ching rümpfte die Nase.

Chang sagte langsam: »Sie wissen, daß wir bei Nichterfüllung oder Schwierigkeiten gewisse unangenehme Formen von Druck ausüben können.«

»Sie wissen, daß hier in den letzten Jahrzehnten gewisse unangenehme Formen von Druck hin und wieder ausgeübt wurden, nicht wahr? Ich versichere Ihnen, Señores, daß Sie sich im Guten wie im . . . Unangenehmen auf unsere Professionalität verlassen können.«

Chang schwieg.

Ching lächelte plötzlich; er wirkte entspannt. »Ich glaube, wir haben grundsätzliche Einigkeit erzielt. Lassen Sie uns doch noch ein wenig über die Einzelheiten der Durchführung reden.«

13. Kapitel

»Cerro Corá?« Thompson schüttelte den Kopf. »Ich weiß von nichts.«

Mißmutig betrachtete Villena den Amerikaner, der einen hellgrauen Anzug und ein offenes weißes Hemd mit einem älteren, großflügeligen Kragen trug; als er sich abwandte und einen Schluck aus seinem Glas (vermutlich Whisky und Wasser, dachte Villena) trank, fuhr der scharfe Adamsapfel zwischen den Kragenflügeln auf und nieder wie ein kantiger Lift.

»Die Kollegen vielleicht – die Drogenjungs?« Villena sah sich um; nur wenige Sessel waren besetzt, und an der Bar des Ambassador stand niemand außer ihm, Thompson und dem Barmann. »Wo stecken die Kollegen denn alle?«

»Was für Kollegen?«

Villena grunzte leise. Er fühlte sich unwohl in seinen verschwitzten Klamotten. Nach Betrachtung der überfüllten Brücke hatte er seinen geliehenen Jeep bei der Grenzpolizei gegen ein Fahrrad eingetauscht und war an den stinkenden, knatternden Wagen Richtung Brasilien vorübergefahren. Niemand hatte ihn kontrolliert; von der Brücke zum Ambassador, über gepflegte Straßen und durch saubere Grünanlagen, hatte er kaum zehn Minuten gebraucht, in langsamer Fahrt. Aber hier, zwischen Plüsch, falschem Marmor und Glas, kam er sich deplaciert vor.

»Kommen Sie«, sagte er leise, ein wenig drängelnd. »Wir wissen doch, daß Sie von der CIA sind, Mann. Heffernan ist DEA, und Corbucci NSA. Ich weiß nicht, wie viele noch hier sind, aber irgend jemand müßte doch da sein.«

Thompson deutete auf die Bar. »Trinken Sie was?«

»Ein Bier. Und keine Ablenkungen.«

»Ich wußte gar nicht, daß eure Leute jemanden extra nach Ciudad del Este geschickt haben.« Thompson sah dem Barmann zu, der eine Flasche öffnete und neben das Glas stellte. »Kommen Sie, gehen wir da rüber.«

Villena nahm Flasche und Glas und folgte dem Amerikaner zu einem Ecktischchen. Als sie in den Sesseln versunken waren, räusperte Thompson sich.

»Also, was ist das mit Cerro Corá?«

Villena trank einen Schluck und wischte sich mit dem Handrücken Schaum vom Mund. »Angeblich ist eine Kolonne – Lkws – nach Süden abgebogen, hierher, statt über Pedro Juan Caballero zur Grenze Amambay–Mato Grosso zu fahren. Angeblich haben die Wagen gute Produkte aus Cali geladen. Angeblich sind sie abgebogen, weil in der Region Cerro Corá Leute von Ihnen – Yankees – nach dem Schatz buddeln.« Er sprach ein fast akzentfreies Ostküsten-Amerikanisch.

Thompson rümpfte die Nase. »Der berühmte Schatz von Solano López . . . Sie glauben doch nicht im Ernst, daß Angehörige von US-Diensten . . .«

Villena richtete sich im Sessel auf; jetzt sprach er schnell und hart Spanisch. »Hör zu, Bruder; verarsch mich nicht. Es geht um viel zuviel, als daß ich mich mit dir auf Spielchen dieser blöden Sorte einlassen will. Hizbollah, Mossad, Cali, ein toter Mitarbeiter des alten Generals, angeblich ein Dampfer mit einem russischen Mädchennamen auf dem Paraná, angeblich mit Waffen an Bord – Kernwaffen, wenn's beliebt –, das und die ganze übrige Scheiße; meinst du, mir ist nach Scherzen zumute?«

Thompson setzte sein Glas ab; er hatte die Augen zu Schlitzen verengt. »Was ist das für eine Dampfergeschichte?« Sein Spanisch klang nach Tex-Mex.

Villena wiederholte, was er gesagt hatte.

»Scheiße. Feldartillerie-Munition? Ich bin gleich wieder da.«

Thompson verschwand. Villena leerte sein Bier, langsam; dann winkte er dem Barmann und ließ sich eine zweite Flasche bringen. Es vergingen fast fünfundzwanzig Minuten, bis Thompson zurückkam; der Amerikaner sah ein wenig grau aus.

»Die *Ludmila*«, sagte er leise, als er wieder saß. »Mit einem *l*. Hat vor ein paar Tagen in der Plata-Mündung große Kisten von einem Frachter aus Odessa übernommen und dampft stromaufwärts. Rote Karos.«

Villena nickte; er empfand keinen Triumph. Weder die Bestätigung, daß Thompson tatsächlich der CIA oder einem der anderen US-Dienste angehörte und schnell Informationen besorgen konnte, noch die Mitteilung, daß ein Frachter mit russischem Mädchennamen auf dem Paraná unterwegs war, erfreute oder erheiterte ihn.

»Kommen wir zu Solanos Schatz. Was machen eure Leute denn da oben? Sucht da ernsthaft jemand nach Märchengold?« Er sagte *fairy tale gold;* beinahe automatisch war er wieder zum Englischen gekommen.

»Ich weiß von nichts.« Thompson starrte ins Leere. »Ist der Schatz denn wirklich da oben? Den haben doch schon so viele gesucht.«

Villena versuchte ein schwaches Grinsen; es mißlang und wurde eine üble Grimasse – der Oger, dem der gefangene Königssohn auch mit Salz und Senf nicht schmeckt. »Alles Blödsinn – glaube ich. Für leichtgläubige Gringos. In den größeren Hotels in Asunción läuft immer wieder jemand rum, der betuchten Touristen für relativ viel Geld eine todsichere handgezeichnete Karte oder am besten gleich eine Fahrt mit Spaten und Zubehör im teuer zu charternden Geländewagen andrehen will.«

»Wann hat Solano das Zeug da verbuddelt?«

Der Paraguayer hob die Schultern. »Da gibt's mehrere Varianten. Der Held des Vaterlands – dazu hat ihn O'Leary gemacht. Geschrieben; klassischer Fall von Revisionismus, wenn du mich fragst. Also, der Held des Vaterlands, eine der miesesten Ratten dieser Weltgegend . . .«

Er erzählte, mit zunehmender Lust, die Geschichte des ungebärdigen Tyrannensohns, den der Vater außer Landes schickte, weil er annahm, sonst seines Lebens und seiner Macht nicht sicher zu sein. Als der Alte, Präsident, endlich starb, kam Francisco Solano López zurück in die Heimat, mit einer irischen Nutte namens Eliza Lynch, die als Konkubine des neuen Präsidenten (der flugs auch Marschall wurde) die Damen der Gesellschaft von Asunción, die sie anfangs schneiden wollten, zu netten Feiern einlud – Verpflichtung, beim Ball im Gran Hotel del Paraguay zu erscheinen, gekleidet in frisch abgezogene Tierfelle und darunter nackt, bitte sehr; oder Versöhnungsfeier auf einem Flußdampfer, dessen Matrosen zu vorgerückter Stunde auf ein Zeichen von Eliza hin die anderen Ladies über Bord warfen.

»Macht bestimmt sympathisch, was?« Thompson grinste; er schien aus seiner Erstarrung aufzuwachen. »Und weiter?«

»Tja, der Große Krieg. Paraguay braucht unbedingt Meerzugang, und außerdem sind bestimmte Teile der Nachbarstaaten irgendwann einmal widerrechtlich den alten spanischen Verwaltungseinheiten, die heute Paraguay ausmachen, weggenommen worden – die brasilianischen Gebiete oberhalb der Iguazú-Fälle, zum Beispiel. Die wollte Solano heim ins Reich holen. Zu dem Zweck ist er, weil der Paraná von den Brasilianern verteidigt wurde, durch die argentinische Provinz Misiones und dann nach Norden marschiert. Die Nachbarn fanden das nicht amüsant; es kam zur Tripel-Allianz. Brasilien, Uruguay, Argentinien, alle gegen Paraguay. Am Ende, achtzehnsiebzig, war die Bevölkerung des Landes durch Krieg und Begleiterscheinungen – Hunger, Seuchen und derlei – auf ein

Fünftel geschrumpft. Mit den letzten Getreuen und einer Karrenkolonne ist Solano nach Norden geflohen. Ah ja, und mit Eliza. Auf den Karren lag der gesamte Staatsschatz, außerdem alles, was López in den letzten Monaten aus Kirchen und Klöstern an Wertgegenständen herausgeholt hatte.«

Villena machte eine Pause, bis der Barmann ein weiteres Bier und noch einen Whisky mit Wasser gebracht hatte.

»Jetzt gehen die Versionen auseinander«, sagte er dann. »In der heroischen Fassung vergräbt Solano sozusagen persönlich den Schatz, bevor eine ihm entgegengeschickte brasilianische Truppe ihn – und das Gold – abfangen kann. In der realistischeren Version schickt López oben in den Sümpfen und Dschungeln von Cerro Corá Krieger los, um das Zeug zu verbuddeln; einer der Leute, sein letzter Adjutant, bringt anschließend die anderen um und kehrt zurück. Nachdem er Solano berichtet hat, wo genau der Kram liegt, murkst Solano *ihn* ab. Dann schnappen die Brasilianer ihn und die übrigen, einschließlich Eliza. Zum Zeichen ihrer Wertschätzung, nach all den Jahren des Mordens, ziehen sie Solano bei lebendigem Leib die Haut ab, ganz langsam. Eliza muß ihn anschließend mit bloßen Händen begraben, ohne Werkzeug. Dann kriecht sie ins Bett eines brasilianischen Offiziers, und irgendwie schafft sie es ein paar Jahre später, ich glaube vom Hafen Santos aus, nach Europa zu kommen. Sie ist in Paris gestorben, als irische Nutte, auf der Straße.«

»Liegt sie nicht jetzt irgendwo in Asunción?« Thompson bemühte sich, interessiert zu klingen.

Villena versuchte zu erraten, was hinter der aufgesetzt teilnahmsvollen Miene vorging, spielte aber das Spiel weiter mit, weil ihm zunächst nichts anderes übrigblieb.

»Man hat sie irgendwie repatriiert«, sagte er. »Ihre sterblichen Überreste. Und ihr auf dem Friedhof Recoleta in Asunción, wo die Helden und die Großen Familien liegen, ein Mausoleum gebaut. Da kann man auf Tafeln lesen, wie sie todesmutig dem größten Helden des Vaterlandes in seiner bittersten Stunde beistand. Solanos Reste liegen in einer Urne im Pantheon von Asunción. Auf der Gedenktafel steht, er sei, umgeben von seinen tapfersten Getreuen, mit dem Wort ›Vaterland‹ auf seinen Lippen gestorben. ›Scheiße‹ dürfte er wohl eher gesagt haben.«

»Und der Schatz?«

»Wurde nie gefunden. Das Gebiet ist ziemlich unzugänglich. Hügel, Sümpfe, Flüsse mit wechselnden Betten. Aber immer wieder sucht jemand danach.«

Thompson nickte und holte tief Luft. »Na gut. Also.« Er schwieg wieder.

Villena musterte ihn mit schmalen Augen. »Komm schon, spuck's aus. Was tun eure Leute da oben? Oder hab ich noch nicht lang genug gequasselt? Brauchst du mehr Zeit, um zu überlegen, was du mir sagen kannst?«

»Bah. Also.« Thompson beugte sich im Sessel vor, starrte den Paraguayer an und sprach sehr leise, sehr eindringlich. »Wir haben erfahren, daß da eine Kolonne der Cali-Leute unterwegs ist. *Und* wir haben aus einer sehr ... vertrauenswürdigen Quelle genaue Daten gekriegt.«

»Daten worüber?«

»Über den Schatz.«

Villena lachte laut auf. »Du willst mir doch nicht erzählen, die furchterregenden Geheimdienste der letzten Großmacht buddeln nach Solanos Schatz?«

»Doch. Genau das.«

»Die Quelle muß wirklich irrsinnig vertrauenswürdig sein! O mein Gott! Ich kann's nicht fassen.« Er legte den Kopf in den Nacken und wieherte.

Thompson sah sich um und winkte ab, als der Barmann näherkommen wollte. Ein paar Männer, die eben aus der Lobby in die Bar traten, blickten neugierig zu ihm hin, oder zum für sie dank der Sessellehne unsichtbaren Quell des Gelächters.

»Guaratuba«, sagte Thompson leise.

Villena verschluckte sich, hustete, verstummte. »Der ... Alte?«

»Nicht persönlich.« Thompson rieb sich die Augen; plötzlich wirkte er sehr müde. Und irgendwie überfordert.

»Wer denn?«

»Einer seiner Leute. Engere Umgebung. Ich weiß nicht, wer genau es ist; wir kennen nur einen Codenamen.«

»Und was macht ihr jetzt? Buddeln?«

»Fang nicht wieder an zu lachen.«

Villena schüttelte schwach den Kopf. »Keine Sorge. Der Alte und seine Leute haben so lange das Land ausgesogen und international mit jedem gepokert, der leichtsinnig genug war ... Und alle haben immer gegen ihn verloren, egal ob eure Leute oder die Argentinier oder Israel oder die Araber oder wer auch immer. Was aus Guaratuba kommt ...« Er starrte den Amerikaner an. »Was immer aus Guaratuba kommt, bringt keinen zum Lachen, der sich ein bißchen auskennt. Vor allem nicht in dieser Lage. Im Moment.«

Thompson kaute auf der Unterlippe. Langsam sagte er: »Ein enger Vertrauter des Alten. Hat uns auf den üblichen Umwegen ziemlich genau – nicht ganz genau – gesagt, wo der Schatz wirklich liegt. Die letzte, präzise Angabe ist in einem Objekt verborgen, das auf eine nicht näher bezeichnete Weise in unsere Hände geraten könnte; es sind aber auch andere Interessenten hinter diesem Gerät her.«

»Wie sieht der Deal aus?«

»Er – der Vertraute – will eine Million Dollar und einen amerikanischen Paß, sobald wir den Schatz haben. Dafür, sagt er, kriegen wir genaue Angaben über einen schon sehr weit gediehenen Plan.«

»Was für einen Plan?«

»Putsch«, sagte Thompson.

Villena schwieg einen Moment. »Hm«, sagte er dann.

»Überzeugt mich nicht. Er könnte euch doch ganz einfach die Putschpläne gegen Dollars und Paß verraten.«

Thompson gluckste. »Meinst du, uns interessiert ernsthaft, wer in Asunción herrscht?«

»Nein? Nein, natürlich nicht. Ihr seid ja keine Menschenrechtsorganisation.« Er klang nicht einmal bitter, wie er selbst ohne Überraschung feststellte.

»Der Schatz«, sagte Thompson. »Und die Chance, eine ganze Lkw-Kolonne mit Heroin oder Kokain hochgehen zu lassen.«

»Das alles gegen Dollars und einen Paß? Und danach die Putschpläne?«

Thompson hob die Hand. »Moment. Die Lkws sind eine Zugabe von anderer Seite; damit hat der, eh, dieser Vertraute des Alten nichts zu tun.«

Villena seufzte. »Ziemlich wirr, oder? Woher kommt diese Cali-Information?«

»Anonyme Tips, die wir durch Gewährsleute und Luftaufklärung erhärten konnten.«

Villena zählte an den Fingern seiner Rechten ab. »Erstens, ein anonymer Tip – das Cali-Kartell transportiert zwölf Lkw-Ladungen Scheiße Richtung Amambay. Zweitens der Tip mit dem Schatz. Drittens schickt ihr einen Trupp los, der Schatzgräber spielen, vielleicht tatsächlich den Schatz als nette Zugabe finden soll, vor allem aber die Kolonne stoppen will. Viertens: Ihr jagt die Kolonne hoch, findet den Schatz, gebt dem Informanten eine Million Dollar und einen Paß und kriegt von ihm dafür ausgearbeitete Putschpläne?«

»So etwa.« Thompson lächelte flüchtig.

»Und fünftens«, sagte Villena, den linken Zeigefinger am kleinen Finger der Rechten, »ist euch Punkt vier eigentlich scheißegal. Das heißt, ihr wollt die Kolonne stoppen und den Schatz finden – möglicherweise, aber nicht vordringlich, und ihr denkt nicht im Traum daran, dem anonymen Vertrauten des *Karaí Guasú«* – als er die Guaraní-Formel aussprach, lief es ihm wieder kalt den Rücken hinab – »Knete und Paß auszuhändigen, weil seine Putschpläne euch nicht jucken.«

Thompson nickte; einer seiner Mundwinkel sackte ab.

Villena hatte es gesehen. »Da ist noch etwas, oder?«

»Ja. Erstens fehlt immer noch das Objekt mit den genauen Angaben, wo der Schatz liegt. Zweitens hat uns der kodierte Vertraute heute mittag wissen lassen, daß er die Cali-Leute gewarnt hat, damit sie eine andere Strecke fahren. Vermutlich Richtung Ciudad del Este. Dollars und Paß gegen die Information, wo sie wann genau auftauchen.«

Villena grinste. »Klingt schon besser. Klingt jedenfalls nach einem, der dem Alten lange genug beim Pokern zugesehen hat. Hm. Ja, doch, könnte mich beinahe überzeugen. Machen wir einen Deal?«

Thompson kniff die Augen zusammen und starrte Villena über den Rand des Whiskyglases an. »Was für einen Deal?«

»Wir arbeiten zusammen. Ich will die Putschpläne. Ich will eure Hilfe bei der Klärung der Frage, was mit diesem Dampfer und seiner Ladung ist. Dafür sage ich euch, wo die Lkws hinfahren – das heißt, wo ihr sie schnappen könnt, ehe sie Ciudad del Este erreichen.«

»Weißt du das?« Thompson blinzelte sehr schnell, sehr lange.

»Ich habe eine Ahnung, ja.« Villena trank sein Bier aus, stellte die Flasche auf das Tischchen und stand auf. »Wie viele Leute kannst du einsetzen?«

Thompson erhob sich ebenfalls. Er blickte zur Bar, dann zum Fenster. Draußen war es dunkel; irgendwo weiter weg brannte eine Laterne. Er schaute nicht in Villenas Gesicht.

»Wieviel?« wiederholte der Paraguayer.

Thompson schloß die Augen. Leise sagte er: »Die anderen sind alle unterwegs. Ich bin im Moment allein.«

14. Kapitel

Es war heiß und stickig, drinnen wie draußen. Sie ließen sich an einem der Tische draußen nieder, wo zwar hin und wieder ein Schwall stinkender Heißluft vom riesigen Grill über sie hinwegwogte, kaum nennenswert verstärkt durch Autoabgase von der Straße und das Knattern der Mopeds, auf denen Solisten oder Pärchen kunstvoll die Ausläufer der Nacht zu Fransen sägten, aber wenigstens, sagte Pettigrew, »müssen wir da nicht auch noch in synthetischem Folk-Pop ersaufen«.

Tatsächlich war die Sturzkampfmusik draußen erträglicher; eine der mächtigen Boxen schien defekt zu sein und keuchte nur manchmal. Ein halb als Indio, halb als Gaucho kostümierter Kellner brachte Karten und Teller samt Bestecken, gewikkelt in rosa Papier. Claudia bestellte Rotwein, Salat und ein 500-g-Filet.

»Vornehm heute abend?« sagte der Brite. »Normale Parrillada für mich, keinen Salat. Ich krieg immer diese Chlorophyll-Schocks. Bier.«

»Allergisch gegen Vitamine?« Guderian schielte hinüber zum Grill. »Ich auch Parrillada. Und Bier.«

Am Nebentisch saßen sieben Koreaner, alle in Jeans und blauen T-Shirts, mit einem etwa achtjährigen Jungen – Europäer beziehungsweise Criollo, ohne asiatische oder indianische Beimengung in den Zügen. Die Männer alberten mit ihm herum, auf Koreanisch (es war jedenfalls eine asiatische Sprache, aber für Guderian hätte es auch Mandschu sein können), der Junge antwortete hin und wieder, hielt sich meistens stumm an seiner Cola fest. Guderian wandte schnell den Blick ab; die Männer kauten allesamt mit offenem Mund. Er überlegte, ob das eine koreanische Sitte sei, konnte sich aber nicht erinnern, jemals etwas darüber gelesen oder auch nur mit mehreren Koreanern gleichzeitig irgendwo gegessen zu haben. Claudia und Polperro tauschten halblaut Fragmente aus, unvollständige Anspielungen auf gemeinsame Erlebnisse oder Bekannte, und Guderian betrachtete die zwei Männer an einem weiteren Nachbartisch: ein feister, schrecklich verschwitzter Deutscher mit grauem Bart und ein stämmiger, sportlicher Amerikaner mit beginnender Glatze. Sie redeten nicht sehr laut, aber immerhin konnte er aus Anspielungen und Akzent auf ihre Herkunft schließen. Er erdichtete gerade beiden eine wirre Biographie und unlautere Motive für die Reise hierher, als die Parrilladas und das Filet kamen.

Sein Teller war übertürmt mit Fleisch: durchwachsene Steakstücke, Rippenstücke, Bauchteile, Würstchen, Innereien, insgesamt genug für ein halbes Dutzend schwankende Vegetarier. Beim Essen lauschte er den Gesprächsfetzen der anderen.

Polperro Pettigrew schrieb – ausgerechnet in Ciudad del Este – romantische Thriller für einen englischen Verlag: Bücher, die im britischen Kolonialreich des 19. Jahrhunderts und in englischen Landsitzen spielten, wo erbebende blaßhäutige Jungfern dunkelhaarigen Unholden erlagen oder von blonden Heroen (meistens Ärzte, Offiziere oder anglikanische Geistliche) erlegt wurden. Es gab da böse Erbtanten, tyrannische Gärtner, skurrile Köchinnen und verdrossene Pferde; all dies erschien unter dem Pseudonym Fiona Thistlethwaite.

Mario verschluckte sich beinahe, als Polperro den Namen nannte. *»Ay caray«,* sagte er nach längerem Husten. »Und ich dachte, Polperro Pettigrew wäre ein Pseudonym.«

Der Brite grinste; seine weißen Zähne blitzten im Halbdunkel des Grillplatzes. »Psst. Under *dem* Namen krieg ich irgendwann mal den Nobelpreis. Fiona zahlt meinen Lebensunterhalt, und nicht ganz schlecht.«

»Wieviel?«

»Das sind *cheapies*, die Bücher – *pulp*, wenn man's genau nimmt. Zweitausend Pfund pro Titel, reicht hier für zwanzig Monate, und ich schreib drei davon pro Jahr.«

»Reicht aber nicht ganz.« Claudia tupfte den letzten Rest Fleischsaft mit Weißbrot von ihrem Teller. »Die etwas teureren Vorlieben ... Brasilianische Knaben mit knackigen Ärschen und hin und wieder eine Nase Koks.«

»Vergiß nicht: neue Fische fürs Aquarium.« Pettigrew gluckste. »Brauch ich schon mal. Gehört zum Handwerkszeug.«

»Inwiefern?«

»Die Mienen, weißt du; ich porträtiere die Fische und ihre mimischen Eigenarten. Erstaunlich, wie viele britische Geistliche und Offiziere ursprünglich Fische waren. Die Jungfern nicht zu vergessen.«

»Vergiß die Jungfern mal eben.« Claudia spielte mit dem Stiel des Weinglases. »Laß uns ein bißchen über die dringenderen Probleme reden.«

»Dringender als Jungfrauen?« Pettigrew schüttelte den Kopf. »Vergiß nicht, ich bin bi; da hab ich einiges Verständnis für bestimmte Dringlichkeiten.«

»Fällt dir nach und nach irgendwas ein, was den Campo und die Cali-Truppe angeht?«

»O Limpy, was soll mir da einfach so einfallen? Ich kann mich nur umhören – diese Nacht, morgen. Das Kaff hier wimmelt von Gerüchten. Ist in den letzten vierzig Jahren von knapp tausend auf an die hundertzwanzigtausend Einwohner hochgeschossen, und pro Einwohner gibt's zwei Gerüchte. Morgen weiß ich sicher mehr. Habt ihr Waffen da im Campo?«

Claudia hob die Brauen. »Nein.«

»Ich hab eine Machete«, sagte Mario. »Auf der Klinge steht *Mi honor o la muerte*. Was immer das bringt.«

»Deine Ehre?« Pettigrew machte ein betrübtes Pferdegesicht. »Ist nicht viel wert, wenn sie denn existiert. Mit Ehre kommt man in Ciudad del Este nicht weit, höchstens unter die Räder. Und der Tod ist sowohl gratis als auch umsonst, also frei. Ich geb euch nachher was mit.«

»Wozu?« sagte Claudia. »Meinst du, wir . . .«

Sie brach ab; nicht weit entfernt, von Norden her, aus der Richtung zur Brücke, hörten sie zwei Schüsse.

»Bißchen melodramatisch, so aufs Stichwort«, sagte Polperro. »Aber passend, doch. Deshalb.«

Stimmen wurden lauter, gedämpft durch Entfernung und Verkehr, aber weder zu überhören noch zu entwirren. Ein paar Schreie, Hupen, dann eine Polizeisirene.

Als er gegen 22:30 Uhr in seinen vier Jahre alten Chrysler stieg, fragte Thompson sich immer noch (oder schon wieder), warum das alles so gnadenlos kompliziert sein mußte. Wenn sie früher von der Leiche und dem Objekt erfahren hätten, wäre es möglich gewesen, alles noch auf brasilianischem Boden abzufangen; dann müßte er jetzt nicht . . . Aber das Mädchen war so gut im Bett, daß er . . . Und die Telefonate der letzten halben Stunde . . . Kein Team zu kriegen, jedenfalls nicht innerhalb der nächsten 48 Stunden. Blödsinniger Vorschlag: die britischen Vettern alarmieren; Buenos Aires würde das machen. Und der paraguayische Offizier – mit Fahrrad! Albern. Machte trotzdem einen guten Eindruck; ob er bei der Nachtsitzung mit dem zuständigen Brasilianer . . . Wann? Thompson blickte auf die Digitaluhr des Wagens und nickte; jetzt. Und der Kollege vom argentinischen militärischen Geheimdienst sollte zu ihnen stoßen, auch etwa jetzt. Ob der mit dem Fahrrad oder, man weiß ja nie, mit dem Pferd über die Brücke . . . Neue Tripel-Allianz, was?

Kein Problem, über die Brücke zu kommen; um diese Zeit gab es kaum noch Verkehr. Der paraguayische Posten ließ sich nicht blicken. Aber ein Stück weiter, vor dem runden Platz, wo die Brückenzufahrt zur Avenida San Blas wurde, standen Polizeifahrzeuge quer, mit eingeschalteten Blinklichtern. Ein uniformierter Beamter winkte die wenigen von der Brücke kommenden Wagen in eine Art Korridor, der nur im Schrittempo zu nehmen war. Thompson reckte den Kopf aus dem Fenster.

»Was ist passiert?«

Der Polizist hob die Schultern. »Jemand hat einen Bettler erschossen. Los, Mann, weiter.«

Etwas wie eine zerbrochene Harfe lehnte am Fuß einer Laterne. Thompson lenkte den Wagen durch die Absperrung.

Es war fast 23:15 Uhr, bis er nahe bei Leonors Apartmenthaus einen Parkplatz gefunden hatte. Er war jedoch sicher, daß sie auf ihn wartete. Ihn erwartete. Zweihundert Dollar und vielleicht ein bißchen extra waren gute Gründe. Er dachte an ihre Schenkel und ihren Mund; die Erektion, die sich sofort einstellte, behinderte ihn ein wenig beim Aussteigen.

Die Haupttür war geschlossen. Er drückte den Klingelknopf und wartete. Die Sprechanlage knackte; eine helle Stimme sagte: *»Qué?«*

»Leonard.«

Der Türöffner summte. Thompson drückte auf, ging hinein, mußte einen Moment warten, bis der Fahrstuhl von irgendwo weiter oben im Parterre angekommen war, stieg ein und fuhr hinauf.

Die Tür des Apartments war angelehnt; eigentlich hätte Leonor dort stehen sollen, dachte Thompson. Er zögerte, dann zog er die Waffe aus dem Halfter, entsicherte sie und lauschte. Unten hörte er Schritte, am Fuß der Treppe, dann verließ jemand das Haus. Die Tür fiel ins Schloß.

Thompson stieß die Wohnungstür mit dem Fuß auf und sagte halblaut: »Hallo?«

Keine Antwort. Keine wortlose Reaktion.

Er tastete nach dem Lichtschalter; die kleine Diele wurde hell. Nichts. Vorsichtig, die Waffe schußbereit, öffnete er nacheinander alle Türen. Abstellraum. Bad. Küche. Wohnzimmer. Dann das Schlafzimmer. Leonor lag auf dem Bett, nackt, unbedeckt. Ein Blick auf das Gesicht, die Augen, die aufgequollene Zunge genügte. Jemand hatte Leonor erwürgt. Wer immer es war, hatte inzwischen die Wohnung verlassen. Vielleicht hatte er (oder sie? Thompson schüttelte den Kopf) gewartet, *»qué?«* gesagt, den Öffner gedrückt, den Fahrstuhl mit geöffneter Tür festgehalten, bis er sicher war, daß Thompson nicht die Treppe nahm. Tür zu, Fahrstuhl abwärts; der Mörder wartet, bis Thompson unten im Fahrstuhl ist, läuft treppab und verläßt das Haus. So?

Er berührte die Leiche an der Schulter. Warm. Auf dem Nachttisch lag ein Päckchen mit Kondomen, daneben der Zettel mit seinem Namen, *Leonard Thompson*, und der Telefonnummer des Hotels in Foz. Seine eigene Schrift; der Zettel, den er hinterlassen hatte. Jemand hatte – vermutlich mit einem Füller, es sah nach echter Tinte aus – hinter den Namen und die Nummer eine Faust mit aufgerichtetem Mittelfinger gemalt.

Thompson schloß einen Moment die Augen, konzentrierte sich. Er hatte Lichtschalter und Türgriffe berührt; sollte er alles abwischen? Vorsichtshalber? Die Paraguayer hatten bestimmt keine Unterlagen über ihn, aber . . .

Er steckte den Zettel ein, suchte noch einmal, allerdings ohne Hoffnung, nach dem Füller, machte eine Runde, wischte alle Dinge, die er berührt hatte, sorgsam ab, löschte die Lichter und wollte eben die Wohnungstür hinter sich zuziehen.

Es klingelte. Er warf einen Blick ins Treppenhaus. Durch die Frontverglasung konnte man auf die Straße sehen, tagsüber. Jetzt sah man die Straße natürlich nicht, bis auf das Licht von Laternen. Und die Blinklichter von zwei Polizeiwagen.

Thompson seufzte, sagte leise *»holy shit«* und drückte den Türöffner.

15. Kapitel

Pettigrew mußte über ein mittleres Arsenal verfügen, jedenfalls hatte er behauptet, er werde die beiden Browning High Power nicht vermissen. Auf der Rückfahrt zum Campo untersuchte Guderian die Waffen – im Dunkeln, mit den Fingern.

Nach sehr langem Schweigen sagte Claudia: »Und morgen wirst du detonieren, oder?«

»Wie meinst du das?«

Sie blickte konzentriert nach vorn, wo das Licht der Scheinwerfer über die unebene Straße tanzte. Mario sah, wie sie die Nase kräuselte, und war nicht sicher, ob das die Andeutung eines stickigen Lächelns sein sollte.

»Die haben dich doch hergeschickt, weil du was taugst. Abgesehen von der Macho-Kiste heute früh war davon nicht viel zu sehen. Bis jetzt.«

Er kicherte kaum hörbar. »War noch nicht nötig. Außerdem . . .« Er hob die Schultern, was sie nicht sehen konnte.

»Außerdem – klar. Erst mal schnuppern, Witterung aufnehmen? Ich laß mich überraschen.«

»Klingt, als ob du nicht viel von mir hältst.«

»Bis jetzt? Was soll ich von dir halten?«

»Ich könnte ein paar Vorschläge machen. Daß ich ein angenehm unaufdringlicher, weil stiller Beifahrer bin. Daß ich erträgliche Tischmanieren habe. Daß ich zwar nicht gut schwimme, dafür aber schlecht rieche, oder so.«

Sie warf ihm einen schrägen Blick zu. »Na ja, wenn das alles ist.«

»Was macht Pettigrew wirklich?«

»Wie meinst du, wirklich?«

»Die Browning ist zwar nicht gerade selten, aber ein Freak oder Waffensammler hat wohl eher zehn verschiedene als mindestens drei gleiche.«

»Ah ja?«

»Das war lange – ich weiß nicht, ob noch immer – die Handwaffe des SAS. Special Air Service.«

Sie schwieg; dann sagte sie zögernd: »Weiß ich nicht. Würd ich ihm aber glatt zutrauen. Ex-Profi?«

»Könnte sein. Ihrer britannischen Majestät Truppe für besondere Einsätze, Anti-Terror-Jobs, Aktionen hinter den feindlichen Linien. Irgendwie ... Er bewegt sich sehr kontrolliert. So, als ob er gerade erst mit dem Training aufgehört hätte, oder noch drin wäre. Fiona Thistlethwaite ...«

Sie lachte. »Schönes Pseudonym, oder?«

»Geheimdienst?«

Sie schob den Unterkiefer vor. »Der? Nehmen die denn ... na ja, er ist ja nicht schwul. Bi.«

»Britanniens Elite war immer dubios. SAS und MI 5 oder MI 6 sind da bestimmt keine Ausnahme. Woher kennst du ihn, und wie gut?«

»Mußte ja kommen.«

»Was?«

»Indiskrete Fragen. Männerneugier.«

»Hat nix mit Indiskretion zu tun. Mir geht's bloß darum, rauszukriegen, ob du ihn gut genug kennst, um einigermaßen zuverlässig über ihn urteilen zu können.«

»Wir waren ein paar Monate liiert.« Sie nahm die rechte Hand vom Steuer, kratzte sich den Hinterkopf, fuhr einhändig weiter. »Ich bin monatelang am Wochenende von Asunción hergekommen, manchmal auch er von Puerto rüber zur Hauptstadt. Nach und nach ist mir das dann zu riskant geworden.«

»Hat hier nicht heute mittag jemand was von Risiken gesagt, die man eingehen muß?«

»Kalkulierbare, ja. Wie dir inzwischen klar sein dürfte, bin ich nicht besonders zimperlich. Falls man das schöne alte Wort in Deutschland noch benutzt.«

»Tut man.«

»Monogamie war auch längst nicht mehr meine Sache . . .«

»Dazu sagt man inzwischen, auf Neudeutsch, ›war nicht mehr mein Ding‹.«

»Von mir aus. Mein Ding . . . du liebe Zeit. ›Mein Ding‹ ist was anderes. Aber egal. Ich war nicht asketisch in Asunción, ganz dem Wochenende mit Polperro ergeben, und mir war auch klar, daß er seine Ausrüstung schon mal woanders versteckt. Zweimal hat er mich – na ja, an solchen Spielchen teilnehmen lassen.«

»Hat's Spaß gemacht?«

Sie zeigte die Zähne. »Siehst du, ich sag's doch – indiskret. Ja. Spaß; war aber auch anstrengend – ein netter Dreier mit Polperro und jeweils einem kräftigen Brasilianer. Bloß . . . irgendwie wurde mir dann das Risiko zu groß. Die brasilianischen Aids-Zahlen sind nicht sehr schön.«

»Okay. Aber was ist mit seinen sonstigen Veranlagungen – Loyalitäten, wenn du so willst?«

Sie blähte die Wangen. »Ich will gar nicht, aber . . . Er ist zweifellos loyal gegenüber Fiona, die ihn ernährt.«

»Hast du mal so ein Ding gesehen? Eins seiner Bücher?«

»Du meinst, ob er wirklich romantischen Schund schreibt? Ja, tut er, kann ich bezeugen, und ich hab sogar drei oder vier davon gelesen. Und Honorarschecks gesehen.«

»Na gut. Aber wenn's hier hart auf hart ginge – wäre er dann Smiley oder Philby?«

Claudia schwieg sehr lange. Bis sie Hernandarías komplett durchquert hatten. Dann sagte sie: »Weiß ich nicht. Kann ich nichts zu sagen.«

»Du meinst, notfalls läßt er sogar dich hängen?«

»Ich meine, notfalls läßt er mich nicht hängen, notfalls

hängt er mich eigenhändig. Dich dazu. Für eine Nase Koks, zum Beispiel.«

Lorenzo de Kok mochte den Gesichtsausdruck des schweigsamen Mannes nicht, der im Hintergrund zuhörte, als die »normalen« Polizisten ihn vernahmen.

Ja, natürlich habe er Leonor gekannt, sagte de Kok; sie sei eine gute Kundin ... gewesen, habe erst heute früh (er blickte auf die Uhr), also, gestern vormittag oder gegen Mittag Wäsche zu ihm gebracht. Ja, auch Kondome gekauft. Nein, mehr wisse er nicht. Außer, natürlich, was ja auch kein Geheimnis sei, woraus sie auch nie eines gemacht habe – ihren Beruf. Und ob er jetzt endlich gehen könne?

Der Beamte blickte den schweigsamen Mann im Hintergrund an; der nickte.

»Na gut, Junge, verzieh dich. Kann aber sein, daß wir dich noch mal fragen müssen. Bleib erreichbar.«

De Kok verzog das Gesicht. »Muß ich in Puerto bleiben? Ich wollte eigentlich Verwandte besuchen, im Binnenland.«

»Mach, was du willst; sieh nur zu, daß wir dich finden können, wenn wir dich brauchen. Raus.«

Lorenzo stand auf und ging zur Tür. »Soll ich mich um *den* da kümmern?« Irgendwie, fand er, klang er sehr überzeugend. Mitleidig. Neben der Tür hockte auf einer Holzbank Eladio Montesinos. Ein Häufchen Elend; rote Augen, rote Nase, wirrer Blick.

»Gute Idee. Nimm ihn mit – wenn er mag. Hierbleiben kann er nicht, und ob er heim will ...«

Fast willenlos ließ Eladio sich mitziehen. Eine Gummipuppe, abgesehen davon, daß ihm nicht die Beine wegknickten. Lorenzo führte ihn, untergehakt, wie einen alten Mann.

»Scheiße«, sagte er nach einem halben Block.

Eladio schnüffelte. »Beim Abendessen«, sagte er mit hohler Stimme, »haben wir noch darüber geredet ...«

»Worüber?«

»Daß es hier immer härter zugeht. Gefährlicher. Und daß wir wegziehen sollten.«

»Wohin denn? Asunción?«

Montesinos spuckte aus. »Punta del Este. Oder Buenos Aires.«

Lorenzo sagte: »Puh.« Dann, nach längerer Pause: »So weit? Habt ihr denn genug zusammen? Ich meine, das kostet doch einiges, sich alles neu aufbauen . . . Umzug, neue Wohnung suchen – und was hattet ihr da vor? Wo auch immer?«

»Dasselbe wie hier. Arschwerk und Fingerwerk.« Eladio hielt die rechte Hand halb ausgestreckt vor sich und wackelte mit den Fingern. »Punta del Este . . . wo die Reichen und Schönen des ganzen Cono Sur Ferien machen und Villen bauen. Paradies für Taschendiebe und gute, saubere Nutten. Bloß . . .« Er zuckte mit den Schultern.

»Was bloß?«

»Die Hautfarbe, Mann. Die Gesichtszüge. Halbindio in Brasilien oder Argentinien sein, na schön, von Paraguay nicht zu reden. Aber Uruguay? Gibt's, ist aber schon seltener. Und in Punta del Este, bei den reichen Criollos? Deswegen hatten wir eher an Buenos Aires gedacht.«

»Klingt vernünftig. Wie wär's mit Colonia?«

»Colonia? Deutschland?«

»Quatsch. Colonia del Sacramento, Uruguay; wo die Schiffe aus Buenos Aires anlegen und die Touristen die alte Festung besichtigen, bevor sie in den Bus nach Montevideo steigen.«

Montesinos blieb stehen und sah Lorenzo von der Seite an. »He, gar nicht schlecht, muß ich Leonor . . . Scheiße.« Mitten auf der Straße begann er zu schluchzen.

De Kok zog ihn weiter. »Genug Geld hättet ihr aber gehabt, oder?«

Eladio schnaufte; mit dem Ärmel wischte er sich Nase und

Augen. »Ja; warum fragst du? Du wolltest uns doch bestimmt nichts leihen.«

»Ich überlege bloß ... Jetzt, wo – ah, wo sich alles für dich geändert hat; willst du immer noch weg? Oder doch nicht?«

»Keine Ahnung ... Ich, also, da ist alles wie betäubt, hier drin.« Er klopfte sich an die Brust, dann an den Kopf. »Holz. Holzwolle. Dumpf und muffig. Am liebsten wär ich tot.« Er weinte wieder.

»Wieso eigentlich gefährlich? Ich meine, Ciudad del Este?« sagte de Kok nach einer Weile. Sie warren nicht mehr weit von seinem Condominio.

»Ach, allgemein und überhaupt. Weißt du doch genauso gut wie ich. Nicht zu reden von Leonor ...«

»Glaubst du, daß es der Amerikaner war?«

Eladio schüttelte entschieden den Kopf. »Blödsinn. Der Mann war angesagt, war letzte Nacht schon da, Kunde; so blöd kann der doch gar nicht sein. Den werden sie bestimmt bald laufen lassen. – Was ›gefährlich‹ angeht, Kumpel: Ich hab heut eine Riesendummheit gemacht; ich glaube, ich muß weg.« Schlagartig blieb er stehen, wie nach einer Vollbremsung. »Ach du liebe Zeit ... Ob *die* Leonor umgebracht haben?«

»Wer *die?*«

»Heute hab ich einem die Knete geklaut, bei dem ich's nicht hätte tun sollen.«

De Kok schwieg.

»Und zwar Gutiérrez. Dem Cali-Mann.«

De Kok holte tief Luft. »Gib's ihm zurück«, sagte er tonlos.

»Geht nicht. Ich war so durcheinander, daß ich die Brieftasche mit dreierlei falschen Papieren und allem weggeschmissen hab.«

»Wo?«

Eladio schüttelte den Kopf. »Sag ich dir nicht. Was du nicht weißt, kannst du nicht verkaufen.«

»Und das Geld?«

»Gut versteckt.«

De Kok gluckste. »Leichtsinniger Vogel, du. Ich könnte dich doch jetzt komplett an Gutiérrez verscherbeln. Die kriegen das schnell aus dir raus.«

»Was hab ich denn zu verlieren?«

»Alles. Den ganzen Rest. Haut. Knochen. Die schütten dir kochendes Wasser auf die Eier, Mann, und ziehen dann die Haut ab. In Fransen. Die schieben dir eine Giftschlange in den Arsch und nähen dich unten zu. Die . . .«

»Hör auf.«

De Kok blieb mit Montesinos unter einer Laterne stehen und sah ihn eindringlich an. »Du solltest ein paar Tage verschwinden, Mann. Und« – er zögerte, sprach leiser – »ich wohl am besten auch.«

»Du? Wieso du?«

Lorenzo schaute zu Boden. »Es gibt da ein, zwei Sachen . . . Manchmal weiß man einfach zuviel.«

»Und dein Laden?«

»Den kann Marta ein paar Tage allein machen.«

»Wohin denn?«

De Kok überlegte. Oder tat so, als müsse er überlegen; eigentlich war er längst entschlossen. »Rio?«

Montesinos hob abwehrend die Hände, mit gespreizten Fingern. »Du weißt doch, in Brasilien ist wahrscheinlich noch eine Rechnung offen. Gegen mich.«

»Hm. Dann fällt mir eigentlich nur noch mein Vetter Ramón ein, so auf die Schnelle.«

»Wo sitzt Ramón?«

»Gar nicht so weit weg, aber ziemlich abseits.«

»Und? Hat der Platz für uns?«

»Glaub ich schon. Außerdem – wenn wir einfach so hinfahren, unangemeldet, und sagen, jemand ist hinter uns her, dann schickt der uns nicht weg.«

Eladio schien zu zögern. »Und du verlädst mich nicht?«

»Was denkst du von mir?«

Eladio lächelte schief. »Ich trau dir alles zu. Aber ... Wenn du mich an die Haie verfüttern wolltest, hättest du es hier bequemer, oder?«

»Also, abgemacht?«

»Ja. Wann?«

»Sofort, am besten.«

»Aber meine Sachen ...«

»Du solltest wohl besser nicht in deine Bude zurück – wer weiß, wer da jetzt rumlungert. Alles, was du brauchst, kriegst du von mir. Vorläufig. Hast du Geld?«

Eladio nickte.

»Na gut. Dann los.«

Villena haßte den Abend und die Nacht. Diesen Abend, mit langen Radfahrten durch Foz do Iguaçu, wo er gern gewohnt hätte, genügend Geld vorausgesetzt; mit unergiebigen – oder kaum ergiebigen – Unterhaltungen; und nun diese Nacht. Zuerst hatte man ihm seinen wichtigsten Informanten erschossen, den alten Ka'yguá-Indio, und dann holte man ihn von der Bettkante zurück, weil ein angeblicher Mörder nach ihm verlangte.

Er hatte Thompson jetzt seit einer Stunde in der Zelle schmoren lassen, um ihn weichzukochen. Und damit er nicht bei den Verhören des »Witwers« und des Kondomrecyclers störte. Die, wie zu erwarten gewesen, nicht besonders ergiebig waren. Er bedachte noch einmal seinen Tag, vom Morgen im Büro über die Explosion des Wagens und die Besuche in den Garnisonen bis zu diesem Moment. Erstaunlich, daß so viele Vorgänge und so viele schlimme Nachrichten in nicht einmal vierundzwanzig Stunden paßten.

»Bringt den Yanqui her«, sagte er müde. »Ich nehm ihn mit.«

Der eigentlich zuständige Kommissar verzog griesgrämig den Mund. »Er war's nicht, aber sollen wir ihn nicht festhalten, bis der Bürgermeister ihn gesehen hat? Damit er nicht meint, wir täten nichts.«

Villena grunzte.

»Na gut, Romualdo.« Der Kommissar klatschte; als ein Uniformierter ins Büro schaute, deutete er auf die Wand, hinter der die Arrestzellen lagen. »Herholen. – Hast du denn irgendeine Idee, in welcher Richtung wir suchen sollen?«

Villena bleckte die Zähne. »Hizbollah«, sagte er. »Mossad. Die *caballería.* Cali. Argentinien. Brasilien. Der *Karaí Guasú.* Such dir was aus.«

»Lag ziemlich viel Geld in der Bude rum«, murmelte der Kommissar. »Raubmord war's nicht. Wahrscheinlich hast du recht; sie muß in irgendwas die Finger gesteckt haben, und jetzt hat man sie ihr abgeschnitten. Überlaß ich aber gern dir, die Sorte Leute.«

Villena lauschte; vom Gang her klangen Schritte. »Eins noch«, sagte er leise. »Wenn ich in den nächsten Tagen ein paar zuverlässige Leute brauche . . .«

Der Kommissar musterte ihn wie ein besonders dusseliges Stück Gassenfauna. »Woher willst du wissen, ob *ich* zuverlässig bin? Woher soll ich wissen, wer von meinen Leuten zuverlässig ist?«

Villena nickte müde.

Thompson kam ins Büro; er sah zerzaust und mißgelaunt aus. Auf ein Zeichen des Kommissars nahm der uniformierte Beamte ihm die Handschellen ab. Thompson rieb sich die Handgelenke. »Hat die Farce lang genug gedauert?«

»Wir können dich da gleich wieder in Pension geben«, sagte Villena. »Es sei denn . . .«

Thompson stöhnte. »Können wir wo was trinken gehen? Und dabei weiterreden?«

»Unter einer Bedingung.«

»Welche?«

»Absolute, totale, rückhaltlose Kooperation. Sonst . . .«

Thompson starrte Villena einen Moment lang in die Augen. Dann nickte er und sagte: »Scheiße, ja.«

16. Kapitel

In der Nacht hörte Guderian Lärm – drüben, wo Ramón und Consuelo wohnten. Er glitt aus dem Bett, griff nach der Browning, lief durchs dunkle Wohnzimmer des Bungalows, geduckt, und spähte durch die Scheibe des Verandafensters.

Ein kleiner Wagen, möglicherweise Fiat, stand vor dem Mittelgebäude, das hell erleuchtet war. Ramón, in einem absurden rosa Nachthemd, raufte sich die Haare, fuchtelte in der Luft herum und sprach sehr schnell sehr laut – Obszönitäten, Beschimpfungen, nach den Fetzen, die Mario verstehen konnte. Consuelo, in einem dunklen Herrenpyjama, stand halb hinter ihm, die Arme vor der Brust verschränkt, die Lippen zu einem Strich gepreßt. Vor ihnen, am Fuß der vierstufigen Treppe, zwei Männer, von denen einer, der Haltung nach, schwieg, während der andere mit Ramón um die Wette brüllte.

Plötzlich endete das Gezeter; Ramón hob die abgespreizten Arme in einer Gebärde des Entsagens und nickte – sehr langsam, als müsse er sich selbst von etwas überzeugen. Consuelo wandte sich um und hielt die Tür auf; die beiden Männer holten kleine Gegenstände – Handgepäck? – aus dem Fiat und verschwanden mit den Mendozas im Gebäude.

Stille. Guderian blickte hinüber zu Claudias Bungalow; er war nicht sicher, glaubte aber, eine Bewegung zu sehen, vielleicht nur einen Kopf, der von einem Fenster verschwand.

Er dachte ein paar Sekunden lang nach; dann ging er zurück ins Schlafzimmer, zog sich im Schein der Nachttischlampe halbwegs an und ging hinüber zum Mittelbau. Er klopfte nicht, sondern trat schnell und sehr leise ein, die Browning in der Hand.

Die Mendozas und die beiden Gäste saßen am Tisch, tranken Mate und redeten leise – Ramón, Consuelo und einer der Männer; der andere schwieg, starrte in seine Kalebasse oder auf den Tisch oder in sich hinein.

Mario räusperte sich.

Die beiden Männer fuhren herum; Ramón zuckte zusammen, und Consuelo quiekte kurz.

»Probleme?«

Ramón nickte, schüttelte dann den Kopf. »Verwandtschaft«, sagte er. »Ärger in Ciudad del Este. Er« – mit einem Blick auf den schweigenden, deprimiert wirkenden Jüngeren – »hat gestern abend seine Frau verloren. Mord. Und mein Vetter hat ein bißchen Ärger mit den Behörden. Zwei, drei Tage unterkriechen hier, bis sich die Sache gelegt hat oder einem was Besseres einfällt. Einverstanden, *jefe?«* Ramóns Blick glitt von Guderian ab und richtete sich auf etwas hinter dem Deutschen.

Mario drehte sich nicht um; er hatte die leichten Schritte gehört. »Von mir aus«, sagte er. »Wenn *la jefe* nichts dagegen hat . . .«

»Ja.« Claudias Stimme klang heiser vor Müdigkeit. »Aber bleibt vorsichtshalber in Deckung, wenn hier morgen gearbeitet wird. Und fahrt euren Wagen weg, falls jemand den erkennen könnte.«

Draußen, zwischen den Bungalows, blieb sie stehen und sah zu, wie Guderian die Waffe in die Hosentasche schob. Claudia trug Halbstiefel und einen ponchoartigen Überwurf, sonst nichts – jedenfalls nichts, in das sie ihre Browning hätte stecken können.

»Komm mal mit«, sagte sie. »Ich will dir was zeigen.« Ohne auf eine Antwort zu warten, drehte sie sich um und ging zu ihrem Bungalow.

Mario folgte ihr – gehorsam, wie er fand; um sich nicht allzu sehr wie ein Schoßhündchen zu fühlen, sagte er halblaut, an ihren Rücken gerichtet: »Aber gern, Señora; du hast viele nette Dinge, die ich mir gern näher anschauen würde.«

Ohne den Kopf zu wenden, sagte sie: »Typisch Macho. Wenn euch nichts einfällt, redet ihr von Sex. Hast du beim Baden nicht genug gesehen? Beim Umziehen?«

»Sehr flüchtig. Und zu weit weg. Ich bin, was das angeht, extrem kurzsichtig.«

Sie gluckste. »Not tonight, Josephine.«

»Warum nicht?«

»Erstens müßtest du Männchen machen und ganz lieb bittebitte sagen, und ob ich dann Lust auf Gymnastik hätte, weiß ich nicht.« Sie stieg die vier Stufen zur Veranda hoch, ging ins Gebäude und schaltete gedämpftes, indirektes Licht ein.

Guderian schloß die Tür hinter sich. »Und zweitens?«

Sie ging zum Schlafzimmer und knipste auch dort das Licht an, das viel heller war. Ohne ihm einen Blick zu gönnen, streifte sie die Stiefel ab, dann den Poncho. Darunter trug sie tatsächlich nichts. Guderian pfiff leise. Sie bückte sich nach Sandalen und einem leichten Nachthemd, das vor dem Bett lag; dabei spreizte sie kaum merklich die Beine. »Zweitens«, sagte sie, mit einer leichten Bewegung zweier Finger. Zwischen den Oberschenkeln baumelte der Faden eines Tampons. »Und drittens.« Vom Boden vor dem Bett hob sie ein Stück Papier auf und reichte es ihm.

Guderian nahm es und las, während sie das Nachthemd überstreifte. Es war ein Fax aus Andalusien, von Fred Meininger.

»Campo, z. Hd. Mario Guderian, bitte absprechen. – Mario, Sie werden inzwischen bemerkt haben, daß einige Dinge nicht ganz so sind, wie wir sie besprochen hatten. Ich bin davon ausgegangen, daß Sie in voller Kenntnis der Lage möglicherweise nicht nach Paraguay fliegen würden. Ein Erfolgsbonus von 25 000 DM wird Sie hoffentlich versöhnen. Das Ticket bleibt gültig, und das Rückkehrangebot steht, wie besprochen. Der Preis für das Objekt beträgt das Dreifache des Genannten; die Differenz wird Ihnen innerhalb der nächsten zwei Tage bar übergeben. Der Erwerber des Campo kann aus Gründen, die uns nichts angehen, nur die Ihnen ›offiziell‹ mitgeteilte Summe über Banken laufen lassen. Sobald die Differenzsumme sich nicht mehr in Paraguay und nicht in den Händen des Käufers befindet, ist das Geld sauber; bitte zahlen Sie es dann in einem der Nachbarstaaten auf eines der Ihnen bekannten Konten ein. Frau Guttenberg berät Sie; notfalls ist sie weisungsbefugt. Wir gehen davon aus, daß innerhalb von zwei Tagen alle Transaktionen abgeschlossen werden können. – Viel Glück und bis bald – FM.«

Claudia ging an ihm vorbei zur Küche; sie warf ihm einen spöttischen Blick zu. »Zur Salzsäule erstarrt? Ich glaube, du kannst jetzt einen Drink vertragen. Oder?«

»Brandy, wenn du hast«, sagte er. »Und ein Wasser.« Er ließ das Blatt sinken und ging zu einer Sitzgruppe.

Ohne viel zu sehen, schaute er sich um. Der Bungalow war Standardausfertigung: zwei Schlafzimmer, Bad, großer Wohnraum, Durchreiche zur Einbauküche. Der, in dem er untergebracht war, unterschied sich nicht einmal in der Art und Qualität der Möbel von diesem hier. Er hatte andere gesehen, in denen von Besitzern oder Mitbesitzern persönlich ausgewählte Möbelstücke oder Bücher, Bilder und Kunstgegenstände so etwas wie Charakter ausstrahlten, oder eine spezifische Unterart von Charakterlosigkeit. Claudias Behausung war eindeutig das Domizil einer Durchreisenden, die nach Asunción oder Timbuktu fahren würde, sobald die »Transaktionen« beendet waren.

»Na?« sagte sie, als sie zwei Gläser auf den niedrigen Couchtisch – dicke Glasplatte auf dunklen Holzblöcken – stellte und sich mit einem Longdrinkglas in den zweiten Sessel sinken ließ.

»Prost.« Er hob das Brandyglas, nippte, stellte es wieder ab.

»Kann man so sagen.« Aus einem beschnitzten Holzkästchen nahm sie eine Zigarette, gab sich Feuer mit einem geschmacklosen Tischfeuerzeug – ein Aluminiumbehälter, eingelassen in scheußliche Quarz- oder Kristallklumpen – und blies eine Rauchfahne in Marios Richtung.

»Ich überlege, ob ich den Kram hinschmeiße«, sagte er.

»Machst du nicht.« Sie musterte ihn mit schmalen Augen. »Machst du ganz bestimmt überhaupt nicht. Wo bleibt dein Kavaliersgeist? Eine hilflose Frau sitzenzulassen . . .«

»Du bist ungefähr so hilflos wie eine Mamba.«

Sie lächelte. »Sag mir noch ein paar Liebenswürdigkeiten, Junge. Das erotisiert die Atmosphäre.«

»Ich rede jetzt nicht vom bösen Hosenwurm, sondern von meiner Lust am Weiterleben. Lust aufs Weiterleben.«

»Eben.« Sie nahm einen Schluck aus ihrem langen Glas und blickte ihn über den Rand an. Einen Moment bildete er sich ein, die Silberschlange an ihrem Ringfinger zischen zu hören. »Genau darum geht's. Deine Absicht, noch ein paar Jahre zu leben.«

»Du meinst . . .?«

»Genau das meine ich. Die finden dich auch in der Mongolei oder auf Samoa.«

»Wer *die* – unsere, oder die hier?«

»Beide.«

»Ich krieg's nicht auf die Reihe«, sagte er leise.

»Was?«

»Alles. Die verkaufen den Campo hier; okay. Egal ob zwei oder sechs Millionen Dollar – für unsere hochmögenden Herren sind das Peanuts.«

Sie lächelte, fast versonnen. »Vertu dich nicht. Haben kommt von behalten, heißt es. Die Jungs wären alle nicht so gut dabei, wenn sie nicht auch Peanuts zu schätzen wüßten.«

»Also – Campo verkaufen, an . . . wen auch immer. Knete rüber nach Brasilien oder Argentinien – könnte der Käufer doch auch; wozu brauchen die mich?«

»Tja, fragt man sich.«

»Von wem kommt die Knete eigentlich – letzten Endes?«

Sie schüttelte den Kopf und drückte ihre Zigarette aus. »Weiß ich nicht. Ich weiß nur, wer sie dir aushändigen wird.«

»Nämlich?«

»Rat doch mal.«

»O nein. Nicht Sergio Gutiérrez.«

»Doch.«

»Na fein. Ich soll hier also aufpassen, daß alles abläuft wie vorgesehen? Das könnt ihr doch auch – Ramón und Consuelo und du.«

»Vielleicht trauen sie uns nicht. Ein paar Millionen Dollar . . .«

»Wieso trauen sie dann mir?«

Sie lachte. »Weil du so ein anständiges Kerlchen bist wahrscheinlich. Weil die Cali-Jungs Machos sind und keine Geschäfte, jedenfalls keine richtigen Deals, mit einer Frau machen würden. Weil Ramón und Consuelo für uns Mitarbeiter sein mögen, denen man vertrauen kann, aber für Gutiérrez und seine Leute sind das einfach Domestiken. Und Domestiken gibt man keine Millionen in die Hand. Weil die beiden vertragschließenden Parteien, die hohen, einander nicht über den Weg trauen.«

»Also Geiseln?«

»Sozusagen. Du sollst aufpassen, daß alles glattgeht; und die Cali-Jungs möchten einen dabeihaben, den sie notfalls eintauschen oder abmurksen können, wenn was schiefläuft. Wenn zum Beispiel jemand auf den blöden Einfall kommt, Regierungen oder Drogenbehörden oder derlei einzuschalten.«

»Und was ist mit dir?«

»Mich finden die notfalls auch – egal ob Samoa oder Ulan Bator.«

Mario beugte sich vor und starrte in ihr Gesicht. Er sah

nichts. Nur Verschlossenheit und eine seltsame Härte. »Hast du das vorher gewußt?«

»Nein.«

»Und – überzeugt dich das, was wir uns hier gerade aus den Fingern saugen?«

»Nein.«

»Aber wir sitzen im selben Boot. Wie schön. Was machst du denn jetzt mit deinen dunklen Reden von heute abend – bei der Heimfahrt?«

»Ob ich dir etwas zutraue? Oder was meinst du?«

»Ja. Zutrauen oder trauen oder was auch immer.«

Sie lächelte; ein träges Lächeln. Dann hob sie das Glas wieder an den Mund. »Ich weiß nicht, ob ich dir etwas zutraue. Aber ich glaube schon, daß ich dir vertrauen kann.«

»Danke für die Blumen.«

Sie kniff ein Auge zu; vielleicht sollte es schelmisch aussehen, aber plötzlich wirkte sie sehr ernst. »Keine Ursache. Aber bist du dir denn so sicher, was mich angeht?«

»Bitte?«

Sie trank, stellte das Glas danach nicht wieder ab, sondern beugte sich ein wenig vor. Ihre Gesichter waren über der Tischplatte kaum zwei Handbreit voneinander entfernt.

»Wie meinst du das, bitte?« sagte Mario leise.

Sie beugte sich noch ein wenig weiter vor und hauchte ihm einen Kuß auf die Nasenspitze. »Für einen harten Mann, Macho, Sicherheitsberater, was auch immer – für so einen Typen bist du eigentlich ganz nett. Zu nett. Und zu vertrauensselig.«

Er nahm ihr Gesicht in die Hände; die Wangen in seinen Handflächen fühlten sich kalt an. Eisiger Samt. »Spuck es aus, Schätzchen.«

Sie entzog sich ihm langsam, ließ sich zurücksinken gegen die Sessellehne. »Du scheinst davon auszugehen, daß alles in Ordnung ist, wenn ich dir traue. Wieso meinst du eigentlich, du könntest *mir* trauen?«

»Meine ich das?« sagte er.

Sie blinzelte schnell. »Meinst du das nicht?«

Er griff nach dem Tischfeuerzeug, nahm das Fax, zündete es an und ließ es in den Aschenbecher fallen. »Wann ist das gekommen?«

Sie warf einen Blick auf ihre Armbanduhr. »Vor einer Stunde, ungefähr. Gegen drei. Stand drauf. Brennt jetzt aber.«

»Also neun Uhr früh in Andalusien. Meiningers Morgenspaß. Schläfst du immer mit Uhr?«

»Ja.«

»Es ist heiß. Du hast nackt geschlafen und dann, als der Lärm losging, nur schnell den Poncho übergestreift. Wo war die Waffe?«

»Unterm Kopfkissen.« Sie lächelte wieder, ziemlich schräg.

»Gestern früh bist du mit Gutiérrez aneinandergeraten; vorhin warst du genauso überrascht vom Lärm und dem Besuch drüben wie ich. Schleppst mich zu Pettigrew und besorgst uns da Waffen. Warum sollte ich dir nicht trauen?«

Jetzt wurde ihr Lächeln sehr schräg. »Es könnte doch alles Schauspielerei sein, damit du dich sicher fühlst.«

»Irgendwer hat heute gesagt, manchmal müßte man kleinere Risiken eingehen.«

»In ein paar Stunden«, sagte sie nüchtern, »kommen die ersten Lkws. Bungalows ausräumen. Und wenn ich das richtig verstanden habe, schicken Gutiérrez und Recalde vormittags einen ersten Bautrupp, der irgendwas am nördlichen Zaun ändern soll.«

»Das heißt, wir sollten jetzt zusehen, daß wir noch ein paar Stunden Schlaf kriegen?«

»Ja. Jeder in seinem Bett.«

»Und die Vertrauensfrage auf morgen verschieben?«

Sie stand auf und blickte auf ihn herab, mit einem spöttischen Zwinkern. »Wenn du meinst, daß das so schnell zu klären ist . . .«

17. Kapitel

Villena hatte auf der Couch in seinem Büro geschlafen. Ein paar Minuten erst, wie es ihm vorkam, als Margarita Jacksons sanfte Hand ihn aus Lichtjahre entfernten Regionen zurückholte. Ächzend setzte er sich auf; seine Lider – rostige Jalousien – knirschten über Rauhfaserpupillen. »Wie spät?« knurrte er.

»Zwanzig nach neun. Tut mir leid, aber in zehn Minuten ruft Asunción wieder an.«

Margarita hatte vor der Couch gekniet; ihr herzförmiges Gesicht drückte Besorgnis aus – ein geknicktes Herzchen, dachte er. Er streckte eine Hand aus und streichelte Margaritas Wange.

»Danke. Seh ich so aus, wie ich mich fühle?«

Sie kräuselte die Nase, wie zu einem unentschlossenen Lächeln. »Wenn du dich so fühlst, wie du aussiehst, ruf ich den Notarzt.«

»Kaffee und kaltes Wasser tun's auch.« Er stand auf, schwankte einen Moment, hielt sich an ihrer Schulter fest. Sie wartete, bis er sie losgelassen hatte; dann erhob sie sich ebenfalls.

»Kaffee ist schon fertig.«

»Ich liebe dich.«

Sie nickte, mit einem seltsamen kleinen Seufzer. »Das hab ich befürchtet.«

Villena fühlte sich völlig unfähig, über den Seufzer und den Satz nachzudenken. Er ging ins kleine, aber voll ausgestattete Bad, das zum Büro gehörte, drehte den Kaltwasserhahn am Becken auf und hielt den Kopf darunter. Aus dem Notgepäck, das er vor Wochen hier untergebracht hatte, nahm er Zahnpasta und Bürste, putzte sich die Zähne, rubbelte anschließend den kurzen Schopf trocken und verzichtete darauf, das Panorama rotäugiger Verwüstung im Spiegel zu analysieren.

»Ich stinke«, sagte er, als er sich an Margaritas Schreibtisch lehnte und gierig nach der Kaffeetasse griff.

»Ich kann's riechen, auch ohne Communiqué.« Margarita wartete, bis er die Tasse geleert hatte, füllte dann aus der Glaskanne nach. »Besser?«

»Nach dem Duschen werde ich keine Leiche mehr sein, nur noch ein Zombie.«

Das schwarze Telefon klingelte. Villena trug die Tasse hinüber an seinen Schreibtisch, ohne die Zwischentür zu schließen. Er mußte wirklich wie ein Bewußtloser geschlafen haben, dachte er, daß er dieses Schrillen nicht gehört hatte.

Der Mann in der Hauptstadt hatte keine neuen Anweisungen, nur Fragen, aber davon reichlich. Villena bemühte sich, konzentriert und knapp zu antworten. Er gab dem Leiter einen Überblick über die verwickelten Vorgänge, die Mutmaßungen und Gerüchte und die bisherigen Maßnahmen, die er bei sich gar nicht so nennen mochte.

»Bleibt nur reine Improvisation, wie?« sagte Asunción.

»Ich fürchte, mehr können wir im Moment nicht tun.«

Einen Moment Schweigen. Dann: »Dieser . . . Vorschlag des Amerikaners. Hat er schon angefragt?«

»Er wollte es noch in der Nacht versuchen.«

»Wird politisch heikel, aber vielleicht ist es die einzig sinnvolle Lösung. Ich will zusehen, daß ich irgendeine Form von Deckung kriege.«

»Sie meinen Einwilligung?«

»Hm.«

»Buenos Aires und Brasilia müßten auch zustimmen, nicht wahr? Nicht zu reden von unseren Leuten.«

»Hm.«

»Und wenn nicht?«

»Um rechtzeitig bereit zu sein, muß alles spätestens jetzt schon anlaufen.«

»Wir können also nicht warten, bis jemand offiziell zustimmt.«

»Sie sagen es.«

»Und wenn alle nein sagen?«

»Müssen wir es ohne Billigung von oben durchziehen.«

Villena sagte leise: »Au.«

»Mein Kopf, Junge, nicht Ihrer. Das ist jetzt sozusagen eine Anweisung von mir. Weitermachen.«

»Sie wissen, wenn's schiefgeht, fragt keiner, wer die Anweisung gegeben hat. Dann rollen sämtliche Köpfe.«

»Was ist Ihnen denn lieber – daß alles so kommt, wie Sie befürchten, oder daß wir es zu verhindern versuchen und dabei notfalls den Kopf riskieren?«

Villena hustete. »Schmieren Sie schon mal die Guillotine.«

»Mach ich. Viel Glück an der Front. Ah, noch was. Sie haben noch keine Zeitung gesehen, glaube ich; sonst hätten Sie auch *davon* gesprochen.«

»Wovon?«

»Lassen Sie sich überraschen. Lesen Sie. Irgendeine; steht in allen, heute morgen.«

Villena legte auf, trank einen weiteren Schluck Kaffee und ging zurück ins Vorderzimmer. Ihm war beinahe übel; er kannte die Nebentöne in der Stimme des Leiters.

Margarita schob ihm wortlos die neueste Ausgabe von ›Última Hora‹ hin. Unten auf der Titelseite prangte das Foto eines bärtigen, finster blickenden Mannes mit Turban. Der Name, in der Bildunterschrift erwähnt, sagte Villena nichts, aber der Artikel neben dem Bild stopfte mehr Informationslücken, als er je hätte gestopft haben wollen. Der bedeutende Ulema, der bisher in Qom gelehrt habe, werde innerhalb der nächsten vierundzwanzig Stunden in Ciudad del

Este eintreffen, in sehnsüchtiger Verehrung erwartet von der dortigen islamischen Gemeinschaft. Er habe am Vortag Teheran an Bord einer saudischen Maschine verlassen, zusammen mit engen Mitarbeitern. Es sei geplant, die so dynamisch wachsende Stadt an der Brücke der Freundschaft, in günstiger Nähe zu Brasilien und Argentinien gelegen, zum neuen Zentrum der islamischen Missionsarbeit in Südamerika zu machen. »Redaktion Ciudad del Este«, stand klein darunter.

Villena ließ die Zeitung sinken; er setzte sich auf die Schreibtischkante, starrte in seine leere Kaffeetasse, hob dann den Blick und suchte Margaritas Augen.

»In zwei Tagen«, sagte er; dann mußte er sich kräftig räuspern und begann wieder von vorn. »In zwei Tagen gibt es hier ein paar Helden. Oder ein paar Leichen.«

»Ich hab's mit angehört – tut mir leid.«

Er nickte. »Egal. Dann weißt du ungefähr Bescheid, ja?«

»Wozu wirst du gehören, Romualdo – Helden oder Leichen?«

Er hob die Schultern. »Ich fürchte, das *oder* ist allzu optimistisch.«

Sie schob ihm einen Zettel hin. 11:30 ESTHER FAINGOLD. Er stöhnte.

»Hat auch angerufen, sehr früh. Ich nehme an, es hängt alles zusammen.«

»Wo?«

»Bei ihr. Sie war nicht sicher, ob du sie, eh, amtlich in deinem Büro empfangen magst.«

Er rutschte von der Schreibtischkante. »Ich geh duschen. Bitte keine weiteren Termine.«

»Und wenn der Bürgermeister nach dir schreit?«

Villena knirschte mit den Zähnen. »Sag ihm, er kann mich mal. Mir die Rosette versilbern. Den After schlecken. Sag ihm, falls er noch nicht gefrühstückt hat, darf er mir einen blasen.

Oder sein Glasauge rausnehmen und mir einen zwinkern. Irgend so etwas.«

Margarita kicherte. »Ich werde es ein bißchen diplomatischer formulieren.«

»Sag mir hinterher, wie du es formuliert hast.«

Villena ging zurück ins Bad, zog sich aus, rasierte sich und stieg unter die Dusche. Er spürte einen Luftzug; als er die Augen öffnete, sah er eine Bewegung vor dem Duschvorhang.

Margarita. Sie hatte sich ausgezogen und kam zu ihm. Nahm ihm die Tube mit Duschgel ab und füllte ihre hohle linke Hand damit.

»Abgeschlossen«, sagte sie leise. »Und Anrufbeantworter. Es gibt Dringenderes.« Wasser rann ihre langen Haare hinunter; die Augen glitzerten, und vielleicht war die Feuchtigkeit auf den Wangen nicht nur Wasser.

»Du solltest heimgehen«, sagte er dumpf. »Und in drei Tagen nachsehen kommen.«

Sie begann, sanft aber energisch sein Glied und Umgebung mit Gel zu massieren. »Das sagt dein Kopf«, murmelte sie, kaum hörbar unter den Wasserstrahlen. »Der hier sagt was ganz anderes.«

Villena schloß die Augen und stöhnte leise. O sich fallenlassen, dachte er; lange her . . . Dann riß er sich zusammen.

»Ich möchte aber . . . Du solltest . . .«

»Ich hab zwar schon gefrühstückt, aber ich bin ja auch nicht der Bürgermeister«, sagte sie. Plötzlich wirkte sie nicht mehr bedrückt, sondern erheitert. Amüsiert. Albern? Sie kicherte. »Ich hab nur kein Glasauge.« Sie drückte den dicken Schwamm aus, um den Schaum zu verspülen.

Als sie knien wollte, hielt er sie fest. »Komm. Die Couch ist besser.«

»So naß? Einfach so?«

»Robustes Leder.«

Das Telefon klingelte – das andere, nicht das schwarze; der Beantworter sprang an. Villena wickelte die Strähne von seinem Zeigefinger, streichelte Margaritas Wange, beugte sich zu ihr und küßte sie. Sehr sanft.

»Viertel vor elf«, sagte er. »Bleibt nicht stehen.«

Sie gluckste leise. »Was?«

»Die Uhr auch nicht.« Er stand auf, stellte fest, daß die Couch und der Teppich fast trocken waren, und blickte auf Margarita hinab, die sich auf den Bauch drehte und das Kinn auf die Fäuste stemmte.

»Kalten Kaffee?« sagte er.

»Und eine Zigarette.«

Er ging ins Vorderzimmer, belud einen starren Aktendeckel mit Tassen, Aschenbecher und sonstigem Zubehör und balancierte alles zurück zur Couch.

Beide schwiegen, bis er die Tassen gefüllt hatte und sich zu ihr setzte. Sie zog eine Zigarette aus dem Päckchen, ließ das Wegwerffeuerzeug Feuer speien und inhalierte tief.

»Die einzige neue Errungenschaft in sechstausend Jahren Sex«, sagte er.

»Was?«

»Die Zigarette danach.«

Sie grinste. »Hast du nie geraucht?«

»Vor vier Jahren aufgehört. Bis auf hin und wieder eine Zigarre.« Er streichelte ihren Rücken. »Gesundheit, Kondition, all das. Aber jetzt . . .« Er deutete auf das Päckchen. »Darf ich?«

Sie runzelte die Stirn. »Natürlich. Aber bist du sicher? Daß du nicht wieder anfängst?«

»Wenn ich in zwei Tagen noch lebe, kann ich ja wieder aufhören. Wenn nicht, ist es egal.« Er hielt die unangezündete Zigarette in der Hand und sah in Margaritas Augen. »Es war . . . göttlich, aber du solltest wirklich heimgehen. Bis in drei Tagen.«

»Wir haben das doch beide schon lange gewollt, oder?« sagte sie halblaut. »Und jetzt soll ich gleich wieder gehen.«

Villena zündete die Zigarette noch immer nicht an; er begann plötzlich leise zu singen. Eines der blutrünstigen Lieder der mexikanischen Revolutionszeit.

¡Que me afusilen cantando
con mi guitarra en las manos!
gritó valiente un muchacho
que era revolucionario . . .
[Sie sollen mich singend erschießen,
mit meiner Gitarre in den Händen!
rief tapfer ein Junge,
der Revolutionär war . . .]

»Ich will aber«, setzte er hinzu, »weder singen noch eine Gitarre schleppen. Ich will auch nicht, daß du vom Bleiregen naß wirst.«

»Na und?« Sie schob die Unterlippe vor, die ein wenig bebte. »Die, wer auch immer, die wissen doch sowieso, daß ich für dich arbeite. Meinst du, die machen hinterher einen Bogen um mich?«

»Kannst du mit einer Pistole umgehen?«

»Zielen und abdrücken.«

Er seufzte. »Feuer frei.« Das Feuerzeug klickte. Villena sog an der ersten Zigarette seit Jahren, und sie schmeckte köstlich. »Ich komme mir ein bißchen vor wie Gary Cooper«, sagte er dann. »Ich fürchte, die meisten, die eigentlich mitmachen sollten, verlassen die Stadt. Oder stehen auf der anderen Seite.«

»Wer ist das – die andere Seite?«

Nachdem sie sich angezogen hatten, schnorrte Villena eine weitere Zigarette. Margarita ging an ihren Schreibtisch und hörte den Anrufbeantworter ab.

»Der Bürgermeister«, sagte sie.

Villena knurrte nur. Er rauchte, saß da, hielt einen Kugelschreiber in der Rechten und starrte auf den Zettel. Fehlte etwas?

Hizbollah (Ulema?)
Mossad?
Kavallerie
Infanterie
CIA!
DEA (Cerro Corá?)
NSA?
Bras.?
Arg.?
Brit.?
Frachter
Kokain-Kolonne
Cali
Nazi-Papiere
Polizei
Karaí Guasú
Moskau?
Peking?
Korea?
Taiwan?

Wer mit wem? Wer gegen wen? Wer wozu wann was? Schräg neben die Liste schrieb er *Anagnostópulos*, darunter *Leonor*, darunter *Ka'yguá*. Und quer darüber SCHEISSE MIT GRÜNER SAUCE.

Esther Faingold war etwa 55, Witwe eines Juweliers, dessen Laden und Handwerk sie weiterbetrieb. Das Geschäft befand sich im Erdgeschoß eines Gebäudes, das einem Usbeken gehörte, der den armenischen Namen des Vorbesitzers nie von der Fassade getilgt hatte. Im Keller war eine kleine Bar, in der nachts ein bißchen Striptease und Poker stattfanden; zur Bar gehörten ein paar kleine Zimmer mit Betten, und alles zusammen gehörte einem brasilianischen Mulatten, der sich Tristan da Cunha nannte, was ihm niemand glaubte. Im Erdgeschoß, neben der Juwelierswerkstatt, lag das Büro eines pakistanischen Reiseunternehmers. Im ersten Geschoß ein chinesisches Restaurant, das einer Weißrussin gehörte, die mit einem ewig melancholisch besoffenen Finnen liiert war. In der zweiten Etage begannen die Wohnungen, abgesehen von einem Ein-Zimmer-Büro, das Indio-Mädchen als Haushaltshilfen vermittelte. Auf den Klingelknöpfen standen die Namen Faingold, da Cunha, Jusainov, Lakalayan, Malik, Mäntyranta, Li, Kutusova, Smythe, Gonçalves, Erdman, Clémenceau, Bianchini, Czibor, Ugarte, Nilsson, García, Ali.

Villena nickte grimmig. Ciudad del Este, kondensiert. Er drückte die Erdgeschoßtür auf, betrat den Flur und klopfte an die rechte Ladentür, ehe er sie aufstieß.

Esther Faingold lag vor der Glastheke mit Schaustücken. Aus der Brust ragte der Griff eines Dolchs.

»Es wird allmählich zur Gewohnheit«, sagte Kommissar Leopardi. Er rührte in der Kaffeetasse. Der schwarzgebeizte Schreibtisch starrte von Brandflecken; er diente offenbar als Behelfsaschenbecher, solange die Kaffeetasse noch nicht leer war. An der Wand hing, über einem offenstehenden Safe, das Porträt des amtierenden Präsidenten; jemand hatte ihm mit rotem Filzstift eine Art Pappnase angemalt.

»Kann ich eine Zigarette schnorren?«

Leopardi schob ihm das halbleere Päckchen (einheimischer dunkler Tabak; Margarita rauchte importierte Sweet Afton) und Streichhölzer zu.

Villena zündete eine an, inhalierte, hustete. »Puh.«

Leopardi kratzte sich den Kopf. Er war fast kahl, nicht viel zu kratzen. Das Hemd des Mannes war unter den Achseln naß und an der Brust offen; darunter prangte ein zauberhaftes Netzhemd. Als er die Kaffeetasse absetzte und zu den Zigaretten griff, bewegten sich die mächtigen Unterarmmuskeln.

»Hanteln?« sagte Villena.

»Boxen. Also. Was wird das, wenn du hier fertig bist? Neue Variante der Geburtenkontrolle?«

Villena schloß einen Moment die Augen; er war immer noch müde, oder schon wieder. »Wem würdest du trauen, wenn du ich wärst?«

Leopardi blies die Wangen auf. »Mir zum Beispiel nicht«, knurrte er. »Ich bin korrupt, wie alle hier. Warum?«

»Wie korrupt bist du? Kann man dich mit der Wahrheit bestechen?«

Leopardi lachte; dabei entblößte er schadhafte gelbe Zähne. »Hat noch keiner versucht. Wäre mal was Neues.«

Villena betrachtete die Zigarette, sog erneut daran; diesmal mußte er nicht husten. »Wenn du gesagt hättest, ich sollte dir trauen, würde ich jetzt die Schnauze halten. Aber so, wie es ist, brauche ich einfach alle Hilfe, die ich vielleicht kriegen kann. Soll ich's riskieren?«

Leopardi lehnte sich in seinem Schreibtischsessel zurück. »Luftwaffe«, sagte er; mit der filterlosen, unangezündeten Zigarette deutete er auf Villena. »Ausbildung im Ausland. Unfall, Schwindel, Ende. Frau schwanger, kurz vor Stroessners Abgang verschwunden, bei der Suche nach Verschwundenen. Tot aufgefunden. Romualdo Villena wurde für qualifiziert befunden, um den Aufbau der unverweslichen, nimmer korrumpierbaren Demokratie gegen innere Feinde zu schützen. Wie du siehst, habe ich Hausaufgaben gemacht. Ich kann von meinem Gehalt nicht leben, nehme gern nebenher etwas ein, will weder Stroessner wiederhaben noch Oviedos Kavallerie im López-Palast hocken sehen, finde die Hizbollah zum Kotzen und mag die schmierigen, arroganten Kolumbianer nicht. Ein Araber hat mir für deinen Kopf zehntausend Pesos angeboten, ein Kolumbianer fürs bloße Wegsehen fünfzehn. Was willst du von mir?«

»Feuerschutz. Übermorgen – ah, wir sind ja schon einen Tag weiter. Morgen also.«

Leopardi zündete die Zigarette an. »Gegen wen? Und was soll das alles? Welche Rolle spielen die tote Nutte, der Biograph und die Faingold?«

Villena schaute sich um. »Ist das hier sicher?«

Leopardi hob die Schultern. »Was ist schon sicher? Ich hab noch nichts gefunden.«

»Na schön. Dann hör zu und schnall dich an.«

18. Kapitel

Den Rest der Nacht schlief Guderian schlecht. Aus einem unbefriedigenden Traum, dessen einzige Feuchtigkeit darin bestand, daß Claudia Guttenberg ihn mit nassen Tampons bewarf (die gleichzeitig zu verqueren Tontauben wurden, im Flug beschossen von Sergio Gutiérrez, per Blasrohr), erwachte er schwitzend und verbrachte eine Stunde mit dem Versuch, wieder einzuschlafen. Dabei zerbrach er sich den Kopf über die Motive seiner Auftraggeber, die möglicherweise schrägen Gedankengänge des Clubsekretärs Meininger und die Chancen, heil aus der Sache herauszukommen. Gegen halb acht stand er zerschlagen auf, duschte, rasierte sich, zog sich an und ging hinüber in die Cantina.

Consuelo und Ramón tranken bereits Mate und boten ihm einen Napf davon an. Er sog einmal an Consuelos *bombilla*, verbrühte sich den Mund, fand den Geschmack auf interessante Weise bitter und bat um Kaffee.

»Was ist das für eine wilde Sache mit euren Gästen?« sagte er, während er ein Stück Weißbrot, Butter und kalten Braten zusammensuchte.

Ramón zupfte sich das rechte Ohrläppchen. »Ich werd nicht so richtig schlau daraus.« Er brummelte unverständliche Fetzen, dann schüttelte er den Kopf. »Ehrlich nicht. Aber ... in Puerto, also Ciudad del Este, gibt's immer wieder derartigen Unfug. Lorenzo – mein Vetter, der Kleinere, Lorenzo de Kok, und frag mich jetzt nicht nach der Familiengeschichte und dem Namen, ja? Also, Lorenzo und seine Frau, Marta, betreiben eine Wäscherei, arbeiten für Hotels und Lokale – der übliche Kram, Bettwäsche, Tischdecken. Aber auch privat; da gibt's ja viele, die in ihren kleinen Apartments keine Waschmaschine haben, oder keine Lust, dauernd in Waschsalons zu hocken, oder keine Zeit. Leonor – die Tote, die Frau von Eladio – war eine bessere Nutte. Du weißt schon, mit Telefon und Freunden an der Rezeption in den größeren Hotels.«

»Callgirl«, sagte Guderian mit vollem Mund. Der Duft von Kaffee zog durch den Raum.

»Vor allem Touristen. Ich nehm an, Lorenzo hätte auch mal gewollt, aber da sei Marta vor; außerdem hat Leonor gut verdient und sah das bestimmt anders. Jedenfalls, sie hat ihre Bettwäsche immer zu Lorenzo zum Waschen gebracht. Gestern mittag zuletzt. Und abends, kurz nach elf, hat ein Kunde, mit dem sie verabredet war, sie erwürgt in der Wohnung gefunden. Und weil sie von Lorenzo Kondome da liegen hatte, hat man Lorenzo verhört; Eladio war noch auf dem Revier, und Lorenzo hat sich gedacht – kannst du dir ja denken.«

»Kondome?«

Ramón grinste. »Er sammelt gebrauchte Nahkampfsocken. Oder läßt sie sammeln, sogar in Asunción. Straßenjungs, klar? Die wäscht er, wahrscheinlich pudert er sie auch, und dann verkauft er sie wieder.«

»Schmackhaft.« Claudia Guttenberg hatte offenbar die letzten Sätze gehört; sie kam in die Cantina und berührte Mario kurz an der Schulter. Er wußte nicht, ob er das als konventionellen Morgengruß oder Liebkosung oder beiläufige Existenzbestätigung nehmen sollte. »Ist das, ah, wie heißt es, *El Condominio?*«

Ehe Ramón antworten konnte, brach draußen der große Lärm los. Zuerst die Armeepatrouille, unmittelbar dahinter ein Tieflader mit einem Bulldozer, gefolgt von einem großen Möbelwagen. Ramón murmelte etwas, das wie eine Obszönität begann und wie ein Gebet endete, und verließ das Haus.

»Alles auf einmal?« sagte Mario.

»Das ist nun mal so.« Claudia unterdrückte ein Gähnen. Sie konnte auch nicht viel mehr als vier Stunden geschlafen haben, sah aber frisch und hinreißend aus. Und herb. Sie lächelte Consuelo an, die den Kaffee brachte. *»Gracias.* – Und du, hast du irgendwas Neues an Erkenntnissen gewonnen?«

Mario goß zwei Tassen ein, mischte seinen Kaffee mit Milch und nahm einen ersten Erweckungsschluck. »Nur, daß an dir ein guter Mann verlorengegangen ist. Und ein erstklassiger Macho.«

Sie grunzte. »Laß mich mit deinen Klischees zufrieden. Es ist zu früh für Rollenprosa. Und wir haben zu tun.«

»Was liegt an, *jefe?«*

Sie deutete mit dem Kopf aus dem Fenster. »Alles kompliziert, und alles auf einmal. Die Jungs mit dem Bulldozer sollen am Nordrand Platz schaffen für irgendwas Größeres. Und die Spedition soll möglichst viel von den kostbaren Privatgegenständen wegschaffen.«

»Woher kommen die?«

»Deutsch-paraguayische Firma aus Asunción. Unser hochmögendes Konsortium ist irgendwie dran beteiligt, außerdem kooperiert die Firma, wie einige andere, mit der deutschsprachigen ›Aktuellen Rundschau‹ – Spezialtransporte von und nach Deutschland.«

»Bedeutende Zeitung?«

»Ach, gar nicht schlecht. Erscheint dreimal im Monat, Auflage an die fünfundzwanzigtausend. Eigentlich ganz modern, fortschrittlich, nix mit Viva Mengele oder derlei.«

»Also packen, ja?«

»Richtig. Du und ich und Consuelo. Ramón, denk ich mal, wird beim Bulldozer rumstehen und aufpassen, daß seine kostbaren Pflanzen nicht beschädigt werden.«

»Von Vorbereitungen hält man hier nicht viel, oder?«

»Wie denn vorbereiten? Vorher packen? Zeitverschwendung. Es lebe die Improvisation. Außerdem haben wir keine

Umzugskisten; das bringen die jetzt alles mit. Los, komm, trink aus und ran an den Feind.«

Es dauerte eine Weile, bis der Bulldozer abgeladen war und der Tieflader nach hektischem Rangieren den Campo wieder verließ. Vorher konnte der blockierte Möbelwagen nicht aufs Gelände fahren. Die Patrouille blieb da: der gleiche Sergeant wie am Vortag, mit anderen Soldaten. Sie hockten im Wagen, rauchten, tranken Mate und starrten in die Welt.

Mit dem Bulldozer waren drei Männer gekommen, die zunächst Ramón helfen mußten, den teuren Zaundraht am Nordende des Campo zu lösen und aufzurollen. Guderian dirigierte den Möbelwagen zwischen Bulldozer, Jeep und Bungalows hindurch zu den Häusern, die als erste geräumt werden sollten. Auch im Möbelwagen saßen drei Männer, die eben erst ausgestiegen waren, als ein kleiner Lkw hupend auf dem Areal erschien. Ihm entstiegen weitere drei Arbeiter, und der Architekt Recalde, der Guderian nachdenklich betrachtete. Ob bei dem Betrachten ein angedeutetes Nicken abfiel, als Zugabe, war Mario nicht ganz klar.

Der Sergeant von der Kavallerie schloß sich Recalde und den Bauarbeitern an, die zwischen Bulldozer und Dschungelrand standen und sich um etwas stritten, was auch immer. Die Leute von der Spedition (die Firma mochte deutsch-paraguayisch sein, die Arbeiter waren reine Einheimische) luden Kisten und Faltkartons aus, Decken und Planen; dann baten sie um heißes Wasser, um ihre leeren Thermoskannen auffüllen und die nächste Dauerrunde Mate einläuten zu können.

»Warst du mal in Uruguay?« sagte Claudia. »Da sitzen die besten Matetrinker. Notfalls auf dem Fahrrad – rechte Hand am Lenker, in der linken die Kalebasse, unterm linken Arm die Thermoskanne, und volles Rohr in den Feierabendverkehr.«

Es gab die Wunschlisten der Besitzer; Claudia hatte eine spanische Fassung für Consuelo erstellt. Mit den Listen verteilten sich die beiden Frauen und Guderian auf die ersten drei Bungalows: packen und anweisen.

Und Guderian staunte, wieviel schöne, nützliche, nutzlose und abscheuliche Dinge ein paar betuchte Leute innerhalb weniger Jahre (und soweit er wußte, war kaum jemand mehr als höchstens zweimal im Campo gewesen) aus Handwerksbetrieben und Antiquitätenläden und von Flohmärkten der unteren und oberen Plata-Staaten zusammentragen konnten. Da gab es kostbare Truhen, Schränke und Betten aus der spanischen Kolonialzeit; Vasen, Gläser, Porzellan (ein komplettes Service aus der alten Retiro-Manufaktur in Madrid); Silberbesteck noch und noch; Lapislazuli-Arbeiten aus dem argentinischen Westen; Indio-Handwerk in Silber, Gold und Holz bis zum Abwinken; die Besitzer eines Bungalows hatten eine fast tausend Exemplare umfassende Sammlung silberner *bombillas* zusammengetragen, wobei kein Röhrchen dem anderen glich; Teppiche, Matten, Ponchos, Wandbehänge aus allen Regionen Paraguays und der angrenzenden Nachbarstaaten; Drucke; alte Landkarten; eine Serie von 250 Bänden Eroberungs- und Kolonialchroniken, etliche davon alte Manuskripte, alle in rotem Leder und nach der berühmten altspanischen Buchbinderpaste duftend – aber es gab auch mottenzerfressene Alpakapullover, verbogene und zerkratzte Tangoplatten, Stapel kitschiger Fliesen (für nie ausgeführte Anbauten vorgesehen), zerfledderte Taschenbücher, angestoßene Steingutbecher und -tassen, zerbrochenes Spielzeug von mittlerweile längst erwachsenen Kindern, kitschige Souvenirs, grelle Schals, Nylonhemden, ein zweifellos echtes Seidentüchlein mit zweifelsfrei echtem petrifizierten Rotz, alte verquollene Wanderschuhe ...

Möbel, die noch verwendbar waren, aber nicht nach Deutschland gebracht werden sollten, blieben zunächst einmal stehen – wer auch immer demnächst in die Bungalows zog, mochte entscheiden, was damit zu geschehen hatte. Desgleichen Koch- und Eßgerät. Alles andere, soweit es nicht verpackt wurde, kam auf zwei große Haufen neben den Bungalows. Was irgendwie noch brauchbar war, sollte verschenkt werden – an Freunde, Nachbarn, Bekannte oder mildtätige Institutionen. Was nicht einmal der Heilsarmee oder dem Roten Kreuz nützen konnte, würde ein Freuden- oder Trauerfeuer (je nachdem) nähren, für das Ramón eine Stelle am Nordrand des Campo ausgesucht hatte. Dort, wo auch die bei den Bau- und Rodungsarbeiten abfallenden Beiträge der Busch- und Dschungelflora lodern sollten.

Irgendwann tauchte Lorenzo de Kok auf, sah sich um und schloß sich Guderian an.

»Ich muß was tun«, sagte er. »Reine Langeweile.«

Lorenzo erwies sich als geschickter Verpacker; Mario überließ ihm nur zu gern Porzellan, Gläser und derlei. Zwischendurch wollte der Kondomwäscher unbedingt Lebensgeschichten und Ansichten über den Kosmos austauschen; Guderian erfuhr mehr, als er je hatte wissen wollen, über den holländischen Vagabunden de Kok und das Leben der *cangaceiros, bandeirantes* und anderer verehrungswürdiger Ahnen von der brasilianischen Grenze, bei denen ihm nicht ganz klar war, ob er sie nun als Banditen, Wegelagerer, Schmuggler und Viehdiebe oder als Heroen der Vorzeit anzusehen hatte. Da de Kok reichlich redete, konnte Guderian sich in Zurückhaltung üben; er verzichtete sogar auf die Erfindung komplizierter Verwandtschaftsgrade, als Lorenzo ihn nach dem ruhmreichen Panzergeneral befragte – ausnahmsweise gab Mario zu, nicht mit ihm verwandt zu sein.

Am mittleren Nachmittag (es gab nur eine kleine Essenspause, keine Siesta, da der Möbelwagen unbedingt noch vor Mitternacht die vierstündige Fahrt nach Asunción machen sollte) waren vier Bungalows mehr oder minder geräumt; der übervolle Lkw der Spedition verschwand grollend, knurrend und schaukelnd über die Piste nach Süden.

Recaldes Bautrupp hatte tief im Boden steckende Betonpfosten entfernt, großflächige Markierungen angebracht und mit dem Abholzen des Dschungelgebüschs nördlich des verschwundenen Zauns begonnen. Der Bulldozer wütete inzwischen weiter entfernt im Wald herum; offenbar sollte da eine neue Zufahrt angelegt werden. Die Armeepatrouille verschwand, wie üblich nach Süden, um eine Stunde später von Norden wieder aufzutauchen – man hatte anscheinend einen für Wagen nutzbaren Weg gefunden. Der Sergeant wechselte ein paar Worte mit Recalde, stieg in den Jeep und winkte; in diesem Moment fuhr von Süden her ein Jeep auf das Gelände.

Guderian, dessen Rücken vom Packen und Bücken schmerzte, lehnte am Verandageländer, ein Glas mit Eis und Tonic in der Hand. Lorenzo de Kok, eben noch mit Mate hinter ihm, sagte leise *»ay«*, drehte sich auf dem Absatz herum und machte sich im Cantina-Gebäude unsichtbar.

Aus dem zweiten Jeep stieg ein mittelgroßer Mann, schlank bis stämmig, in Zivil. Als er dem Fahrer des Armeejeeps winkte und hinüberging, um mit dem Sergeanten zu reden, sah Guderian an Gangart und Haltung, daß der Mann nicht immer Zivil getragen hatte. Der Sergeant schien zu lauschen, nickte, lächelte, salutierte; der Armeejeep fuhr los und verließ den Campo.

Claudia Guttenberg kam von dem Bungalow herübergeschlendert, in dem sie zuletzt gepackt und geräumt hatte. Sie blickte zu dem neu angekommenen Jeep hinüber, hob die Schultern und warf einen Blick auf ihre Armbanduhr.

»Halb sechs«, sagte sie. »Na gut. Was immer das da wird – ich geh mal eben duschen. Bis gleich.«

Guderian nickte und prostete ihr mit seinem Tonic zu. Verblüfft registrierte er ihr beinahe verständnisinniges Zwinkern und die Kußhand.

»Genieß es – solang es was zu genießen gibt.« Es klang eher wie eine Aufmunterung denn wie eine Warnung.

Er hatte sich noch nicht von der Verblüffung erholt, als die Frau, die bis dahin im zweiten Jeep gesessen hatte, ausstieg und mit dem Mann zur Veranda kam: Hand in Hand. Sie nickten Claudia zu, die zu ihrem Bungalow lief, als habe sie es eilig.

Die Frau war schlank, hatte lange rotbraune Haare, trug ein hellrotes Kleid; in dem ovalen, apart geschnittenen Gesicht mit hohen Backenknochen hatten sich Erbteile von Indios und Europäern in feiner Abstimmung geeinigt, statt zu streiten. Guderian schätzte sie auf Ende zwanzig, den Mann auf Mitte dreißig. Kühle Augen von unbestimmter Farbe – graubraun? – tasteten ihn ab.

»Sind Sie hier zuständig?« Die Stimme war kräftig, aber beherrscht – fast gebremst.

»Teilweise. Die Señora, die eben an Ihnen vorbeigelaufen ist, stellt die Direktion dar. Für nebensächliche Auskünfte können Sie sich aber an mich wenden.«

»Margarita Jackson«, sagte der Mann; er ließ die Hand der Frau los, um auf sie zu deuten. »Ich bin Romualdo Villena.«

»Mario Guderian.«

Die scharfen Augen zogen sich zusammen; der Indioteil in seinem Gesicht schien einen Moment lang zu schrumpfen, oder sich zu ducken. »Verwandt mit Hitlers General?«

»Mein Vater war ein unehelicher Sohn seines Bruders.«

Villena hob eine Braue. »Dann dürften Sie eigentlich nicht Guderian heißen.«

»Wollen Sie Namensrecht und Genealogie diskutieren?«

Villena bewegte den linken Arm, um auf die Cantina zu deuten; unter der leichten Safarijacke zeichnete sich das Schulterhalfter mit Waffe ab. »Wir wollten etwas trinken und zwei bis drei Dinge besprechen.«

»Worum geht es? Ich kann mit Ihnen über das Wetter plaudern und über Geld. Kleine Summen. Für große Summen, Kriegserklärungen und andere wichtige Dinge ist die Señora zuständig. Ah, da kommt sie ja schon.«

Offenbar hatte Claudia sich gegen eine Dusche entschieden. In der rechten Hand hielt sie zusammengerollte Papiere.

»Das ist gut«, sagte Villena laut; Claudia mußte es schon hören können. »Es geht um ein paar Millionen, schätzungsweise. Und ein Massaker.«

»Was für ein Massaker?«

»Eines, das morgen hier stattfinden soll.«

19. Kapitel

Gegen 13:30 Uhr hatten Villena und Leopardi die wichtigsten Dinge besprochen und in groben Zügen eine Einigung über das weitere Vorgehen skizziert. Villena benutzte den Apparat des Kommissars, um Margarita anzurufen.

»Ich hab Hunger«, sagte er, als sie sich meldete. »Treffen wir uns in zehn Minuten bei Karim?«

»Mir ist der Appetit vergangen.« Sie klang fremd. Verängstigt? »Komm bitte rüber. Thompson ruft gleich wieder an.«

»Na schön. Steht jemand mit Pistole hinter dir?«

Sie lachte gepreßt. »Keine Sorge. Was du mir anhörst, sind bloß die guten Nachrichten.«

Villena brauchte acht Minuten, um sein Büro zu erreichen. Das kleine pakistanische Lokal neben dem panarabischen Monstrum namens Jebai Center, auf der anderen Seite des Platzes, war halb leer; Karim winkte ihm durch die Scheibe zu.

Margarita telefonierte, als er das Büro betrat, brach sofort ab und hielt ihm den Hörer hin, nachdem sie »Da kommt er« gesagt hatte.

»Ja?«

»Setz dich.« Thompsons Stimme klang ruhig. Vielleicht zu ruhig.

Villena hockte sich mit halbem Hintern auf die Kante von Margaritas Schreibtisch. »Ich sitze.«

»Morgen früh kommen zwei Mann aus Buenos Aires, aber keiner aus Montevideo. Das ist die gute Nachricht.«

»Scheiße«, sagte Villena. »Alles andere ist geplatzt?«

»Gründlich. Amambay ist blockiert, und die lieben Vettern können und dürfen nicht.«

»Langsam, der Reihe nach. Wieso blockiert?«

»Ich habe ihnen gesagt – nachdem ich sie endlich über drei Satelliten und Notruf via Langley erreicht hatte . . . also, sie sollten aufbrechen und morgen früh hier sein. Geht nicht; heute früh war einer ihrer Wagen geklaut, bei den beiden anderen hat man nachts die Verteiler ausgebaut und alle Reifen zerschnitten. Die sitzen erst mal im Dschungel fest.«

»Wunderbar. Und die Vettern?«

Thompson klang wehmütig; er begann auf Spanisch, ging dann ins Englische über. »Maggie *tuvo cojones – she had balls, you know.* Johnny fehlt da was, könnte man sagen. London sagt nein. Außerdem, sagen sie, ist die kleine SAS-Gruppe gerade nicht in Port Stanley, sondern bei einer Extremübung – Überleben im Eis, so etwas – auf South Orkney und da weder rechtzeitig erreichbar noch gar rechtzeitig herzubringen. Und eure Leute, Asunción, wollen davon auch nichts wissen. Die sagen, morgen finden an vielen Stellen unangekündigte Manöver eurer Kavallerie statt, da könnte es Mißverständnisse geben.«

Villena fluchte, mit zusammengebissenen Zähnen. »Mißverständnisse?« sagte er dann. »Wenn in der Lage, in der wir jetzt sind, auch noch Oviedos Panzer auffahren, glaub ich nicht an ein Mißverständnis.«

»Ich hab nachher wahrscheinlich noch was.« Jetzt klang Thompson ernstlich betrübt. »Euer Ehrengast aus Teheran kommt, wenn nichts mehr schiefgeht, morgen vormittag hier an, auf dem brasilianischen Flughafen, und dann gleich mit Eskorte rüber. Und in den nächsten paar Stunden gibt's noch was Neues vom Ausflugsboot. Ich sammle. Wollen wir sagen, wir treffen uns heut abend um zehn, mit ein paar anderen im Yachtclub?«

Villena nannte ein paar Namen. Thompson knurrte und hängte ein.

»Und jetzt?« sagte Margarita.

»Jetzt gehen wir essen. Und überlegen uns dabei was Nettes.«

»Wie nett soll's denn sein?«

Villena grinste mühsam. »Ach, irgendwie so richtig bezaubernd. Damit alle was davon haben.«

Nach dem höllischen *Keema Curry* bestellte Villena Kaffee, verzichtete aufs Dessert und ging statt dessen auf die Toilette. Er schaute in die Verschläge für Seßhafte; als er sicher war, daß dort niemand hockte, stellte er sich neben den Turbanträger an die Pissoir-Rinne. Der Mann wandte ihm das Gesicht zu; die weißen Zähne blitzten im schwarzen Bart.

»Allah ist mit den Standhaften«, sagte er leise. »Du wirst beides brauchen – Standhaftigkeit und Hilfe von oben. Morgen soll eine ergreifende Antrittspredigt stattfinden.«

»Wo?«

»Kennst du den Campo Alemán?«

Als sie das Lokal verließen, tauchte ein uniformierter Polizist mit Motorrad neben ihnen auf. Er fuhr ohne Helm und berührte die Stirn flüchtig mit zwei Fingern.

»Der Kommissar sucht Sie dringend, *jefe.«*

»Ich komme sofort. Danke.«

Margarita nahm seinen Arm und näherte ihren Mund dem rechten Ohr Villenas. »Und wenn das alles vorbei ist«, flüsterte sie, »bleiben wir drei Tage im Bett.« Sie berührte sein Ohrläppchen mit der Zungenspitze.

Villena ergriff ihre Hand. »Ob die das im Krankenhaus zulassen? Von der Pathologie gar nicht zu reden. Komm mit. Kein Büro mehr, heute. Wenn du magst.«

»Was hast du vor?«

Auf dem Weg zum Revier setzte er ihr auseinander, was er befürchtete, erwartete, nicht mehr erhoffte und dagegen unternehmen wollte.

»Ziemlich wirr.« Sie seufzte. »Aber klar, ich mach mit.«
»Buen soldado.«

Leopardi lief in seinem Büro auf und ab, knurrend; es fehlten nur die Gitterstäbe, dachte Villena. Er stellte dem Kommissar Margarita vor; Leopardi lächelte bemüht.

»Du kannst offen reden, *compañero*. Sie weiß Bescheid.«

»Wenn du meinst . . . Also. Ach, Scheiße, lies selbst.« Er fischte ein Stück Faxpapier aus dem Wust auf seinem Schreibtisch, dann ein zweites.

Villena las. Das erste Fax war kurz – eine Mitteilung der Finanzbehörden des brasilianischen Staats Santa Catarina. Es hieß da, »Guaratuba« erwarte morgen eine größere Lieferung Bargeld aus Asunción, Wert ca. 10 Millionen Dollar/Pesos: Erlös aus dem Verkauf einiger Grundstücke. »Bitte für reibungslose Abfertigung und Durchfahrt sorgen; Guaratuba schickt zwei Wagen, die die Ladung auf der Brücke übernehmen.«

Das zweite Fax war extrem kurz – eine Anfrage der brasilianischen Polizei. »Hektische Aktivitäten in Guaratuba. Mindestens die Hälfte der Garde in Wagen (ca. zehn) unterwegs zu euch. Ist da etwas los, was wir wissen sollten?«

Villena reichte beide Fetzen Margarita weiter; mit finsterer Befriedigung sah er, wie sie um die Nase blaß wurde.

»Ist das nicht entzückend?« knurrte Leopardi. »Zu allem, was du mir erzählt hast, jetzt auch noch die Leibgarde des *Karaí Guasú*. Alles Payaguá, nicht wahr? Die machen's notfalls noch mit den Zähnen oder mit Blasrohren.«

»Da gibt es nette Geschichten . . . War Solano eigentlich der erste, der seine Garde aus diesem Stamm rekrutiert hat? Die Brasilianer und Argentinier haben die damals sehr geliebt.«

Leopardi schnaubte. »Kann sein. Weiß ich nicht. Ich brauche jetzt aber keine Details über die Massaker unter Solano, mir reichen die Massaker unter dem *Karaí*. Was machen wir?«

»Offiziell? Nichts. Hast du eine gute Karte der Provinz?«

»Seit wann gibt's in Paraguay gute Landkarten? Das da ist alles.« Er wies zur Wand neben der Eingangstür.

Villena zog ihn am Arm dorthin. »Angenommen«, sagte er, »du bringst Schmuggelware mit einem Frachter den Paraná hoch. Soll hierhin – ungefähr. Was würdest du machen?«

Leopardi bleckte die Zähne. »Hier wird manchmal kontrolliert, und auf dem Fluß sind die Brasilianer und Argentinier hin und wieder ein bißchen hektisch. Hm.« Er überlegte. »Ist hier nicht drauf, aber . . . Ich würde das irgendwo im Süden, Misiones oder so, bei irgendeinem Kaff ausladen, auf Lkws, dann über Land hierher.«

Villena spürte Margaritas Atem in seinem Nacken, als sie hinter ihn trat.

»Ich auch«, sagte sie. »Und dann . . . hier?« Sie langte über seine Schulter hinweg und deutete mit dem Zeigefinger auf eine Piste, die sich von Süden durch den Busch schlängelte und etwa 20 km westlich von Ciudad del Este auf die Hauptstraße nach Asunción traf. Nicht weit von dem Ort, in dem die Straße nach Hernandarías abging – nach Norden.

Villena nickte. »Hernandarías«, sagte er. »Und ein Stück nördlich davon ist dieses deutsche Millionärsdorf – Campo Alemán.«

»Und?« sagte Leopardi.

Villena deutete allgemein nach Norden. »Eine Kolonne, zwölf Lkws mit Scheiße aus Cali. Sollte durch Amambay nach Brasilien, ist nach Süden abgebogen und kommt wahrscheinlich morgen hier an.« Er folgte mit dem Finger der dünnen Linie, die die Busch- und Dschungelpiste bezeichnete; sie näherte sich von Norden her dem Campo Alemán bis auf wenige Kilometer, bog dann westlich am Campo vorbei und traf weiter im Süden den Stadtrand von Hernandarías.

»Mag ich nicht«, murrte Leopardi. »Die Wagen mit dem Geld des Alten, aus Asunción, sollen auch morgen kommen –

was, wenn die einen kleinen Abstecher über Hernandarías zum Campo machen?«

Margarita lachte. »Sag's ihm, Romualdo. Er wird sich freuen.«

»Was denn noch?«

»Dieser Mullah aus Teheran. Kommt morgen auf dem Flughafen von Foz an, dann mit Eskorte rüber.«

»Weiß ich.« Leopardi blickte griesgrämig drein. »Wir eskortieren, ein halbes Dutzend Motorräder, bis hierhin, ins Zentrum. Und?«

»Wie ich eben von einem vertrauenswürdigen Gewährsmann hörte, wird der Mullah seine Antrittspredigt morgen im Campo Alemán halten.«

Leopardi packte ihn bei den Schultern, drehte ihn herum und starrte ihm ins Gesicht. »Versuchst du gerade, mich ins Knie zu ficken – pardon, Señorita –, oder ist das dein Ernst?«

Villena tätschelte ihm die Wange. »Blutiger Ernst, mein Freund.«

»Und was machen wir daraus?« Leopardi ließ ihn los.

Villena blickte Margarita an. »Du und ich, wir fahren gleich hinaus und sehen uns den Campo an. Und du« – zu Leopardi – »hast heute abend eine Verabredung.«

»Ah ja? Mit wem, wenn ich fragen darf?«

»Darfst du nicht. Nur: wann und wo. Um zehn, gegenüber von Puerto Franco, im Yachtclub. Kannst du ein Boot auftreiben? Ich weiß nicht, ob die Fähre inzwischen . . .«

»Ich kann ein Boot auftreiben. Die Fähre wird erst in vier oder fünf Monaten wieder pendeln. Vielleicht ist dann die Brücke nicht mehr dauernd verstopft.«

»Vielleicht brauchen wir die Brücke dann nicht mehr«, sagte Margarita. »Vielleicht wird sie morgen abgerissen.«

»Ah bah.« Leopardi ging langsam hinter seinen Schreibtisch und ließ sich in den Sessel fallen. »Drei Dinge.«

»Was denn? Wir müssen los.«

»Langsam.« Leopardi zog eine Schublade auf. »Da gibt es etwas, was mich . . . erstaunt. Hier.« Er nahm ein Blatt heraus und reichte es Villena. Die Schublade ließ er offen.

»Noch mehr Post? Fax ist eine ekelhafte Erfindung.« Villena las, lachte ungläubig, sah Margarita an, die den Kopf schüttelte, und gab Leopardi das Papier zurück. »Unmöglich, aber . . . wenn es stimmt?«

»Scheint zu stimmen. Ich habe gleich nachgefragt, als das Ding vor drei Tagen kam. Man weiß ja nie. Gestern hab ich die Bestätigung gekriegt. Dieser Typ ist ein ehemaliger Kollege von dir, Romualdo, und angeblich sehr zuverlässig. Wir werden gebeten, mit ihm zu kooperieren.«

»Ich werde ihm auf den Zahn fühlen.« Villena senkte den Blick auf die offene Schublade. »Das war erstens. Du hast von drei Dingen gesprochen.«

»Zweitens. Noch so ein Stichwort. Payaguá. Die blutrünstigsten Krieger unter allen Stämmen des glorreichen Vaterlands. Leibgarde von Solano López und . . . ihr wißt schon von wem.«

»Warum mögt ihr alle den Namen nicht aussprechen?« sagte Margarita. »Er ist doch alt. Und weit weg.«

»Fünfhundert Kilometer«, sagte Leopardi durch die Zähne, »sind keine Entfernung. Und erst wenn die letzte Schaufel Dreck auf seinen Sarg fällt, werde ich beginnen zu hoffen, daß er allenfalls als Vampir wiederkehren kann. Lassen wir das. Wir sprachen von Payaguá, die mit den Händen und Messern und notfalls den Zähnen töten. Wir haben einen anonymen Tip gekriegt, heute mittag, während ihr euch den Bauch vollgeschlagen habt.«

Villena legte den Kopf schief. »Was für ein Tip?«

»Wir sollen Ausschau nach einem Payaguá halten; er heißt, das fehlte noch, Solano Rey.«

»Uh. Was ist mit ihm?«

»Dank des von dir verfluchten Fax wissen wir das inzwischen. Er gehört – sagen wir: gehörte der Garde des Alten an. Er hat vor ein paar Tagen in Foz einen Wagen gemietet; möglicherweise den, aus dem Anagnostópulos über das Brückengeländer gekippt wurde. Jedenfalls ein Chevy Van. Und« – Leopardi lächelte beinahe gönnerhaft – »weil er in Guaratuba mal mit einem anderen, gegen den etwas vorlag, verwechselt worden ist, haben die Kollegen in Brasilien seine Fingerabdrücke.«

Villena nickte langsam; Margarita reagierte nicht, schaute nur über Leopardis Kopf an die Wand.

»Die Abdrücke, die die Brasilianer uns gefaxt haben, stimmen mit denen überein, die auf dem Griff des Messers sind. Des Messers aus der Brust von Esther Faingold. Sie war deine Zwischenträgerin, nicht wahr? Inoffizielle Verbindung zum Mossad.«

Villena räusperte sich. »Sucht diesen König Solano. Sucht ihn gründlich. Ich möchte ihm ein paar bohrende Fragen stellen.«

Leopardi stieß ein häßliches Lachen aus. »Was, meinst du, will ich wohl mit ihm machen?«

Guderian versuchte, sich keine große Überraschung anmerken zu lassen, als Villena ihm ganz ruhig einen Ausweis zeigte, der den Träger als Mitarbeiter einer mit römischen und arabischen Ziffern garnierten Abteilung des Innenministeriums von Asunción identifizierte. Das war, nachdem Villena ihm mitgeteilt hatte, Bonn, Pullach und der Militärattaché in Buenos Aires (der in Asunción war nicht erreichbar) hätten freundliche Worte über ihn geäußert.

»Nett, das zu hören – nach all den Jahren. Und was wollen Sie von mir?«

Villena öffnete den Mund, aber Claudia unterbrach.

»Verzeihen Sie, aber vielleicht kann ich das Ganze ein bißchen beschleunigen.« Sie hob die Papiere, die sie zusammengerollt in der Hand gehalten hatte. Ihr Lächeln kam Mario ausgesprochen diabolisch vor.

»Was ist das?«

»Zwei Faxe.«

»Du hast gewußt, daß sie kommen? Deswegen Punkt halb sechs auf die Uhr geschaut und rüber?«

Sie schob ihm die Faxe hin, ohne ein weiteres Wort. Das erste – Eingang laut Aufdruck 17:33, abgeschickt 11:32 Estepona – bestand aus einem Satz: »Es könnte aber auch das Drei- bis Vierfache dabei herauskommen. FM.« Das zweite Fax, von einer Firma namens Korea Krakkers, Adresse Casa Taipei, Jara, C.d.E., kündigte für ca. 22:00 Uhr zwei Lkws mit einer ersten Ladung für das neue Depot an; die Fahrer seien berechtigt, die Restsumme gegen Quittung auszuhändigen; man freue sich, auf die mitgefaxte Kopie einer Überweisungsquittung verweisen zu dürfen. Der kaum lesbaren Überweisungskopie war zu entnehmen, daß die Firma Korea Krakkers 2 000 000,– US $ auf ein dem Konsortium gehörendes Konto in Asunción hatte transferieren lassen.

»Bin ich wahnsinnig?« Guderian erkannte seine eigene Stimme kaum.

»Kann ich noch nicht sagen; ich kenn dich nicht gut genug.« Claudia gab die Faxe weiter; das von den Koreanern war auf Spanisch, das von Fred Meininger übersetzte sie für Margarita und Villena.

Der Paraguayer grinste plötzlich. »Ich kann das verstehen, Bruder – daß du meinst, du wärst wahnsinnig. Ich fühle mich so ähnlich. Und darüber sollten wir jetzt einen Moment reden.«

20. *Kapitel*

Er hatte einen Flußfischer angeheuert, der ihn mit dem Kahn zum paraguayischen Ufer des Paraná brachte. Die *Ludmila* lag dort in einer engen Bucht, an einer halbversunkenen Mole aus Lehm, Steinen und morschen Balken. Zwei alte Armee-Lkws mit normalen Nummernschildern, ohne jede Armee-Kennzeichnung, standen dicht nebeneinander auf dem engen Platz am Landende der Mole, vor einem Bootsschuppen und der kleinen Kneipe. Die Fahrer, beide mit Handwaffen am Gürtel, lehnten an den Wagen und sahen zu, wie Männer – vermutlich von der Schiffsbesatzung, vielleicht waren auch Beifahrer unter ihnen – mit schweren Kisten hantierten. Quietschende Ladebäume hievten die Dinger aus dem Schiff auf die Mole. Dort waren für jede Kiste bis zu sechs Mann nötig, um sie auf die rostigen Karren zu packen, die von phlegmatischen Pferden zu den Lkws gezogen wurden. Ein relativ neuer Gabelstapler brasilianischer Fertigung, bedient von einem halbnackten Schwarzen, hob die Kisten auf die Lkws, wo andere Männer sie unter nicht immer rhythmischem Ächzen verstauten.

Jorge Dávalos schob den unförmigen Lederkoffer ins Ufergebüsch und vereinbarte mit dem Fischer eine Uhrzeit fürs Abholen. Er hatte noch keine Ahnung, ob er bis dahin sein Ziel erreichen konnte; nicht einmal, wie er es anstellen sollte, unbemerkt an die Lkws zu kommen.

In der Windstille des späten Nachmittags hockte er am Ufer auf den Fersen, rauchte zwei Zigaretten, starrte auf den mächtigen Fluß, hörte Geraschel und Gekreisch, das Quarren der Hebebäume, das Fluchen der Männer, dann irgendwo jenseits des Ufergebüschs, schwach, ein Wiehern. Er lachte leise, drückte die zweite Zigarette im feuchten Uferboden aus, packte den großen, aber nicht allzu schweren Koffer mit der Linken, nahm die Machete in die Rechte und begann sich einen Weg zu bahnen.

Später, als der Kahn vom argentinischen Ufer sich schon der vereinbarten Stelle näherte, führte Dávalos das Pferd zwischen den Hütten des Dorfs zum Uferplatz. Er trug die Machete über der Schulter und war gekleidet wie ein gewöhnlicher Landarbeiter. Der Koffer, eingewickelt in löchrige Decken, hing vom Packsattel. Der Besitzer des Pferds würde es später am Ufer abholen.

Die *Ludmila* lag immer noch an der Mole, schien aber mit dem Ausladen fertig zu sein; offenbar waren es die beiden letzten Kisten, die eben mit dem Karren zu den Lkws gebracht wurden. Die Ladebäume bewegten sich nicht mehr und waren in Ruhestellung gesichert. Die meisten der Stauer hockten mit Bierflaschen oder Matekalebassen in und vor der Kneipe.

Dávalos zog das Packpferd nah am linken der beiden Lkws vorbei, beschimpfte einen Bewaffneten, der sich ihm in den Weg stellte, deutete auf das Ufer, wo der Fischerkahn eben anlegte, und sagte sehr laut:

»Wie soll ich denn dahin kommen, wenn ihr Hurensöhne hier alles versperrt?«

Der Bewaffnete musterte ihn einen Moment, hob dann die Schultern und gab den Weg frei. Dávalos ging nicht mehr vor, sondern neben dem Pferd, das Ohr an dem umwickelten Koffer. Plötzlich wurde ihm sehr leicht, fast schwindlig, aber es war keine angenehme, sondern eine schwere Leichtigkeit. Er stolperte, hielt sich am Hals des Tieres fest und lenkte es mühsam zum wartenden Kahn.

Der Fischer half ihm mit dem Koffer; das Pferd blieb am Ufer zurück, den Zügel um einen Ast gewickelt.

Als sie abgelegt hatten und von der Strömung erfaßt wurden, zündete sich Dávalos mit bebenden Fingern eine Zigarette an. Er dachte an das Funkgerät, das in seinem Wagen auf der argentinischen Seite lag. Er dachte an Buenos Aires und die zu erwartende Reaktion dort, sobald er sich gemeldet haben würde; und an die Leute in Puerto Iguazú und Foz do Iguaçu, die er benachrichtigen mußte. Blind starrte er auf den Koffer.

Entweder enthielten die Kisten etwas nahezu Harmloses; aber das erschien ihm unwahrscheinlich. Oder sie waren, vermutlich mit Platten, schwer isoliert. Was das Gewicht und die Flüche der Stauer erklären würde.

Als er am Lkw vorüberging, das Ohr am eingewickelten Koffer, hatte er genug gehört. Nun hörte er noch etwas: Motoren, die ansprangen. Er wandte sich um und sah, daß die Lkws abfuhren. Wenn sie die wahrscheinlichste Buschpiste nahmen, würden sie in etwa sieben Stunden in der Nähe von Hernandarías sein. Vielleicht auch früher – gegen zwei Uhr morgens.

Wieder starrte er auf den Koffer. Den Koffer, in dem das leichte Gerät steckte, das ihm am späten Vormittag von der Besatzung eines Helikopters übergeben worden war. Der leichte, empfindliche Geigerzähler, der geknattert hatte, als er die Lkws passierte.

21. Kapitel

Oribe fand den General am Salonfenster der ersten Etage, wo er in tadellosem dunklen Anzug mit verschränkten Armen fast unhörbar etwas summte, das Mozart sein mochte, und auf den nachmittäglichen Atlantik hinausschaute.

»Nun?« sagte der *Karaí Guasú,* ohne sich umzudrehen.

Etwas störte den Adjutanten; er zögerte mit der Meldung. Plötzlich wurde ihm klar, was es war: die ungewöhnliche Stille. Bis auf ein paar Leute vom Stab, Techniker und Hauspersonal waren alle fort. Er räusperte sich.

»Wir haben die Auskünfte über diesen Mann, *mi general*«, sagte er.

»Und? Ist er verwandt?«

»Nein.«

»Schade. Sagt er das selbst?«

Oribe erlaubte sich ein kleines Kichern. »Er scheint hin und wieder damit zu spielen und merkwürdige Verwandtschaftsgrade zu erfinden, gibt aber bei genauer Frage zu, daß er nichts mit dem Heros zu tun hat.«

»Heros?« sagte der General. »Heros?« Er schnaubte leise. »Als Heros hätte er ein paar marode Befehle verweigert, einen Putsch inszeniert. Ein guter Mann, zweifellos, aber ein Trottel. Hm. Was machen wir?«

Oribe schwieg; er wartete.

»Laßt ihn leben«, sagte der General schließlich. »Wenn es nicht alles zu kompliziert macht.« Er schüttelte den Kopf. »Wenn es schwierig wird, weg mit ihm. Falsche Rücksichtnahme hat noch keinen ans Ziel gebracht. Aber wenn es sich vermeiden läßt . . .«

»Darf ich fragen warum?«

Der General wandte sich Oribe zu und zwinkerte. »Neugierig, mein Freund? Oder wollen Sie in die Abgründe der Unauslotbarkeit meiner Ratschlüsse eintauchen?« Er lächelte breit.

Oribe nahm Haltung an. »Um Vergebung, *mi general* – reine Neugier.«

»Wenn er behauptet hätte, mit dem alten Knaben verwandt zu sein, ohne daß er es wirklich ist, hätte ich gesagt weg. Da er zwar damit spielt, aber dann doch zugibt, nichts mit ihm zu tun zu haben, hat er einen Bonus für Ehrlichkeit verdient, nicht wahr? Aber nur, wenn es ohne Schwierigkeiten machbar ist.«

Oribe salutierte. »Ich gebe das weiter, *mi general.* Sonst noch etwas?«

»Stimmen die Zeiten?«

»Alle sind an den für diesen Moment vorgesehenen Stellen. Die Kolonne mußten wir anweisen, zwei Stunden zu warten, damit sie nicht zu früh kommt.«

»Abstand vier Stunden?«

»Vier Stunden, *mi general.*«

»Gut. Dann können Sie jetzt die vorbereiteten Botschaften losschicken.«

22. Kapitel

Wenige Minuten nachdem Villenas Wagen das Areal verlassen hatte, tauchte das kleine Auto des Wäschereibesitzers auf. Sie hatten gar nicht registriert, daß de Kok aufgebrochen war, wohin auch immer. De Kok allein, ohne Eladio Montesinos. Oder hatte er den jungen Mann weggebracht? De Kok stieg jedenfalls allein aus dem Wagen, sah sich um und ging dann zielstrebig zu dem Bungalow, in dem man die beiden untergebracht hatte.

Aber Montesinos war da; er öffnete die Tür und trat einen halben Schritt hinaus auf die Veranda, noch ehe de Kok den Bungalow erreicht hatte.

Guderian trank den letzten Schluck Kaffee, stellte den Becher auf den Klapptisch und stand auf.

»Na, wichtige Beschlüsse gefaßt?« Margarita Jackson betrachtete ihn mit, wie es ihm schien, einer Mischung aus Spott und Interesse. Sie lehnte an einem Verandapfosten, in der Hand ein langes Glas mit Tonic und Eis. Die schrägstehende Sonne tobte sich in ihrem dunkelroten Haar aus.

»Beschlüsse, ja; ob wichtig?« Er hob die Schultern.

»Und? Darf man fragen?«

»Man darf, aber Claudia sollte es als erste hören, oder?«

Sie nickte. »Du schmeißt also den Kram hin.« Es war eine Feststellung, keine Frage.

»Was würdest du denn tun, an meiner Stelle?«

Sie antwortete nicht, hob das Glas an die Lippen, trank einen Schluck und blickte auf die Freifläche zwischen den Bungalows.

Claudia Guttenberg war in der Cantina geblieben, um mit

Ramón und Consuelo irgend etwas zu bereden und zu telefonieren. Nun kam sie auf die Veranda; ihr Gesicht zeigte eine gewisse Ratlosigkeit. Oder Verwunderung?

Mario holte Luft. Claudias Ratlosigkeiten und Verwunderungen, hatte er soeben beschlossen, waren nicht seine Sache.

»Der Knabe will desertieren«, sagte Margarita, hinter ihm.

Gleichzeitig sagte Claudia: »Die Leitung ist tot; ich habe einen Satz sagen können. – *Was* willst du?«

»Ich kündige – wenn du es amtlich haben willst.«

Sie kniff die Brauen zusammen und betrachtete ihn wie ein Stück Ungeziefer, das sowohl Ekel als auch Zorn erregt. »Jetzt?«

»Wann denn? Kündigen kann man nur, solange man lebt. Ich will damit nicht warten, bis ich als Leiche herumliege.«

»Wäre aber dekorativ.« Margarita kicherte leicht, es klang jedoch nicht überzeugend.

»Warum?« Claudia sprach durch die Zähne.

»Weil mir mein Leben mehr wert ist als dieser idiotische Bonus. Die haben mich hergeschickt, um dir beim Abwickeln, wie man so nett euphemistisch sagt, zu helfen. Daß die Pharmafirma, die alles übernehmen soll, das Cali-Kartell ist – na schön. Aber wenn deine wahnsinnigen Chefs das Lager hier ans Kartell *und* an irgendeine chinesische Firma verkauft haben und wahrscheinlich auch noch an die Hizbollah, die hier morgen vormittag mit ihrem neuen Mullah eine Einweihungsfeier vornehmen will, dann möchte ich lieber weit weg sein, wenn's losgeht.«

Claudia ignorierte ihn; sie wandte sich an Margarita. »Hast du eine Erklärung für tote Telefone? Ah, nebenbei, der Strom ist auch weg.«

»Kommt doch schon mal vor in diesem fortschrittlichen Land. Habt ihr kein Funktelefon?«

Guderian verließ die Veranda und ging zu seinem Bungalow; er spürte bohrende Blicke im Rücken und fühlte sich mies. Die Entscheidung hatte er vom Kopf her gefällt; der Streit zwischen Erziehung, Traditionen, überlieferten Verhaltensnormen einerseits und dem Wunsch nach Überleben andererseits dauerte dennoch an. Ramón. Consuelo. Die beiden Männer aus Ciudad del Este. Margarita Jackson, offenbar Mitarbeiterin (und Geliebte?) des paraguayischen Geheimdienstmannes – warum war sie überhaupt hiergeblieben? Villena hatte noch wichtige Dinge zu erledigen, wollte versuchen, irgendwelche nicht näher bezeichneten Räderwerke anzuwerfen, und nachts zurückkommen; warum hatte er die Frau zurückgelassen, beziehungsweise warum hatte sie sich nicht geweigert, im Campo zu bleiben?

Und Claudia. Er fand die Frau sexuell extrem anregend, wußte nicht, ob er sie auch erotisch attraktiv fand, hielt sie für sehr kompetent und mißtraute ihr zutiefst. Angeblich hatte sie keine Ahnung von den Einzelheiten gehabt, nur vage Andeutungen gehört, daß möglicherweise mehrere Interessenten vorsprechen würden, alle sowohl mit Bargeld als auch bereits vorgenommenen Teilüberweisungen, und daß sie versuchen sollten, sich durch aktives Nichtswissen aus der Affäre zu ziehen. Leicht gesagt, bei zweifellos leichtgläubigen Partnern wie dem Cali-Kartell und der Hizbollah, die sie bestimmt ohne weitere Fragen gehen lassen und die Sache untereinander regeln würden. Blödsinn.

Da er nicht richtig ausgepackt hatte, war es kein Problem, das Gepäck schnell für den Aufbruch vorzubereiten. Er packte, sah sich noch einmal gründlich um und kalkulierte die Zeit, die er für den Fußmarsch bis Hernandarías brauchen würde. Mit Gepäck. Dreieinhalb bis vier Stunden schätzte er; er hatte keinen Wagen, und nach Lage der Dinge konnte er anstandshalber niemanden bitten, ihn zu fahren.

Anstandshalber? Er drehte das Wort im Kopf hin und her, murmelte es stumm. Was hatte es mit Anstand zu tun? Ein anständiger Europäer ließ weder Frauen noch sonstige Gefährdete in einer Klemme, während er sich davonmachte. Es waren aber schon viele anständige Menschen umgekommen, dachte er, und warum sollen immer nur die Unanständigen gewinnen und überleben? Dann sagte er sich, daß er ja, wenn er ohne Anstand verschwand, genau jene Menge vermehren würde: die Menge der unanständigen Überlebenden.

Er hörte Schritte; Claudia betrat den Bungalow. Sie sah sich um, nickte, starrte auf die Reisetasche zu seinen Füßen und hob dann den Blick. Aller Zorn schien verschwunden, nur so etwas wie Enttäuschung und widerwilliges Verständnis lag in ihren Zügen.

»Du willst also wirklich . . .?«

Er nickte.

»Und wenn ich dich bitte, uns nicht im Stich zu lassen?« Plötzlich war ihre Stimme weich.

Er antwortete nicht.

Sie ging zum Bett, auf dem noch die Machete samt Scheide lag, zog die Waffe halb heraus, betrachtete die Klinge. Mit einem verhangenen Lächeln sagte sie:

»*Mi honor o la muerte?* Zwischen Ehre und Tod gibt es noch ein paar aufregende Zwischenstufen, oder?« Sie ließ die Machete aufs Bett fallen und kam zu ihm, immer noch mit diesem verhangenen Lächeln. Mit leicht wiegenden Hüften. Mit halboffenem Mund. Sie trat ganz nah an ihn heran und sagte leise, mit warmer, heiserer Stimme: »Laß uns doch mit diesem albernen Spiel aufhören. Ich will dich. Jetzt.«

Mit sanftem Druck rieb ihre Hand über seine Hose.

Einen Moment lang genoß Mario die Berührung und die sofortige Erektion; dann schob er Claudia von sich.

»Die Nummer kauft dir keiner ab. Gut gespielt, nebenbei. Aber abgesehen von allem anderen hast du auch deine Tage.«

»Ah, da gibt es ja andere Möglichkeiten.« Noch immer klang ihre Stimme eher wie ein Gurren.

»Maul- und Klauensex? Letzte Nacht hätte ich die Idee sehr

charmant gefunden.« Er ging um sie herum und nahm die Machete vom Bett.

»Na schön. War den Versuch sowieso nicht wert.« Sie sprach noch immer leise, aber nun war die Stimme vereistes Erz. »Wahrscheinlich war dein Vater ein Wandersmann. Du weißt ja, wie du nach Hernandarías kommst.« Sie wandte sich ab und ging.

»Warum kommst du nicht mit?« sagte er zu ihrem Rücken.

Sie blieb stehen und sah ihn über die rechte Schulter an. »Du brauchst das Geld nicht, oder?« Diesmal war nichts an Gesicht und Stimme verstellt.

»Meinst du, jemand, wer auch immer, hängt sich an die Fersen aller, die jetzt türmen?«

»An die Fersen hängen . . .« Sie lächelte flüchtig. »Sagt man so etwas drüben?« Sie schloß die Augen, nur einen Moment lang. »Ich weiß es nicht. Kann sein. Vielleicht auch nicht. Ist sowieso egal.«

»Keine Reserven?«

Sie preßte die Lippen zusammen. »Würde für ein Ticket nach Santiago de Chile reichen, weiter nicht. Kann dir aber gleich sein. Zieh Leine, Macho.« Sie ging zur Tür.

Draußen fuhr eben Lorenzo de Kok wieder los. Dann fielen zwei Schüsse; etwas klirrte, und irgend jemand schrie. Der Wagen jaulte im Rückwärtsgang zurück Richtung Cantina.

Als Guderian dort ankam, hatten sich die übrigen schon um das demolierte Gefährt versammelt. Eladio Montesinos, diesmal mit an Bord, war ausgestiegen und lehnte blaß an der Beifahrertür. De Kok saß noch im Wagen, inmitten der tausend Krümel, die einmal Windschutzscheibe gewesen waren.

»Was ist passiert?« sagte Ramón; er starrte vom Wagen zur Einfahrt des Campo und wieder zurück.

Guderian hielt sich hinter dem Wagen; er hatte die von Pettigrew geliehene Waffe in der Hand und beobachtete die Zufahrt.

»Drei Mann«, sagte de Kok, der sich langsam aus dem Wagen zog. Wie ein Schmetterling den Kokon verlassen mag – einer, der dabei feststellt, daß er zu einer besonders häßlichen Überraupe geworden ist. »Einer links von uns, zwei vorn. Einer der beiden vorn hat in die Luft geschossen, der links von mir in die Scheibe.«

»Uniformen?« sagte Guderian, immer noch hinter dem Wagen.

»Tarnanzüge. Paras, vielleicht, aber ohne Abzeichen. Mit rosa Helmen und schwarzen Schleiern.«

»Rosa Helme?« Claudia sah Margarita Jackson an. »Gibt's das?«

Die Paraguayerin schüttelte den Kopf. »Hat hier keiner. Keine Untergruppe, nichts. Weder hier noch in Brasilien noch sonstwo.«

»Aber . . .« Consuelo wollte etwas sagen, unterbrach sich jedoch.

Von der Zufahrt her näherten sich vier Männer in Tarnanzügen, mit rosa Helmen; die Gesichter waren hinter Schleiern verborgen. Sie hielten Sturmgewehre schußbereit, mit aufgesteckten Bajonetten. Armalite, dachte Guderian; er war aber nicht sicher, ob es das vorletzte oder neueste NATO-Modell war.

Zwei der Männer knieten, die Waffen angelegt; einer hob den Arm, als ob er etwas sagen wollte. Der vierte ging locker, wie entspannt, zu den geparkten Wagen. Claudias Pickup, das beschossene Modell von de Kok, der kleine Transporter des Lagers, der ältere Ford der Mendozas.

»Wir müssen hier alles abriegeln«, sagte der Mann, der den Arm gehoben hatte. »Eine vorübergehende Maßnahme. Wir werden bestimmte Leute ins Lager lassen, aber bis morgen vormittag keinen heraus. Sie können sich im Campo frei bewegen. Aber Vorsicht, es ist alles umstellt, auch hinten. Das ist hier eine Warnung. Bei Ausbruchsversuchen wird scharf geschossen.« Es war eine beinahe kultivierte, helle Stimme ohne Alter, aber mit Autorität. Sofern es angesichts der Gewehre zusätzlicher Autorität bedurfte.

Der vierte »Para« hatte die Wagen erreicht. Ohne überflüssige Bewegungen stieß er das Bajonett zuerst in den linken, dann den rechten Hinterreifen des Pickup. Danach war der Transporter an der Reihe, dann der Ford.

»Bitte gehen Sie auf die Veranda. Sie auch – ich meine den Caballero mit der Pistole«, sagte der dritte.

Die anderen entfernten sich von de Koks Wagen; Guderian blieb geduckt. Der Verschleierte schüttelte wie in mildem Verweis den Kopf und deutete auf die Lagerseite links von Guderian.

Zwischen den Bungalows erschienen dort weitere drei Paras, gegen die Guderian nicht gedeckt war. Er richtete sich auf und ging zu den anderen.

Der vierte Mann zerstach die beiden Vorderreifen von de Koks Wagen und schritt rückwärts, außerhalb der Schußlinie, zu den übrigen zurück. Der Anführer wandte sich noch einmal an die Belegschaft auf der Veranda.

»Die Waffe dürfen Sie behalten, Señor. Vielleicht brauchen Sie sie ja noch. Nicht gegen uns, aber . . .« Es klang eher wie sanfte Ironie, nicht wie Hohn oder Drohung.

Die vier Männer zogen sich zurück, rückwärts, sichernd; vor der Einfahrt zum Campo verschwanden sie im Gebüsch. Guderian beobachtete die Seite des Lagers; auch dort verschwanden die – ja, was? Angreifer? Belagerer?

Ohne allzu überrascht zu sein, verspürte Guderian so etwas wie Erleichterung. Die Möglichkeit, den rationalen Beschluß auszuführen, existierte nicht mehr; die Umstände zwangen ihn, sich anständig zu verhalten, und irgendwie fühlte er sich dabei besser.

Sie verfügten über die beiden Brownings und Marios Machete; Margarita zog einen kleinen spanischen Armeerevolver aus ihrer beutelartigen Tasche; de Kok und Eladio besaßen je eine Pistole, allerdings nicht mehr Munition als im jeweiligen Magazin steckte; Ramón hatte ein doppelläufiges Jagdgewehr, »misanthropisches Kaliber«, wie er sagte, dazu ein halbes Dutzend Macheten und jede Menge Messer. Als er hinausging, um das dieselbetriebene Notstromaggregat anzuwerfen, tauchten an der Rückseite des Campo Männer in rosa Helmen auf, die ihm klarmachten, daß man keinen Lärm wolle.

In der Cantina gab es einen kleinen gasbetriebenen Campingkocher; Consuelo machte Kaffee. Sie saßen herum, beobachteten die Zufahrt, die vom Fenster der Cantina zu sehen war, und schwiegen oder spekulierten.

»Warum bist du eigentlich hiergeblieben?« sagte Guderian, als er Margarita Jackson eine gefüllte Kaffeetasse reichte.

»Villena meint, ich bin hier sicherer als in der Stadt. Gestern haben sie seinen Jeep gesprengt.«

»Wer ›sie‹?«

»Weiß keiner.« Sie blies über die heiße Flüssigkeit, nahm einen kleinen Schluck und grinste. »Sieht so aus, als ob er sich vertan hätte, oder? Aber was soll das alles?«

»Kann einer von euch irgendwas über die Jungs mit den feinen Schleiern und rosa Helmen sagen?«

»Keine Ahnung, Mario.« Ramón tätschelte den Kolben seiner Großwildartillerie, eher zerstreut denn aus Zuneigung. »Die haben ja nicht viel gesagt, bis auf den einen vorn. Der klang nach Hauptstadt und Schule. Offizier, wahrscheinlich.«

»Offizier wovon?«

»Keine Ahnung, Mann. Armee, Panzer, Luftwaffe, Flußmarine? Polizei? Eine neue geheime Miliz? Frag mich nicht; ich weiß es nicht.«

»Privatmiliz?« sagte de Kok. »Wenn ich euch richtig verstehe, erwartet ihr doch Besuch, oder? Cali, Hizbollah,

Chinesen, noch jemand? Vielleicht gehören die zu den Cali-Leuten. Glaub ich aber nicht.«

Margarita und Claudia waren die einzigen, die von Marios Desertionsplänen wußten; beide sagten nichts, spielten nicht einmal darauf an, und Guderian war ihnen insgeheim dankbar. Die Lage war unangenehm genug, auch ohne Debatten über das, was er nach wie vor als rationale Entscheidung betrachtete. Für die er sich inzwischen schämte, wie er sich eingestehen mußte.

»Was kommt da alles auf uns zu?« sagte Eladio, der allmählich aus seinem Witwerschock aufzuwachen schien.

»Irgendwann heute abend die Chinesen – alias Korea Krakkers«, sagte Claudia. Sie sog gierig an einem dünnen Zigarillo. »Morgen früh, gegen sechs, glaube ich, die Cali-Leute mit dem Architekten; jedenfalls hat er diese gottlose Zeit genannt. Dann, wahrscheinlich gegen zehn oder so, die Hizbollah-Leute mit dem frisch eingeflogenen Mullah.«

»Der Architekt«, sagte Guderian. »Recalde. Alte Familie?«

Claudia zögerte; sie warf Margarita einen fragenden Blick zu.

»Sogar aus der Hauptlinie, glaube ich«, sagte die Paraguayerin. »Er ist aus Asunción. Hat vor ein paar Jahren hier sein Büro aufgemacht – nach der Revolte, neunundachtzig. Was er vorher getan hat, weiß keiner.«

»Wahrscheinlich alte Privilegien verloren, als der *Karaí Guasú* abgesetzt wurde.« Claudia ging zur Durchreiche, in der ein paar Flaschen Mineralwasser standen. »Und Geld verloren, denke ich mir. Wahrscheinlich muß er deswegen mit den Cali-Leuten zusammenarbeiten. Oder meint, er müßte.« Sie öffnete eine Flasche, setzte sie an den Mund und trank. »Ah. Noch jemand Durst?«

Keiner meldete sich.

»Zehn Uhr. Sechs Uhr.« Guderian sprach halblaut. »Heute abend – wann?«

»Gegen zehn. Wieso?«

»So, wie das alles abläuft, mit der Belagerungsarmee draußen, sieht das nach einem fein ausgetüftelten Plan aus, oder?«

»Könnte sein. Worauf willst du hinaus?« Claudia sah ihn aufmerksam an. Keine Spur von Ekel oder Zorn – im Moment jedenfalls.

»Zehn minus vier ist sechs minus vier ist zwei Uhr früh minus vier ist zehn heute abend. Was passiert um zwei Uhr früh?«

»Ha.« Margarita klatschte in die Hände. »Gute Frage.« Aus dem Beutel holte sie ein frisches Päckchen Sweet Afton und zündete sich eine an. »Könnte sein, daß du recht hast. Aber . . .«

»Und was passiert mit uns?« sagte Consuelo. Sie klang nicht verängstigt, sondern neugierig, als ob sie über die letzten Speisepläne eines zum Tod durch den Strang Verurteilten informiert zu werden wünschte. Als unbeteiligte, oder kaum beteiligte, Köchin.

»Wenn ich das alles richtig sortiere«, sagte Mario, »haben wir die Aufgabe, von allen Käufern des Grundstücks hier Bargeld anzunehmen. Ein Teil der Kaufsumme wurde überwiesen, den Rest sollen wir aus Paraguay herausschmuggeln und dann irgendwo einzahlen. Das ist die eine Seite. Die andere Seite ist, daß die Absichten unserer Chefs sich nicht unbedingt mit denen der Käufer decken. Jedenfalls nicht, sobald die Käufer erfahren, daß sie nicht allein sind.«

»Soll heißen?« Claudia blickte ihn aus schmalen Augen an.

»Ich nehme an, die einen werden uns als Geiseln gegen die anderen und gegen unsere Arbeitgeber nehmen. Ich kann mir irgendwie nicht vorstellen, daß Cali-Kartell und Hizbollah uns einfach so laufen lassen, möglicherweise auch noch mit Bargeld, wenn wir ihnen ganz lieb sagen, daß wir von nichts eine Ahnung haben.«

»Bleibt immer noch die Frage, wer sind die da draußen«, sagte Margarita. »Und, wer immer sie sind, was haben sie vor?«

Eladio Montesinos kicherte plötzlich. »So verrückt, das alles . . . Und so verrückt, wie das abläuft, bin ich ziemlich sicher, daß irgendwo der *Karaí Guasú* die Finger im Spiel hat.« Er betrachtete seine Hände.

»Unmöglich.« Der Herr des *Condominio* bewegte die Hände, als ob er einen Bannfluch manuell stützen müßte. »Der sitzt in Brasilien und will in Ruhe alt werden. Älter – alt ist er ja längst. Außerdem: Wenn das hier ein Putsch würde, dann . . . Tja, dann würde das ganze Land sofort an ihn denken. Aber Cali und Hizbollah und chinesische Koreaner? Nie.«

»Wer auch immer dahintersteckt, wir sollten uns ein paar warme Gedanken ums Überleben machen«, sagte Mario.

»Deine Spezialität, wie?« Claudia hob die Brauen.

Er reagierte nicht darauf; auch nicht auf die fragenden Blicke der anderen und das versteckte Grinsen in Margaritas Gesicht. »Ich hätte möglicherweise ein paar Vorschläge – alle erst nach Einbruch der Dunkelheit durchzuführen, und bis dahin werde ich noch ein bißchen darüber nachdenken. Erst mal eins. Ramón, Consuelo: Gibt's hier in der Cantina einen versteckten Ausgang?«

Consuelo nickte; Ramón deutete auf den Boden.

»In der Küche. Eine Klappe; darunter ist ein Vorratslager für Konserven und derlei. Und von da gibt's ein Fenster, in Bodenhöhe, nach hinten.«

»Sieh doch mal nach, wieviel Schlangen sich da einen schönen Tag machen. Nur, damit wir nachher keine großen Überraschungen erleben.«

Ramón grinste, nahm eine Machete und ging in die Küche; sie hörten Scharniere quietschen.

Margarita stand auf. »Ich hätte euch beide, Claudia und Mario, gern noch was anderes gefragt. Kommt ihr mal eben mit auf die Veranda?«

Claudia folgte ihr hinaus, Mario zögerte einen Moment und sah die anderen an. Eladio hielt sich an einer Flasche Bier fest,

Ramón war verschwunden, Consuelo ging gerade in die Küche, und Lorenzo de Kok lehnte in einem Korbsessel, die Hände über dem Bauch gefaltet, die Augen geschlossen.

Margarita sprach sehr leise; Mario nahm an, daß man sie weder im Haus noch gar am Waldrand hören konnte.

»Romualdo hat euch nicht alles gesagt. Es gibt da noch ein paar Dinge, die ablaufen oder abzulaufen scheinen, bloß . . .« Sie machte eine kurze Pause. »Ich weiß nicht, ob es für uns wichtig ist.«

»Kann es die Sache hier klären oder verwirren?« sagte Mario. Er blickte zwischen den Bungalows zum Ostrand des Lagers. Hinter der freien Randzone ragte der schon halb im Busch verschwundene Zaun auf. In den die Belagerer, die seitlich aufgetaucht waren, zweifellos Löcher geschnitten hatten.

»Klären oder verwirren? Was soll denn hier noch wirrer werden?« Claudia lächelte schräg.

Dann verblüffte sie Guderian, indem sie sich ihm zuwandte, ihn an den Ohren nahm und auf den Mund küßte.

»Bitte?« sagte er.

Margarita, die eben den Mund öffnete, um einen zweifellos komplizierten und erhellenden Beitrag zur Lage zu liefern, kicherte und verschluckte sich beinahe.

»Du siehst sagenhaft blöd aus«, sagte sie. »Ich bin einfach froh, daß du mit von der Partie bist.« Claudia hielt noch immer seine Ohren fest. Sie strahlte ihn förmlich an, aber es war in diesem Strahlen etwas durchaus Unheiliges.

»Kannst du das irgendwie erläutern?« sagte er heiser.

»Klar. Rein sexuell, Junge; vielleicht kriegen wir ja doch noch was zustande. Bitte nicht mit Herzlichkeit verwechseln, okay?«

»Alles klar, Macho«, sagte er.

»Glaub ich nicht. Ich bin nämlich vor allem aus *einem* Grund froh, daß du hier bist.« Sie ließ ihn los und schob ihn von sich; ihre braunen Augen waren fast schwarz geworden und versprühten dunkles Feuer.

»Nämlich?«

»Seid ihr bald fertig?« sagte Margarita. »Ich wollte . . .«

Claudia unterbrach. »Nämlich deshalb, weil ich jetzt weiß, wenn es uns erwischt, gehst du mit drauf.«

23. Kapitel

Der Armeehauptmann, der das Boot der paraguayischen Flußmarine steuerte, war wie aus dem Ei gepellt und duftete nach einer intensiven Lavendelseife; die unter der Schirmmütze verborgenen Haare waren wahrscheinlich gründlich geliert. Leopardi dagegen war durchgeschwitzt und stank; außerdem hätte er dringend eine Rasur gebraucht.

»Irgendwas Neues?« sagte Villena.

»Hah.« Leopardi starrte aus zusammengekniffenen Augen zum brasilianischen Ufer, das rasch näherkam. »Warte, bis wir drüben sind; ich mag nicht alles dreifach erzählen.«

»Warum ist der Major nicht gekommen?«

Der Hauptmann verzog keine Miene. »Ich schließe mich den Worten meines Vorredners an.«

Villena stöhnte.

Andrade erwartete sie auf der Terrasse; der Verbindungsmann zwischen brasilianischer Polizei und militärischem Geheimdienst führte sie durch das noble Restaurant des edlen Yachtclubs zum reservierten Hinterzimmer. Die mißbilligenden Blicke etlicher teuer gekleideter Gäste galten vor allem dem verschwitzten Leopardi, den das aber nicht anzufechten schien.

Sie waren acht. Leopardi. Villena. Andrade. Der Hauptmann. Thompson. Ein dunkelhäutiger Brasilianer in elegantem Anzug. Ein Mittdreißiger in nachlässigem Zivil, dessen erste Worte, in melodiösem *platense*, ihn als Mann aus Buenos Aires auswiesen. Ein etwa sechzigjähriger Caballero in dunklem Anzug, mit grauem Haar, grauem Schnurrbart und eisgrauen Augen, der zunächst beharrlich schwieg.

»Keine Formalitäten«, sagte Andrade, offenbar Gastgeber. »Die Lage ist zu ernst für derlei Spielchen. Ich schlage vor, die CIA anfangen zu lassen.«

Thompson knurrte irgendwas; dann sagte er: »Wahrscheinlich, weil ich am wenigsten zu sagen habe. In Umrissen wissen Sie doch sowieso alles.« Er schloß die Augen und redete schnell; es war mehr eine Aufzählung als ein Bericht: die Hinweise des Großen Unbekannten aus der Umgebung des *Karaí Guasú;* Putschpläne, der Schatz des Marschalls Solano López; die Lkw-Kolonne des Cali-Kartells; die Detachierung (er benutzte den militärischen Terminus, ohne dabei auch nur zu stocken) einiger Leute in den paraguayischen Nordosten, wo sie den Schatz suchen und die Heroin-Kolonne sabotieren sollten; die Änderung der Fahrtroute der Lkws und gleichzeitig die Sabotage an den Wagen der Leute im Gebiet von Cerro Corá.

Schließlich, nun mit offenen Augen, sagte er: »Zwei Mann, die eigentlich schon hier sein sollten, stecken irgendwo fest; ich hoffe, daß sie gegen Mitternacht ankommen.«

»CIA-Verstärkung?« sagte Andrade.

»Ja. Ich habe mich bei den ... Alliierten umgehört. Die zwei Russen sind verschwunden – niemand weiß was. Die Franzosen haben im Moment nur einen Mann hier, und der macht Ferien. Abwesend. Die Briten behaupten, sie wüßten von nichts; zum Beweis ihrer profunden Unkenntnis haben sie ihren Mann aus Foz vor zwei Tagen abgezogen und nach Asunción geschickt. Sie wissen zweifellos mehr als ich, rücken aber nicht damit heraus.« Er starrte den Mann aus Buenos Aires an. »Sie sind dran.«

Der Argentinier seufzte. »Wir wollten zuerst mal nichts von alledem glauben; seit heute abend bleibt uns aber nichts übrig ... Einer unserer Leute hat sich das Schiff angesehen, diese *Ludmila*, mit der angeblich russische Waffen nach Paraguay gebracht werden. Das Schiff ist am Nachmittag bei einem Fischerdorf entladen worden; die Ladung ist auf Lkws, zwei Lkws, unterwegs Richtung Hernandarías, wo sie voraussichtlich gegen zwei Uhr früh eintreffen wird. Eigentliches Ziel unbekannt.« Er beugte sich vor; als er weitersprach, war seine Stimme brüchig und leise. »Unser Mann hatte einen Geigerzähler dabei. Die Ladung strahlt. Nicht sehr stark, aber sie strahlt. Das Gerücht, es könnte sich um nukleare Gefechtsfeldmunition handeln . . .« Er zuckte mit den Schultern.

»Scheiße. Grüne geseihte gebenedeite Hurenscheiße«, sagte Villena. Er musterte den Armeehauptmann von der Seite; er war nicht sicher, glaubte aber, daß der Mann unter dem gebräunten, beherrschten Gesicht blaß geworden war.

»Die brasilianische Seite.« Andrade räusperte sich. »In den letzten Tagen gab es allerlei Aktivitäten in Guaratuba. Kodierte Funksprüche, die wir bisher nicht sinnvoll entschlüsseln konnten. Und die gesamte Leibgarde des Alten ist losgefahren. Sie waren heute nachmittag am Itaipú-Damm, sind über die Dammstraße gefahren und im paraguayischen Busch verschwunden.«

»Konntet ihr sie nicht daran hindern, verdammt?« sagte Villena wütend.

Andrade ließ die Mundwinkel sacken. »Wir hätten gekonnt, mit Gewalt, aber wir haben aus Brasilia die Anweisung erhalten, sie passieren zu lassen. Die Anweisung war deutlich, kam von höchster Stelle und hatte einen gewissen . . . Nachdruck.«

»Höchste Stelle?«

»Einer der Topränge des militärischen Geheimdiensts«, sagte der dunkelhäutige, elegante Zivilist. »Wir . . . ah, ich vertrete den Bundesstaat, meine Herren – wir haben nachgefragt, aber keine Erklärung bekommen, nur eine unfreundlich formulierte Wiederholung.«

Villena kaute auf einigen weiteren Flüchen, schluckte sie ungesagt herunter und griff nach dem langstieligen Glas. Irgendwie fand er es passend, daß sie hier saßen und echten

Champagner tranken, während sich am anderen Ufer eine surreale Katastrophe zusammenbraute.

»Villena«, sagte er. »Für die, die es nicht wissen: Ich hatte die Aufgabe, die Verbindungen zwischen der Hizbollah in Ciudad del Este und dem Anschlag in Buenos Aires zu untersuchen.«

Der Argentinier nickte kaum merklich; der eisgraue Caballero blickte nun noch schärfer als zuvor.

»Dann wurde die Leiche des ehemaligen Sekretärs und Biographen des *Karaí Guasú* über das Geländer der Brücke der Freundschaft geworfen. Filiberto Anagnostópulos. Mit einem Zettel in der Hemdtasche, auf dem ›Verräter‹ stand. Alles, was den alten General angehen könnte, kriegt natürlich höchste Priorität. Ich habe angefangen zu stochern; mein Wagen wurde in die Luft gejagt. Was ich herausbekommen habe, ist dies: Etwas kommt aus Guaratuba auf uns zu, was auch immer. Wenn sämtliche Payaguá des Alten . . .«

»Bitte?« sagte der Eisgraue.

»Payaguá«, wiederholte Villena ungeduldig. »Besonders kriegerischer Stamm aus dem Zentrum, waren, wenn Sie so wollen, die *Marines* von Solano López, und in Argentinien und Brasilien erzählt man sich heute noch Gruselgeschichten. Ach was, sagen wir: die Waffen-SS des Marschalls. Heute gibt es kaum noch reinblütige Payaguá, aber Traditionen halten sich, deshalb hat der *Karaí Guasú* seine Garde aus möglichst reinblütigen Kriegern beziehungsweise ihren Nachkommen rekrutiert. Sepúlveda, der Kommandeur, ein Oberst, hat, glaube ich, dreiundsechzig Vierundsechzigstel Payaguá-Blut. In Paraguay gibt es da auch Geschichten, die letzten Jahrzehnte betreffend. Klar? Kann ich weitermachen?«

Der Eisgraue nickte, ohne eine Miene zu verziehen.

»Wer sind Sie eigentlich? Ach, später. Also – alle Payaguá der Garde sind seit heute nachmittag im Busch hinter Ciudad del Este? Begeisternd. Von Norden kommt eine Kolonne

Lkws des Cali-Kartells. Von Süden zwei Lkws mit russischen Waffen. Von Osten die Payaguá. Morgen früh landet in Foz eine Maschine mit einem wichtigen islamischen Geistlichen, den die Hizbollah erwartet. Sie werden ihn, von unseren und euren Polizisten eskortiert, über die Brücke und dann ein Stück nördlich von Hernandarías bringen. Dort gibt es ein Gebilde namens Campo Alemán, eine Bungalowsiedlung deutscher Millionäre. Dieser Campo soll verkauft werden – zunächst, hieß es, an eine Pharmafirma. Das ist, wie wir jetzt wissen, das Cali-Kartell. Gleichzeitig haben sie es an eine Firma namens Korea Krakkers verkauft – Chinesen, trotz des Namens, und zwar eines von tausend Triaden-Unternehmen. Importieren, das ist die offizielle Tätigkeit, Feuerwerkskörper, wollen die angeblich demnächst hier für ganz Südamerika herstellen. Also – Campo Alemán ist verkauft an Cali, an China, an die Hizbollah, die dort morgen früh ihren ersten Gottesdienst mit dem neuen Mann abhalten wird. Ich glaube nicht, daß das Ziel der beiden Waffen-Lkws zufällig in der Nähe zu sein scheint. Dazu die Payaguá. Dazu« – er beugte sich vor – »Anweisungen aus Brasilia. Verschwinden beziehungsweise Abtauchen von Russen und Briten. Ferien bei den Franzosen. Ein Payaguá namens – ausgerechnet – Solano Rey hat in Ciudad eine Nutte umgebracht, die möglicherweise etwas wußte, und eine alte Jüdin, Kontakt zum Mossad, die mir etwas sagen wollte. Ein Ka'yguá-Indio, der mir ein paar interessante Dinge erzählt hat, wurde aus einem fahrenden Wagen erschossen, und mein Glaube an Zufälle hält sich in Grenzen. Die Mossad-Leute, die eigentlich hier auch hinter der Hizbollah her sind, halten sich im Hinterland auf, wo angeblich der Leichnam, samt Aufzeichnungen, eines wesentlichen alten Nazi gefunden wurde.«

Villena schnappte nach Luft; er hatte sehr schnell und immer heftiger geredet.

»Radioaktive Munition vielleicht dazu«, sagte er ruhiger, beinahe erschöpft. »Hat noch jemand eine nette Nachricht? Ach so, und unsere putschlüsterne Panzertruppe macht morgen unangekündigte Manöver, und . . .« Er breitete die Arme aus.

»Wir haben da noch ein paar Neuigkeiten«, sagte der Hauptmann des paraguayischen Heeres. »Ausnahmsweise liegen Sie mit der Putschlüsternheit der Panzerleute schief, Villena – glaube ich. Die Garnison bei Ciudad del Este – ich rede von den Panzern – ist ausgerückt, weil es sich bei den nicht angekündigten Manövern um eine Sicherheitsmaßnahme der Regierung handelt. Westlich von Hernandarías, heißt es, plant eine neue maoistische Guerillatruppe einen bösen Anschlag; deswegen die Panzer.«

»Ha«, sagte Villena. »Maoisten? Wer hat sich *das* Märchen ausgedacht?«

»Märchen oder nicht – es geht noch weiter. Die Heeresgarnison wurde ins nordöstliche Hinterland geschickt. Deswegen ist der Major nicht da, und deswegen muß ich gleich aufbrechen, hinterher.«

»Was ist denn da los?«

»Unruhen, bei diesen deutschen Dörfern. Die befürchten irgendeinen Überfall; angeblich sind israelische Kommandos unterwegs, um da etwas zu inszenieren. Kann sein, daß das mit Ihrer Nazi-Geschichte zusammenhängt.«

Nach kurzem Schweigen sagte Villena dumpf: »Ich glaube es nicht. Oder ich glaube alles. Was zum Teufel ist hier los?«

Plötzlich kicherte Leopardi; es war ein häßliches Geräusch. Aus der Brusttasche seines durchgeschwitzten Hemds zog er ein Papierknäuel.

»Ein Fax«, sagte er. »Eines von mehreren, alle nahezu gleichlautend. Kam aus Guaratuba. Soll ich's vorlesen?«

Alle nickten.

»Na gut. Bitte sehr: ›Dem Tapferen Beförderung, dem Umsichtigen Belohnung. Umsichtige Personen sollten von Freitagabend bis Sonntagmittag verreisen.‹ Gut?«

»Und?« sagte Villena heiser.

»Der Bürgermeister ist verreist.« Leopardi steckte das Papier wieder ein. »Die Panzer fahren nach Westen; da liegt irgendwo auch die Hauptstadt. Ob zwischendurch Maoisten herumlaufen? Wer weiß. Die Fußtruppen, die der Regierung gehorchen, sind nicht da, wo die Panzer rollen, sondern in den Busch abkommandiert, wo angeblich Unheil droht. Die Polizei hat die Anweisung, diesen Ulema oder Mullah oder was auch immer zu eskortieren, bis an die Stadtgrenzen, und dann die Brücke sowie die nördlichen und südlichen Zufahrten zu besetzen und vor allem den Flugplatz.«

Alle schwiegen, bis der Eisgraue plötzlich Villena anblickte. »Hören Sie«, sagte er. »Wieviel Mann kriegen Sie zusammen?«

»Wofür?« sagte Andrade.

»Es gibt nur eines, das ist offensichtlich. Jedenfalls für mich.« Er hatte einen feinen, etwas gutturalen Akzent, den Villena nicht identifizieren konnte.

»Was denn?« sagte Thompson. »Luftlandetruppen über diesem Campo Alemán absetzen?« Er schnaubte.

»Haben wir überlegt.« Villena schüttelte den Kopf. »Asunción will nichts davon wissen. Die Amerikaner können oder wollen nicht. Thompson hat's mit den Briten versucht, die behaupten, die einzige einsatzfähige SAS-Einheit turnt irgendwo am Rand der Antarktis herum und kann nicht rechtzeitig hier sein; außerdem *veto* aus London.«

»Aber was . . .« Der Argentinier brach ab; dann sagte er, künstlich gedehnt: »Nun ja, wenn niemand etwas tun will, wird es nicht so schlimm sein, nicht wahr? Wir können uns doch auf die Weisheit unserer Vorgesetzten verlassen. Sonst sind wir verlassen.«

»Wie viele Männer haben Sie?« wiederholte der Eisgraue.

»Mich«, sagte Villena trotzig. »Leopardi, was ist mit dir?«

Der verschwitzte Mann verzog das Gesicht. »Auf Anweisung von oben habe ich zwei Tage freigenommen. Ich wollte sie eigentlich in der Nähe von Ciudad del Este beim Jagen verbringen. Ein Stückchen nördlich von Hernandarías soll es interessantes Wild geben.«

Villena legte ihm die Hand auf den dicken, muskulösen Unterarm. »Irgendwann werde ich dich küssen, aber erst, wenn du geduscht hast.«

»Sie sollten da wegbleiben«, sagte Andrade ohne Betonung.

»Meine Mitarbeiterin ist im Campo«, sagte Villena. »Und ein paar andere Leute.«

»Sie und Leopardi?« sagte der Eisgraue. »Sonst niemand?«

Thompson knurrte etwas. »Da ist eine Ladung Heroin unterwegs«, murmelte er kaum hörbar. »Die zwei Leute aus Buenos Aires, die hoffentlich bald eintreffen, werden sich da ein bißchen umschauen. Ich, hm, müßte sie führen, weil sie sich nicht auskennen.«

Der Mann von der Regierung des brasilianischen Bundesstaats Santa Catarina seufzte. »Sie sollten das nicht tun. Rechnen Sie sich Ihre Chancen aus, Mann.«

Thompson nickte. »Ich rechne. Und wenn ich damit fertig bin, kriegen Sie das Ergebnis von mir. Schriftlich.«

»Wir wissen nichts«, sagte Andrade. »Buenos Aires weiß nichts. London, Paris und Moskau wissen nichts. Machen Sie Ferien, meine Herren.« Er erhob sich. »Die Sitzung ist, soweit ich davon berührt bin, beendet.«

Nacheinander gingen sie hinaus. Thompson nahm Villenas Arm und zog ihn beiseite.

»Paß auf, Amigo«, sagte er leise. »Die zwei, du weißt schon, waren hier. Sie haben einen Hubschrauber gechartert und werden versuchen, unsere Jungs oben bei Cerro Corá abzuholen. Ein Tip von dir, wo man in der Nähe vom Campo landen könnte?«

Der Hauptmann ließ den Motor des Boots an; Leopardi stand im Bug und starrte ins Wasser, wo sich die Spiegelbilder der Sterne in Kräuselwellen auflösten.

»Sie haben Ihre Frau verloren, hörte ich«, sagte jemand.

Villena, der noch am Ufer stand, wandte sich um; hinter ihm, im Schatten eines Laubbaums, zeichneten sich die Umrisse eines Mannes ab. Es war der Eisgraue.

»Ja. Woher wissen Sie ... ach, egal. Wer sind Sie eigentlich?«

»Nehmen wir einmal an, mein Name wäre Mirza Mirkhond.« Die Zähne blitzten plötzlich auf, wie in einem Lächeln. Oder Blecken. »Nehmen wir ferner an, ich sei einmal Offizier der kaiserlichen Infanterie gewesen.«

»Teheran?«

»Nehmen wir ferner an, ich hätte gute Verbindungen zu damals befreundeten Diensten unterhalten ...«

»Sind Sie Savak-Mann?« unterbrach Villena.

»Das war politisch; ich war Militär, mein Freund. Aber ich war einige Zeit in gewissen Teilen Südamerikas, und es gibt hier Leute, die mir noch etwas schulden. Deshalb konnte ich hierhin flüchten, als ... Nun ja. Und Andrade hat mich zu dieser Besprechung mitgenommen, weil ...« Er räusperte sich. »Nicht alle Mitarbeiter der britischen und französischen Dienste sind untergetaucht, müssen Sie wissen.«

»Was war mit meiner Frau?«

Mirkhond berührte Villenas Brust mit dem Zeigefinger. »Wissen Sie, was Rache ist? Und Durst auf Rache?«

Villena nickte stumm.

»Angenommen, im Jahre neunundsiebzig hätte man in Teheran Ihre Eltern, Ihre Frau, Ihre Kinder und Ihre Geschwister getötet. Gefoltert und zerstückelt. Angenommen, Sie wüßten, daß ein hochrangiger Gast, der morgen eintrifft, daran maßgeblich beteiligt war. Würden Sie unter diesen Umständen wissen wollen, wo Sie wann etwas Sinnvolles tun können?«

24. Kapitel

»Alle in Position?« sagte der General.

Oribe überflog die Meldungen: Stichwortnotizen, von den Männern an den Funkgeräten hastig auf Zettel gekritzelt. »Alles ist in der vorgesehenen Position, *mi general.* Alle haben abgestoppt, wie vorgesehen, und warten auf den jeweiligen Zeitpunkt.«

Der *Karaí Guasú* hatte, wie Oribe erst jetzt registrierte, eine Art Gala-Uniform angelegt, mit sämtlichen Orden, Litzen, Zipfeln, Bändern und Rosetten. In der Hand hielt er ein zusammengerolltes Stück Papier.

»Schauen Sie nicht so verblüfft. Es gibt Momente, Vorgänge von historischer Größe, denen man mit dem besten Zivilanzug nicht gerecht wird.«

Oribe musterte das Gesicht des alten Mannes. Etwas stimmte nicht. Der Ernst fehlte – der einem historischen Moment angemessene Ernst. Der General sah aus, als ob er sich gleich vor Lachen ausschütten wollte.

Er warf einen Blick auf die Rolex an seinem Handgelenk. »Na schön, Oribe«, sagte er dann. »Halb elf. Zeit, die fein geschnürte Schleife aufzuziehen.« Er kicherte.

Oribe atmete tief durch, bis der durch das grauenhafte Kichern hochgejagte Puls sich ein wenig beruhigte.

Der General reichte ihm das gerollte Papier. »Kümmern Sie sich darum. In der Reihenfolge, die ich notiert habe.«

Oribe betrachtete die Notizen. Es handelte sich um eine Reihe von Anweisungen, in der gestochenen Handschrift des *Karaí Guasú.* Jede Anweisung begann mit drei Codenummern: Relais-Funker sollten die Befehle, wenn man sie so bezeichnen konnte, auf jeweils unterschiedlichen Frequenzen weiterleiten, so daß sie schließlich die eigentlichen Empfänger aus unverdächtigen Richtungen erreichten.

Oribe überflog die Anweisungen; er spürte, wie ihm das Blut aus dem Gesicht wich. »Das ... Das ...«, sagte er schwach.

»Was das?« Der General grinste breit.

»Das wirft doch die ganze Planung über den Haufen! Alles, woran wir so gründlich gebastelt haben!«

»O mein Freund«, sagte der *Karaí Guasú*. »Sie müssen noch viel lernen. Wir haben Leute bei den anderen; meinen Sie denn, wir könnten sicher sein, daß nicht bei uns jemand sitzt, der Dinge zu unserem Nachteil weitergibt?«

»Aber ... Sepúlveda muß das doch auch wissen, und er steht nicht auf der Liste!«

»Sepúlveda ist der einzige, der Bescheid weiß. Außer mir. Er wußte es von Anfang an.«

»Aber die Abstände ... die Zeitpunkte ... das kann doch nicht gutgehen!«

Der *Karaí Guasú* betrachtete ihn einen Moment beinahe finster, dann hob er die Schultern. »Sorgen Sie dafür, daß alles genau so gesendet wird.« Er ging zu einem Schrank und öffnete die Tür, mild loderndes Mahagoni. Dahinter sah Oribe komplizierte Apparate.

»Hören Sie ... Hören Sie alles mit, was im Funkraum passiert?«

Der General sah ihn über die Schulter an; nun wirkte er beinahe traurig. »Tun Sie, was ich Ihnen gesagt habe.« Er schüttelte den Kopf. »Oribe, Sie sind ein Trottel.«

25. Kapitel

»Hier ist Claudia im Campo. Sagt bitte Polperro, ich brauche Hilfe, weil hier . . .« Dann war die Leitung tot gewesen; Guttenberg konnte nicht einmal sagen, ob die Leitung nicht schon ein paar Momente früher zusammengebrochen war.

Guderian fand, es sei sinnlos, aus dieser Richtung irgendeine Form von Unterstützung zu erwarten, die im Zweifelsfall auch nur aus einem eher ohnmächtigen Ein-Mann-Unternehmen bestehen konnte, wenn überhaupt; er sagte es unverblümt und setzte, in einem Anfall von Galgenhumor oder um sich und Claudia abzulenken, einen Vorschlag hinzu.

»Sollten wir nicht eine Firma aufmachen? Spezialisten für das Stochern im Dunkeln? Ich hätte auch ein schönes Akronym dafür – ClaMaGuGu, aus Claudia und Ma . . .«

»Hab ich schon verstanden.« Sie waren gerade allein in der inzwischen fast völlig dunklen Küche, wo Guderian die Bestände an Schnüren und Kordeln sichtete und neu sortierte. Claudia legte ihm die Arme um den Hals. »Küß mich lieber.«

Sie schmeckte nach Kaffee und Zigaretten. Ihre Zunge löste in ihm eine heiße Welle aus, die bis in die Zehenspitzen rieselte; durch die beiden dünnen Hemden spürte er ihre steifen Brustwarzen, und seine Hände sagten ihm, daß Claudia zitterte. Dann ließ das Zittern nach, und er bemerkte, daß der Adrenalinstoß seine eigene, zweifellos erbärmliche Angst abbaute, überspülte, überlagerte.

»Uh«, sagte er.

Sie löste sich von ihm und trat einen Schritt zurück. »Alles rein sexuell, Junge. Und Energiegewinnung, ja? Hat nichts mit Herz und Schmerz zu tun.«

»Okay, Macho. Läßt sich bei Gelegenheit ergänzen und vertiefen.«

»Welche Gelegenheit?«

Er seufzte leise. »Los, komm. Es ist dunkel genug.«

Sie verließ die Küche, ging durch die Cantina auf die Veranda, wo die anderen saßen. Er hörte nicht, was sie sagte, aber Momente später begannen dort die Geräusche. Aktivität. Ablenkung. Consuelo würde die Petroleumlampe aufs Geländer stellen und anzünden, und die anderen würden sich jetzt auf die Autos stürzen. Vielleicht konnten sie genug Zeit gewinnen. Und genug Lärm machen.

Er kroch durchs kleine Fenster des Vorratsraums. Die Schnur hatte er um den Leib gewickelt, die beiden Plastikflaschen und die Beutel mit Ramóns aufgebohrten Großkaliber-Patronen unters Hemd gesteckt.

Am Nordende des Campo, wo Recaldes Leute (oder die vom Kartell Angeheuerten) den Durchbruch zu einer weiter nördlich verlaufenden Buschpiste angelegt hatten, türmte sich rechts und links der neuen Zufahrt das abgeholzte Gestrüpp. Davor, zwischen Gestrüpp und Bungalows, teils auch auf dem vormals komplett gerodeten Streifen zwischen Bungalows und Ostzaun, lag das zur Verbrennung beziehungsweise zum Verschenken gedachte Gerümpel aus den Häusern. Dorthin kroch Guderian, lautlos, wie er hoffte, und ohne Passanten der einen oder anderen schlängelnden Sorte zu begegnen. Wie er sehr hoffte.

Er war überrascht, als er den ersten Gestrüpphaufen erreichte, ohne daß der Lärm der anderen bis zu diesem Moment nachgelassen hätte oder von außen beendet worden wäre.

So gut es ging, ohne Geräusche oder hektische Bewegungen zu machen, öffnete er das Hemd, legte die Beutel und Flaschen auf einen vom Mondschein nicht erreichten Punkt und wickelte den ersten der vier Stränge ab. Es war nicht einfach, lautlos und immer innerhalb des Gestrüppschattens die Kordel im Gewirr der Äste und Zweige und Strünke zu verstecken.

Die erste Flasche, die er öffnete, stank durchdringend nach Lavendel – mit Duftstoffen versetztes Petroleum. Benzingestank hätte die »Belagerer« wahrscheinlich alarmiert; Guderian hoffte, daß der leichte Nachtwind den Lavendelgeruch verwehen oder mit anderen Gerüchen versetzen würde. Die Schnüre hatten sie bereits in der Küche getränkt; nun leerte er den größten Teil der Flasche – etwa zwei Drittel – in Kordelnähe auf Boden und Gestrüpp. Danach verteilte er, immer noch verblüfft über das Andauern des Lärm bei den Autos, den Inhalt eines der drei Munitionsbeutel.

Er wiederholte das Verfahren bei dem Haufen brennbaren Hausmülls und Hausrats, leerte die Lavendelflasche, die er liegen ließ, und etwa ein Drittel der zweiten (sie stank nach künstlichen Rosen), verknotete die beiden ausgelegten Schnüre mit der dritten und vierten, machte einen kleinen Ball aus den letzteren und warf diesen flach hinüber in den Schatten des westlichen Gestrüpphaufens.

Endlich (er hatte so intensiv darauf gelauscht, daß er die Intervention fast herbeigewünscht hatte) hörte er scharfe Kommandos und Schritte. Der Lärm der anderen bei den Autos endete. Er achtete nicht auf den Wortwechsel, sondern kroch zwischen den Bungalows hindurch auf die Westseite, wo er den Schnurknäuel nach kurzem Suchen ertastete. Die dritte Schnur; der Rest des Rosen-Petroleums; der dritte Beutel.

Die vierte Schnur zog er zurück zur Cantina, ließ das Ende im Schatten des Gebäudes liegen und stand auf.

Die anderen stritten immer noch mit dem vermeintlichen Anführer der Belagerer. Ramón und Lorenzo hatten den Wagen des Wäschereibesitzers weiter von der Cantina weggeschoben und damit begonnen, die zerstochenen Reifen des

Transporters abzunehmen. Der Wagen schwankte ein wenig auf dem ungenau angebrachten Wagenheber; ein Ersatzreifen war montiert. Der zweite, de Koks Fiat entnommen und für den Transporter zu klein, lag auf dem Boden.

Guderian konnte nicht feststellen, ob die andere Aktion gelungen war, denn in diesem Moment ertönte ein schriller Pfiff von der vorderen Zufahrt her. In der Ferne hörten sie dumpfe Motorengeräusche.

Der »Offizier« der Belagerer knurrte ein paar Befehle. Zwei seiner Männer stemmten sich gegen den Transporter, der über dem kippenden Wagenheber zu Boden krachte. Zwei weitere stießen ihre Bajonette in den montierten Ersatzreifen und in den des Fiat.

»Am besten versuchen Sie das nicht noch einmal. Und halten Sie sich in den nächsten Minuten zurück, sonst machen wir Ernst.«

Die Männer mit den rosa Helmen verschwanden. Consuelo klackte mit der Zunge, drängte sich an Guderian vorbei zur Veranda und schnupperte, als sie ihn passierte. Margarita Jackson warf ihm einen schrägen Blick zu.

»Na, hat's geklappt? So wie du riechst . . .«

Claudia legte ihm eine Hand auf den Unterarm. »Entzükkend«, sagte sie. »Wie ein venezolanischer Vorortpuff. Alles okay?«

»Alles glattgegangen. Und bei euch?«

Sie nickte. »Eladio hat sehr geschickte Finger. Könnte mich glatt auf Gedanken bringen.«

Mario ging zum Fiat, der fast zehn Meter von der Cantina entfernt neben dem nächsten östlichen Bungalow stand. Der Einfüllstutzen war offen, der Tankverschluß verschwunden. Er suchte im Schatten das Ende der letzten Schnur, fand es und schob es in den Tank; dann ging er zu den anderen auf die Veranda.

Consuelo hatte die Petroleumlampe wieder gelöscht. Sie

schwiegen (bis auf leises Schnüffeln, kaum hörbar, in Claudias geblähten Nüstern, neben Mario) und warteten.

Mit Standlicht rollten zwei schwere Lkws durch die Einfahrt, gefolgt von einem Pkw.

»Der Pickup ist fertig«, murmelte Claudia. »Der eigene Ersatzreifen und der vom Ford. Paßt beinahe. Eladio ist wirklich *sehr* geschickt. Hier.« Sie drückte Guderian eine Stablampe in die Hand, die sie offenbar aus einem der Wagen geholt hatte.

Consuelo fluchte, als sie das heiße Glas der Petroleumlampe hob, um den Dochtstumpf wieder zu entzünden. Ramón nahm die Lampe und schwenkte sie.

Aus dem Pkw stieg eine Gestalt; die Motoren verstummten. »Was ist bei Ihnen los?« rief der Pkw-Fahrer.

»Stromausfall«, schrie Ramón. »Wir haben noch eine Taschenlampe. Moment.«

Guderian knipste sie an und richtete sie auf den Pkw. Es war ein heller Toyota. Der Mann, der einen hellen Anzug trug, hob den Arm vors Gesicht, um die Augen gegen das Licht abzuschirmen.

»Chinese«, sagte Margarita leise.

Guderian senkte den Lichtbalken ein wenig und ging dem Neuankömmling entgegen. »Korea Krakkers?« sagte er, als er ihn fast erreicht hatte.

»Ganz recht. Es ist mir ein Vergnügen. Sie sind Señor Guderian?«

Mario wunderte sich nur eine halbe Sekunde lang; inzwischen war er auf alles gefaßt. »So ist es. Kann ich Ihnen etwas anbieten? Bier, Wein, Saft? Da der Strom ausgefallen ist . . .«

Der Chinese schüttelte schnell den Kopf. »Eine Unzeit«, sagte er. »Lassen Sie uns die Transaktion so schnell wie möglich durchführen. Wir möchten zurück, in die Stadt.«

Die Fahrer der Lkws waren ausgestiegen und kamen näher; es handelte sich um zwei weitere Chinesen. Der Mann am Toyota winkte Mario zum Kofferraum, den er mit dem Schlüssel öffnete.

»Bitte sehr.« Er deutete hinein.

Zwei große Lederkoffer lagen darin. Guderian reichte dem Chinesen die Lampe, bückte sich, öffnete den ersten, dann den zweiten.

Beide waren voller Geldscheine – amerikanische Dollars und argentinische Pesos.

Mario pfiff leise. »Schöner Anblick. Soll ich das jetzt im Stehen nachzählen und Ihnen eine Quittung geben?«

Der Chinese lachte. »Bei derlei Geschäften sind alle Formalitäten überflüssig. Beziehungsweise: Das, was wichtig ist, wurde längst geregelt. Ihre ... Chefs wissen, wo wir zu finden sind, und wir werden morgen den Campo übernehmen. Ich bitte Sie, bis zur Übergabe hierzubleiben. Nehmen Sie die Koffer bitte heraus.«

Guderian bückte sich, hievte den ersten Koffer heraus. Während er sich nach dem zweiten bückte, sagte er unterdrückt:

»Hören Sie ... es könnte sein, daß etwas schiefläuft, ohne daß ich es ändern kann.«

»Was meinen Sie?«

In diesem Moment schoß, von der Taschenlampe erfaßt, ein Jeep mit den Insignien der Panzertruppe durch die Einfahrt; die Scheinwerfer erhellten den Toyota, den Chinesen, Mario und die beiden erstarrenden Fahrer der Lkws. Männer sprangen heraus; gleichzeitig stürmten weitere zu Fuß aufs Gelände. Sie trugen die Tarnanzüge der paraguayischen Fallschirmjäger und normale Helme, aber irgendwie war Guderian sicher, daß sie bis eben noch rosa Helme getragen hatten.

»Die Hände hoch«, sagte eine inzwischen vertraute Stimme. Es war die des »Offiziers« der Belagerer. Wie die anderen, soweit Guderian sehen konnte, hatte er den Helm weit in die Stirn gezogen; der Schleier fehlte, aber das Gesicht lag im Dunkeln.

»Was . . . was soll das?«

»Verdacht auf eine staatsfeindliche Aktion. Wo sind die Schlüssel der Lastwagen?«

»Stecken«, sagte einer der chinesischen Lkw-Fahrer mit halberstickter Stimme.

Zwei der Soldaten rannten zu den Wagen, stiegen ein und brüllten irgend etwas, vermutlich eine Bestätigung.

»Gut. Handschellen und in den Jeep. – Sie da, nehmen Sie ihm die Lampe ab.«

Guderian gehorchte; der Chinese reichte ihm die Taschenlampe, mit zitternder Hand. Die beiden Fahrer wurden unsanft zum Jeep gestoßen. Ein kleiner stämmiger Para oder Belagerer oder Kavallerist oder was auch immer kam zum Toyota, sah hinein, wandte sich an den Chinesen und streckte die Hand aus; widerstrebend übergab der Mann ihm die Schlüssel.

Der Toyota sprang an. Der Offizier berührte den Chinesen mit dem Lauf seiner Pistole. »Auf den Beifahrersitz, los!«

Er folgte ihm, bis der Geldbote (falls er wirklich nur das war, was Guderian aber bezweifelte) sich gesetzt hatte. Marios Lampe beleuchtete den halben Kofferraumdeckel und den Helm des Offiziers.

»Leuchten Sie woanders hin und schließen Sie den Deckel!«

Guderian ließ die Lampe leicht nach links wandern und schlug mit der Linken den Kofferraumdeckel zu. Der Offizier hielt die Pistole gegen den Kopf des sitzenden Chinesen gepreßt, soviel konnte Mario noch sehen.

Dann fiel der Schuß.

Der Lichtkegel zuckte hoch, als Mario zusammmenfuhr. Der Offizier schloß die Beifahrertür, murmelte etwas wie »Adios, Señor Chang« und hieb aufs Wagendach.

Der Toyota fuhr einen vollen Kreis, vorbei an den vorderen Bungalows, dann am wartenden Jeep, und verließ das Areal. Der Jeep wendete ebenfalls und folgte.

»Lampe aus«, sagte der Offizier. Dann pfiff er.

Es dauerte einen Moment, bis Guderians Augen sich wieder ans Dunkel gewöhnten. Er stand verloren neben den Geldkoffern, die Lampe in der baumelnden Linken, die rechte Hand fast am Griff der Browning, die in der Hose steckte. Seine Gedanken waren gleichzeitig zu schnell und zu zäh, hektische Schlieren in einer Endlosschleife: ›Soll ich – was soll ich – soll ich . . .‹

Der Pfiff hatte offenbar den neuen Lkw-Fahrern gegolten, die die Ladeklappen öffneten, in die Kabinen stiegen, die Motoren anließen und die Ladeflächen kippten. Krachend ergoß sich ein Haufen Kisten auf den Boden des Campo, während die Lkws langsam vorwärtskrochen, bis alles abgekippt war. Ein Lkw wendete und verließ den Campo durch den »Vordereingang«, der andere folgte dem östlichen Zaun, außerhalb der Bungalows, fuhr wahrscheinlich zwischen Zaun und Gestrüpp- beziehungsweise Müllhaufen (Guderian konnte es nicht sehen, wußte aber, daß dort genug Platz blieb) zum neuen »Hinterausgang« am Nordende und entfernte sich, wurde immer leiser.

»Und das hier?« Er fand die eigene Stimme fremd; mit dem Fuß stieß er gegen einen der Koffer.

»Spielen Sie ein bißchen damit.« Der »Offizier« klang wieder eher ironisch denn höhnisch. »Im Moment würde es mich nur behindern. Ich hole es später ab.«

Guderian starrte der dunklen Gestalt nach, die gelassen und ohne Eile durch die Einfahrt ging und dann links im Gebüsch verschwand.

Er ächzte; dann steckte er die Lampe in die linke Hosentasche und packte beide Koffer. Sie waren schwer. Er wußte nicht mehr, wie viele Millionen die einzelnen Partner an diesem Deal zahlen sollten, aber er wußte, daß das, was er da schleppte, für ihn lebenslänglich gereicht hätte. Zinsen vorausgesetzt.

Er trug die Koffer zu den Wagen, stellte sie nach kurzem Zögern zwischen den Pickup und den Ford und ging zur Veranda.

»Was ist da passiert?« sagte Consuelo; ihre Stimme vibrierte.

»Er hat den Chinesen erschossen«, sagte Guderian. Zu seiner Zufriedenheit hörte man seiner Stimme nichts mehr an. Oder so schien es ihm.

»Und die Lkw-Fahrer?«

»Mit Handschellen mitgenommen. Er hat so was gesagt wie ›Adios Señor Chang‹. Kennt den einer?«

Margarita nickte langsam; Consuelo blies die Lampe wieder aus. Im letzten Lichtschimmer sah Mario den Gesichtsausdruck von Lorenzo de Kok – beeindruckt, betroffen, zufrieden?

»Einer der Bosse«, sagte Villenas Mitarbeiterin.

»Einer der mieseren Bosse«, ergänzte der Herr der Wäscherei.

»Und jetzt?« sagte Ramón. »Weiter wie vorgesehen, Chef?«

»Meinst du mich?«

»Wen denn sonst?« sagte Claudia. »Ich heiß doch neuerdings nicht mehr Chef, sondern Macho. An die Arbeit!«

»Laßt uns hoffen, daß in den Kisten wirklich Knallkörper sind«, sagte Guderian. »Und daß wir genug Lärm machen beim, ah, Aufräumen.«

»Routine, Mann, Routine.« Eladio Montesinos klang beinahe heiter. »Los, Tempo.«

26. Kapitel

Vor Leopardis Quartier schaltete Villena den Jeep aus und schaute auf das Leuchtzifferblatt der Armbanduhr. »Los«, sagte er. »Geh duschen und zieh dir was Neues an. Was hast du an Waffen da?«

»Wieso duschen?« Leopardi stieg aus. »Waffen? Ein bißchen hiervon und davon.«

»Duschen, damit dein Kadaver nicht so stinkt, wenn's uns erwischt.«

»Ah bah.«

»Haben wir Zeit für derlei Feinheiten?« sagte Mirkhond auf dem Rücksitz.

»Hören Sie, Señor, wir . . .«

»Nennen Sie mich Mirza. Haben wir es nicht doch ein bißchen eiliger?«

»Hören Sie, Mirza, wir haben es eilig, aber bevor wir da in diese Dschungelfalle fahren, wollte ich mich noch einmal umsehen.« Wieder schaute er auf die Uhr.

»Was haben Sie vor?«

»Bevor ich zu dem Treffen gekommen bin, habe ich versucht, einen Journalisten aufzutreiben; seine Frau sagte, er sei weg, werde aber gegen Mitternacht zu Hause sein. Jetzt ist es Viertel nach zwölf. Mögen Sie inzwischen Leopardis Arsenal sichten und sortieren? Ich bin gleich wieder da.«

Es war kurz vor eins, als Villena die Polizeistation wieder erreichte. Leopardi hatte sich zwar nicht rasiert, aber geduscht und trug zumindest ein frisches Hemd. Der ehemalige Offizier des Schahs saß auf der Kante von Leopardis Schreibtisch und spielte mit einem Magazin, das er mit einer Hand hochwarf und mit der anderen auffing. Auf der Tischplatte lagen sechs Armeepistolen, drei Armalite-Gewehre und ein Haufen Magazine.

»Na, endlich da? Hast du was erreicht?«

Villena spürte die Müdigkeit in allen Knochen; gierig nahm er den Kaffeebecher, den Leopardi ihm reichte. »Ja. Oder nein. Der Mann wußte nicht viel.«

»Was wußte er, und worum geht es eigentlich?«

Villena trank, verbrühte sich die Zunge, beugte sich vor, zog die Zigaretten aus Leopardis Brusttasche und zündete sich eine an. Nach dem ersten tiefen Zug sagte er:

»Der für *Allgemeines* zuständige Typ. Sagt, die Geschichte mit dem Mullah lief schon seit Tagen als Gerücht in der mehr oder minder arabischen Gemeinde um.«

»Woher weiß er das?« sagte der Iraner.

»Ist selbst Araber. Na ja, Druse; kann aber Arabisch. Jedenfalls: Es gab das Gerücht, dann gab es das Gerücht mit einem bestimmten Namen, vorher hieß es nur ›ein wichtiger Geistlicher‹; dann tauchte die Variante mit Ciudad del Este als Zentrum der islamischen Mission im Cono Sur auf. Und vor ein paar Tagen brachte jemand mit Bart und Kopftuch und angeblich iranischem Akzent – sprach Arabisch und Spanisch durcheinander – einen Umschlag mit dem Foto und den Details.«

»Woher kam der Mann?«

»Nicht festzustellen. Er hat behauptet, er sei frisch aus Teheran gekommen, sozusagen als Wegbereiter, aber in der Kolonie hier kennt ihn keiner, offenbar hat ihn auch keiner gesehen, nachdem er bei der Zeitung war.« Er leerte den Becher. »Hilft uns aber nicht weiter, macht alles lediglich noch ein bißchen dunkler. Los, Aufbruch.«

»Dreh eine Runde, ja?« sagte Leopardi, als sie die Waffen in den Jeep geladen hatten und eingestiegen waren.

»Was für eine Runde?« sagte der Iraner.

»Durch die Metropole – nachsehen.«

Villena lächelte schräg. »Was meinst du, was ich vorhabe?«

Es war merkwürdig ruhig für eine Nacht von Freitag auf Samstag. Kein Polizist zu sehen; kein Grenzer auf der Brücke. Ein paar Polizeiwagen am Flugplatz, ohne sichtbare Insassen. Niemand auf der paraguayischen Seite des Itaipú-Damms, wohl aber – im Dunkeln undeutlich auszumachen – eine Masse von Fahrzeugen bei den Brasilianern.

»Komisch«, sagte Leopardi, als Villena wendete und die Abkürzung zur Hauptstraße nach Westen nahm. »Erst lassen sie diese Payaguá durch, ohne uns was zu sagen, und jetzt sieht es da drüben so aus, als ob sie entweder ein Empfangskomitee oder eine Blockadeflotte aufbieten.«

Um zwei Uhr schaltete Villena den Motor aus; der Jeep stand von der Piste aus unsichtbar im Busch. Sie stiegen aus; jeder nahm ein Gewehr, zwei Pistolen und stopfte sämtliche Taschen voll mit Magazinen.

»Wir sind jetzt zwei Kilometer vom Campo«, sagte Villena leise. »Ungefähr. Gefällt mir nicht, daß die Telefonleitung dorthin tot ist.« In Hernandarías hatten sie noch einmal kurz gehalten, um es von dort aus zu versuchen.

»Kennst du einen Fußweg?«

»Nein. Du?«

Leopardi schüttelte den Kopf.

»Dann müssen wir es eben einfach so versuchen. Vorsicht. Und leise. Zuerst mal nichts riskieren, klar?«

»Lassen Sie mich vorgehen«, sagte der Iraner. »Ich kenne auch keinen Weg, aber ich habe derlei Anschleichmanöver oft genug gemacht.«

Villena hob die Schultern. »Bitte sehr.«

Sie gingen nach Norden. Die ersten zwanzig Minuten waren nahezu unproblematisch; Mirkhond fand einen schmalen

Pfad, vermutlich Wildwechsel, der bis auf wenige Biegungen fast geradeaus Richtung Campo führte. Dann bog er nach Osten, und die Männer mußten in den nicht allzu dichten Busch.

Leopardi schnaufte bisweilen leise, verstummte aber schließlich, als Villena, der am Schluß ging, ihn mit dem Gewehr anstieß. Er bewunderte den alten Iraner, der sich leichtfüßig und geräuschlos durch die Wildnis bewegte, fast schwebend.

Irgendwann schätzte Villena, daß sie kaum mehr als zweihundert Meter vom Campo entfernt sein konnten. Er winkelte den linken Arm an, um auf die Uhr zu blicken. 2:35 Uhr.

Vor ihnen, nicht weit entfernt, war plötzlich Lärm zu hören, gedämpft durch das Buschwerk. Villena öffnete den Mund, um leise etwas zu sagen.

Dann schloß er ihn wieder, denn eine kalte Klinge hatte seine Kehle berührt. Hände packten seine Arme, entrissen ihm das Gewehr und bogen die Arme auf den Rücken. Leopardi, drei Schritte vor ihm, brach zusammen, als etwas von der Seite aus dem Busch kam, etwas langes Dünnes, und ihn am Kopf traf. Der Iraner stieß würgende und keuchende Töne aus; er rang mit drei Männern.

»Ende der Mission«, sagte eine leise Stimme rechts neben Villena. »Widerstand ist sinnlos und könnte böse enden. Bringt sie weg.«

27. Kapitel

Polperro Pettigrew trug dunkle Segeltuchschuhe, dunkle Jeans und ein dunkles Hemd mit zahlreichen Taschen. Der Wagen, den er abends gemietet hatte, war ein dunkelblauer Volkswagen.

Er hatte mehrmals versucht, den Campo zu erreichen; in der Telefonzentrale sagte man ihm, offenbar sei die Leitung gestört, wofür man aber keinen Grund kenne.

Der Brite fuhr nach Norden, über eine Piste, die ihn (und Limpy, damals ...) oft zum paraguayischen Ufer des Stausees gebracht hatte. Es war Mitternacht, als er die unbehaglich ruhige Stadt verließ. Von einer Telefonzelle aus versuchte er noch kurz vor dem Aufbruch, die Garnisonen anzurufen. Die Nummern standen in keinem Verzeichnis. Die Leitung zur Garnison der Infanterie war tot. In der Panzerkaserne meldete sich niemand.

Unweit des paraguayischen Endes der Dammstraße hielt er an, stieg aus und schlich zum Ufer. Der paraguayische Grenzposten war verlassen. Auf der anderen Seite, im Mondlicht undeutlich zu sehen, stand eine große Menge Autos – Pkws und Lastwagen. Irgendwo glomm ein Lichtpünktchen auf und erlosch schnell wieder. Pettigrew nahm an, daß sich dort jemand eine Zigarette angezündet hatte.

Leise ging er zu seinem versteckten Wagen zurück, startete und fuhr weiter zum Badeplatz, dann nach Westen. Er behielt den Kilometerzähler im Auge. Drei Kilometer vor der Stelle, wo der Campo begann, bog die Piste nach Norden; er lenkte den Wagen zwischen zwei Buschgruppen hindurch, schaltete den Motor aus, rauchte in der Stille, gestört nur vom Knacken erkaltenden Metalls, eine Zigarette und stieg dann aus.

Hart am Rand der immer engeren Piste ging er nach Norden, lautlos, das lange leichte Messer in der Rechten. Die Browning ließ er im Halfter; im Zweifel wäre sie jetzt zu laut gewesen.

Nach einiger Zeit erreichte er die Stelle, an der, wie er wußte, ein längst überwucherter Pfad zum Campo abbog. Zu seiner Verblüffung fand er ihn nicht gerade gerodet, aber offenbar von Bulldozern neueröffnet und nahezu geebnet.

Er hatte erst wenige Meter auf dem Pfad zurückgelegt, als er weit hinter sich, im Norden, Motorgeräusche hörte. Leise, aber anschwellend. Er warf einen Blick auf die Uhr – fünf vor drei. Nach kurzem Zögern drückte er sich links ins Gebüsch und wartete.

Sie fuhren ohne Licht, ließen hin und wieder kurz die Scheinwerfer aufblitzen, wenn die Strecke allzu unübersichtlich wurde, und taperten anschließend mit jaulenden Motoren herum, bis die Augen sich wieder ans Dunkel gewöhnt hatten. Es waren Lkws. Sie kamen auf der Piste von Norden.

Und sie bogen auf den neuen, halbgeräumten Pfad ein, kaum schneller als im Schrittempo. Langsam schaukelten und krachten sie vorüber, Richtung Campo.

Pettigrew zählte. Den Gerüchten der letzten Tage nach mußten es zwölf sein. Nach dem elften schien die Kette abgerissen. Er wollte schon losrennen, als er den zwölften Wagen hörte.

Er kauerte hinter dem Gebüsch, wartete, konzentrierte sich. Alle Wagen hatten offene Ladeflächen, auf denen klobige Packen oder Ballen lagen, mit Planen bedeckt, soweit er das hatte sehen oder schließen können. Niemand auf der Ladefläche. Wahrscheinlich jeweils zwei Mann in der Kabine.

Auch der letzte Wagen kam; er glich den anderen. Schwere alte Lkws, die einmal irgendeiner Armee gehört hatten. Pettigrew wartete, bis der Wagen ihn passiert hatte; dann lief er leichtfüßig hinterher, sprang, packte die Oberkante der hinteren Ladeklappe und zog sich hoch. Er schwang die Beine ins Innere und landete beinahe weich.

Unter der Plastikplane befanden sich Säcke. Pettigrew tastete; dann grinste er zufrieden.

In den Säcken schienen zahlreiche glatte Beutel zu stecken. »Willkommen an Bord des Shit-Konvois«, murmelte er.

28. Kapitel

Ein paar Nachtvögel kreischten. Der nicht mehr ganz volle, strahlende Mond schlenderte durch den samtigen Himmel. Die Luft war warm, fast ohne Bewegung, und satt von tausend Gerüchen. Als Guderian zufällig aufblickte, zickzackten Fledermäuse vor dem Kreuz des Südens; die Sterne schienen weniger eine Konstellation zu sein als vielmehr Leuchtpunkte am Griff der Klappe, Öffnung zum Jenseits, hinter der eine Maschine anlief. Eine lautlose Form von Staubsauger, dachte Mario, und demnächst würde irgendwer die Klappe öffnen.

Leise Stimmen kamen aus der Cantina – Margarita und Eladio? Es war nicht auszumachen. Niemand zwang sie, hier zusammen herumzuhocken, aber keiner wollte zu den Bungalows gehen. Jeder schien zu hoffen, daß einem der anderen noch etwas einfiele, ein Ausweg oder irgendein unvorstellbar effektiver Trick. Oder zogen sie es einfach vor, sich wie verstörte Tiere aneinanderzudrängeln?

Claudia saß neben ihm, auf der obersten Stufe zur Veranda; sie rauchte und summte leise vor sich hin, fast tonlos. Jedenfalls keine erkennbare Melodie. Manchmal, wenn sie sich leicht bewegte, nahm er ihre Ausdünstung wahr: ein ferner Nachhall von Seifen und Duftstoffen, die er nicht benennen konnte, überlagert von beinahe feinem Schweiß. Zerstreut erwog er, sie zu fragen, ob es Angstschweiß sei oder Nachtschweiß oder das Ergebnis heftiger körperlicher Arbeit. Während ein Teil seines übermüdeten Gehirns eine absurde Liste möglicher Ursachen des Schwitzens anfertigte, hörte er sich halblaut und zur eigenen Überraschung sagen:

»Ich kann dich gut riechen.«

»Danke gleichfalls. Trotzdem gäbe ich was für eine Dusche.«

Sie klang wach und dabei ein wenig verträumt. Oder versonnen. Nach einer Pause setzte sie hinzu: »Inzwischen find ich dich nur noch halb so unerträglich.«

»Danke, Macho.«

Sie lehnte sich gegen seinen rechten Oberarm. »Aber bild dir nichts drauf ein; halb ist immer noch ziemlich unerträglich.«

»Ich dachte schon, du würdest weich.«

»Nix da. Rein sexuell, wie gesagt, und – ah, nennen wir es das hauchdünne Band, das jene verbindet, die bebend der Gefahr ins unsichtbare Auge glotzen.«

Er gluckste leise. »Fällt dir noch was ein?«

»Was denn? Wir sind belagert, aber die Belagerung gilt nicht uns. Wir haben Geld angenommen, das nicht für uns bestimmt war, und der Bote wurde erschossen. In den nächsten paar Stunden werden hier noch ein paar erwartete und unerwartete Gäste auftauchen, und mit ein bißchen Glück bringen sie uns nur um, ohne vorheriges Foltern und Zerschneiden. Was soll mir da einfallen?«

Er dachte an seine beiden Expeditionen; an die Dinge, die er hier und da versteckt hatte; an die zertrümmerten Kisten mit Feuerwerkskörpern; an die Geldkoffer . . . Sie lagen neben Claudias Pickup, kaum zu ahnen im seltsamen Licht dieser seltsamen Nacht. Er bedachte, daß er sie abgestellt hatte; irgendwer mußte sie wohl umgestoßen haben, als sie die zweite Runde Lärm und Hektik inszenierten, um die Kisten zu sichten.

»Ich kann kein Muster entdecken«, murmelte er.

»Was meinst du?«

»Ein Muster. Ein Schema. Etwas, was auf einen Plan hindeuten würde. Und solange kein Plan erkennbar ist, kann man sich kaum sinnvoll den Kopf darüber zerbrechen, wie man ihm begegnen soll. Falls man ihm überhaupt begegnen kann.«

Sie hob die Schultern; er spürte die Bewegung, und bei aller Müdigkeit ließ der Körperkontakt wieder warme Wellen durch seinen Leib schwappen. Schwappen, nicht branden.

»Schmink's dir ab«, sagte sie. »Wir sind sieben, mit ein paar Klingen und Pistolen und einem Bärentöter, einer Handvoll Knallfrösche und ein bißchen Petroleum. Die da draußen sind wieviel? Zwanzig, dreißig, hundert? Gut bewaffnet, offenbar diszipliniert; sie haben mindestens einen Jeep, einen Toyota und zwei Lkws, wer weiß was an schweren Geschützen. Wir wissen nicht, was sie planen. Wir haben einen wahrscheinlich auf ungleichen Rädern humpelnden Pickup, und bevor wir damit durch die Einfahrt sind, haben die uns durchsiebt. Wie steht's mit deinem Testament?«

Er stand auf, mühsam. »Gleich halb zwei. Ich geh mal nach vorn und frag direkt.«

»Was?«

»Ob sie uns nicht einfach rauslassen. Dann können sie hier doch viel besser spielen.«

»O Mann.«

»Danke; welche Überraschung.«

»Ist mir so rausgerutscht, war aber nicht so gemeint, Junge. Viel Glück. Soll ich wem was ausrichten, wenn du nicht zurückkommst?«

»Hm. – Sag Villena, wenn der sich noch mal blicken läßt, daß er eine schöne Freundin hat, die man nicht so in fremden Campos lassen sollte.«

»Meinst du, er kommt wieder?«

»Nee. Die fangen ihn ab, wenn er's versucht.«

Claudia sagte nichts mehr. Guderian ging los, langsam; nach ein paar Schritten zog er die Taschenlampe heraus und knipste sie an. Den Strahl richtete er abwechselnd auf den Boden vor sich, dann auf sein Gesicht, dann wieder auf den Boden.

Er war höchstens zehn Schritte von der Einfahrt entfernt, als eine energische Stimme »Halt!« sagte.

Guderian blieb stehen, das Licht auf sein Gesicht gerichtet. »Ich bin Parlamentär«, sagte er laut.

Es dauerte vielleicht eine Minute, bis aus dem Gebüsch links der Einfahrt die Stimme des Offiziers zu hören war.

»Was wollen Sie?«

»Wegfahren. Sie brauchen uns doch nicht.«

Der Offizier schwieg einen Moment; dann sagte er: »Woher wollen Sie wissen, wen oder was wir hier brauchen oder nicht? Abgelehnt. Gehen Sie zurück zu den anderen.«

»Was haben Sie denn mit uns vor?«

»Nichts. Sie sind der Köder. Wenn alles gutgeht, passiert Ihnen nichts.«

»Und wenn nicht?«

»Haben Sie Pech gehabt. Gehen Sie.«

»Aber . . .«

»Leuchten Sie mal hierher.«

Guderian gehorchte. Im Licht der Lampe sah er zwei Läufe aus dem Busch ragen.

»Seien Sie vernünftig«, sagte der Offizier, als spräche er zu einem verstockten Schuljungen. »Ich will keine Gewalt anwenden müssen. Sie können natürlich auch Señor Chang Gesellschaft leisten.«

»Na schön.« Guderian knipste die Lampe aus und ging zurück zur Cantina, wo immer noch die Petroleumlampe schwach leuchtete. Oder wieder? Er blinzelte und gähnte. Sie hatte nicht geleuchtet, als er aufbrach.

»Consuelo dachte, du brauchst vielleicht einen Leuchtturm«, sagte Claudia, als er die Cantina wieder erreicht hatte. »Ist was dabei rausgekommen?«

»Danke, Consuelo. Laß die Lampe ruhig an. – Ja und nein. Der Offizier sagt, wir sind nur der Köder, und wenn wir Glück haben, passiert uns nichts.« Er ließ sich auf die Stufe neben Claudia sinken. »Jedenfalls – wenn ich ihm glaube und ihn richtig verstehe, haben die da draußen nichts gegen uns. Nicht persönlich und nicht direkt.«

»Ah ja. Wie beruhigend.« Sie rieb sich die Augen, starrte ihn einen Moment lang an und lehnte sich dann wieder gegen seinen Oberarm. »Dann brauchen wir uns also nur noch um Gutiérrez und die anderen Cali-Jungs zu sorgen. Und die Hizbollah. Und diesen komischen Transport, den Villena erwartet. Wie Margarita sagt.«

»Und dann?«

»Willst du vielleicht mal deinen Arm um mich legen?«

»Erschreck mich nicht.«

»Komm, mach schon.«

Behutsam, fast schüchtern (so kam es ihm vor) legte er den rechten Arm um Claudias Schultern. Sie kuschelte sich an ihn, nahm seine rechte Hand und schob diese vorn in ihre Khakibluse. »Fühl mal.«

»Hm. Sehr ersprießlich. Aber was soll das jetzt?«

»Lenkt ab.« Sie kicherte. »Versteifungen sind besser als Schlottern. Und vielleicht denkst du nicht so viel sinnloses Zeug, wenn du dich ein bißchen männlicher fühlst.«

»Ach Scheiße.« Er zog den Arm zurück – Claudia hielt die Hand nicht fest – und lehnte sich links ans Geländer.

Er war hellwach. ›Wenn sie das tut, um mich in Gang zu halten, macht sie es gut‹, dachte er. ›Trotzdem – ‹ Er räusperte sich.

Sie kam ihm zuvor. »Sag's nicht, sonst geh ich in meinen Bungalow und zieh einen BH an.«

Er seufzte. »Können wir allmählich mit diesem idiotischen Spielchen aufhören?«

»Spielchen? Junge, das ist bitterer Ernst.«

»Könnten Sie das mal erläutern, junge Frau?«

»Ihr seid doch alle so leicht zu manipulieren.«

»Wer *ihr?*«

»Jungs. Gib ihnen was zu grabschen, und schon ...«

»Was?«

»Na was wohl?«

»Ist das alles nur, damit ich begreife, daß du eine Nummer besser bist? Oder damit ich wach bleibe? Oder was?«

Sie lachte gepreßt. »Und wenn sie dann meinen, sie hätten eine oder zwei Erklärungen, sind sie gleich zufrieden.«

»Was, bitte sehr, sollte ich denn statt dessen tun? Nicht, daß ich zufrieden wäre ...«

»Du solltest ...«

Sie brach ab; von Süden näherte sich das Grollen schwerer Motoren. Die leuchtenden Finger von Autoscheinwerfern tasteten im Busch herum.

Die anderen, aufgeschreckt oder geweckt, tauchten wieder auf der Veranda auf. Claudia erhob sich und ging zu ihnen; Mario blieb auf der Treppe.

»Wer ist das nun?« sagte de Kok. Seine Aussprache war ungenau; Guderian nahm an, daß der Mann sich in den letzten zwei Stunden mit Bier oder Wein oder beidem hatte vollaufen lassen.

»Wer auch immer.« Ramón knurrte einen Fluch und setzte hinzu: »Die werden reinfahren, dann machen die anderen die Tür wieder zu, und wir dürfen versuchen, mit ihnen irgendwas auszuhandeln. So oder anders. Oder irgendwie. Mist.«

Der erste Lkw erreichte die Einfahrt.

Und hielt an.

Aus dem Gebüsch, umrissen von den Scheinwerfern des zweiten Wagens, kamen ein paar Gestalten, traten an den ersten, vielleicht auch an den zweiten Wagen heran. Türen wurden geöffnet; jemand schien einzusteigen.

»Peng«, sagte Margarita, als die Wagentüren zugeschlagen wurden. Sie klang so überrascht, wie Guderian sich fühlte. »Was wird *das* jetzt?«

Die Wagen fuhren wieder an. Der erste bog auf dem

Campo nach Osten, fuhr am Zaun entlang und blieb, unsichtbar für die Leute bei der Cantina, zwischen Zaun und Bungalows auf der Freifläche stehen. Der zweite Lkw fuhr an die Westseite. Die Motoren verstummten. Von der Einfahrt her kamen weitere Gestalten gelaufen und verteilten sich; zwei näherten sich der Cantina, die übrigen gingen zu den Lkws.

»Sitzenbleiben«, sagte einer der beiden Männer. Er hob den Lauf seiner Waffe. »Dauert nicht lange.«

Jenseits der Bungalows hörten sie, auf beiden Seiten, wie Holz splitterte. Dazwischen schepperte Metall; undeutliches Gemurmel wurde hin und wieder von Befehlen übertönt. Einige der Leute, die zu dem Lkw an der Ostseite gegangen waren, erschienen plötzlich an der Südfront des ersten Bungalows – dort, wo die beiden Lkws der Firma Korea Krakkers ihre Fracht ausgeschüttet hatten.

Guderian zog Luft durch die Schneidezähne. Er dankte dem kleinen Teufel, der ihm eingeblasen hatte, daß es besser sei, die Trümmer leergeräumter Kisten verschwinden zu lassen.

Wieder krachte es, wie von schnell und brutal geöffneten Transportbehältern. Männer kamen, gingen, kamen wieder, gingen erneut; Mario bildete sich ein, er könne sehen, daß sie Dinge aufhoben und zu den Lkws brachten. Aber wozu das alles?

Plötzlich endete das Treiben; die Leute zogen sich schnell und fast lautlos zur Einfahrt zurück und verschwanden wieder im Busch; irgend jemand kicherte. Die beiden Posten vor der Cantina warteten, bis alle anderen fort waren.

»Ihr bleibt am besten da, wo ihr seid«, sagte einer der Männer. »Ab jetzt wird es interessant.«

»Was war es denn bisher?« sagte Eladio Montesinos, aber er erhielt keine Antwort. Die Posten drehten ihnen einfach die Rücken zu und liefen zur Einfahrt.

»Weg«, sagte Margarita. Sie stieß angehaltene Luft aus. »Aber was soll das alles? Ich werde gleich wahnsinnig!«

»Ob das die Lkws aus dem Süden waren?« sagte Claudia. »Die, du weißt schon, die den Kram von diesem Flußdampfer . . .«

»Pst!« Guderian schloß die Augen, um sich besser auf sein Gehör konzentrieren zu können.

»Was denn?« grölte de Kok. »Kommt da noch wer? Zu Wasser, zu Lande oder in der Luft?« Er giggelte; dann begann er zu singen. *»Si la Ludmila se fuera con otro, la seguiría por tierra y por mar, si por mar en un buque de guerra, si . . .«*

Es war eine scheußlich gekrächzte Variante der mexikanischen *»Adelita«*. Guderians Nackenhaare stellten sich auf.

»Könnt ihr den knebeln, verdammt?« sagte er.

De Kok verstummte abrupt, mit einem leisen gurgelnden Wimmern.

Mario lauschte, aber was immer da gewesen war, hatte aufgehört. Er hatte sich eingebildet, im Süden Stimmen zu hören, aber nicht dort, wo die Paras im Gebüsch hockten.

»Herzchen«, sagte Claudia über ihm, »entspann dich. Lehn den Kopf gegen meine Weichteile.« Er spürte ihre Knie im Rücken, dann die kräftigen Finger, die seine verkrampften Nackenmuskeln zu massieren begannen.

»Ei«, sagte er leise.

Margarita trat zu ihnen. »Vielleicht solltest du ihr einen Heiratsantrag machen.« Sie kicherte.

»Au«, sagte er laut.

Claudias Finger krochen vorn in sein Hemd. »Tiefer?«

»Danke; mir ist schon schlecht.«

»Wie war das mit den Königskindern?« sagte Claudia.

»Das Wasser war nicht tief genug«, knurrte Guderian, »und ich bin bürgerlicher Herkunft.«

»Allmählich fühle ich mich nicht mehr wie eine uninformierte Nebenfigur in einem Drama.« Claudia ließ ihn los und legte eine Hand aufs Geländer. »Sondern wie in einer Farce.«

De Kok, offenbar nicht mehr gewürgt, kicherte wieder und

sang, diesmal eine bekannte argentinische Zamba, dem Mond über der Provinz Tucumán gewidmet. Aber statt *»Ay lunita tucumana«* sang er: *»Zarzuelita paraguaya, en el campo alemán . . .«*

Dann gurgelte er, und Ramón sagte heftig: »Beim nächsten Mal halt ich dir nicht den Mund zu, sondern dreh dir den Hals um, Hurensohn.«

»Pst!« sagte Guderian, beinahe verzweifelt.

In der nachfolgenden Stille hörten sie wieder Motoren, diesmal von Norden. Ein Trupp der Belagerer tauchte in der südlichen Einfahrt auf; sie liefen zu den seitlich abgestellten Lkws. Von dort kamen andere Geräusche, zunehmend überdeckt von den sich nähernden Motoren. Als ob seitlich, durch Busch und zerschnittene Zäune, noch mehr Belagerer aufs Gelände strömten.

»Vielleicht sollten wir in Deckung gehen«, sagte de Kok; diesmal klang er nicht mehr betrunken, sondern fast erschrekkend nüchtern.

Guderian wechselte einen Blick mit Claudia, dann mit Margarita; beide nickten.

»Wo?« sagte Ramón, irgendwo auf der Veranda.

»Die Waffen«, flüsterte Consuelo.

Die Motoren wurden immer lauter. Licht war nicht zu sehen; offenbar zogen die Näherkommenden es vor, keine Scheinwerfer einzuschalten.

Als der erste Wagen, auf dessen Windschutzscheibe sich das Mondlicht spiegelte, von Norden auf den Campo fuhr, kauerten und lagen Claudia, Margarita, Consuelo, Ramón, Eladio, Lorenzo und Mario mit ihrer erbärmlichen Bewaffnung teils unter der Veranda, teils zwischen ihren unbeweglichen Wagen, die auf der Freifläche in der Mitte des Campo standen und die Durchfahrt sperrten.

»Vier«, murmelte Guderian, als der nächste Lkw durch die neue Zufahrt kam und nach rechts bog, um irgendwo zwischen Zaun und Gestrüpphaufen stehenzubleiben. Er zählte mit, leise und irgendwie fassungslos. Der elfte Wagen. Für den zwölften war kein Platz mehr; er blieb in der Zufahrt stehen.

Einer nach dem anderen erstarben die Motoren. Türen gingen auf. Gestalten kamen aus den Kabinen.

»Je drei?« flüsterte Claudia, die dicht neben Mario lag.

»Fahrer plus zwei«, murmelte er. »Bewaffnete Eskorten, schätzungsweise. Bescheiden geschätzt: zwölfmal fünf Tonnen Heroin. Oder Koks, egal. Wie sieht der Preis aus?«

»Frag mich nicht.« Sie gab ein unterdrücktes Kichern von sich. »Ich hab länger nicht mehr gedealt.«

Durch die relative Stille, unterbrochen nur von knallenden Wagentüren, dröhnte plötzlich eine Stimme. Die Stimme des »Offiziers« der Belagerer, verstärkt durch ein Megaphon oder eine Anlage:

»Keine Bewegung. Ihr seid umstellt. Hände hoch.«

Gleichzeitig flammten rechts und links der Bungalows die Scheinwerfer der dort vor kaum einer halben Stunde abgestellten Wagen auf.

Und noch ein grelles Licht, hinter dem zwölften Lkw: ein weiterer schwerer Wagen. Guderian nahm an, daß es sich um einen der beiden von den Chinesen »requirierten« Lkw handelte. Von dort ratterte ein Feuerstoß in die Nacht. Es klang wie ein schweres MG – eines, das Guderian schon einmal gehört hatte, im Moment aber nicht identifizieren konnte, obwohl es irgendwie »typisch« klang. Offenbar war der Stoß ungezielt oder absichtlich zu hoch gezielt gewesen. Er bildete sich ein, Kugeln durch die Nachtluft zischen zu hören.

Die geblendeten, überraschten Männer bei den Lkws standen starr. Dann hoben einige langsam die Hände. Andere bewegten sich rasend schnell, tauchten zu Boden, robbten unter die Wagen.

Von einem der seitlichen Lkws, dem an der Ostseite, wurde mindestens ein Magazin leergefeuert. Diesmal war es ernst. Guderian sah zwei oder drei Männer des Zwölfer-Konvois zusammenbrechen; einer, der halb unter einen Lkw gekrochen war, zuckte mehrmals und kroch nicht weiter.

»Alle unter den Wagen raus, sonst erschießen wir nacheinander die anderen!«

Keine Reaktion.

»Ich wiederhole. Sie sind von Einheiten des Heeres der Republik Paraguay umstellt. Wer sich ergibt, wird gut behandelt. Sie haben dreißig Sekunden, sich gegen Ihre Fracht und für Ihr Leben zu entscheiden.«

Eine andere Stimme begann laut zu zählen, rückwärts.

»Dreimal zwölf ist sechsunddreißig«, murmelte Guderian. »Vier, nein, fünf hat's schon erwischt. Bleiben einunddreißig. Da stehen . . . siebzehn. Vierzehn unter den Wagen. Scheiße.«

»Zu wem hältst du eigentlich?« sagte Claudia. Sie klang amüsiert, aber als er sie ansah, waren ihre Wangen naß. Oder glitzerten; mehr konnte er nicht sehen.

Bei »achtzehn« endete plötzlich der Countdown. Zwei Pkws und drei Vans rasten von Süden her auf das Gelände, mit aufgeblendetem Fernlicht. Eine nicht so schnell abzuschätzende Menge von Personen quoll aus den Wagen. Guderian glaubte Recalde zu erkennen, den Architekten, und neben ihm Sergio Gutiérrez. Andere waren bärtig und trugen Kopftücher oder Turbane.

»Was ist hier los?« rief jemand.

»Gutiérrez«, murmelte Claudia. »O mein Gott . . .«

Dann, alles überlagernd, das Dröhnen der Rotoren eines landenden Helikopters, nicht weit östlich des Campo. Und ein weiterer Wagen mit grellem Licht – ein Lkw, vermutlich der zweite »chinesische«. Er sperrte die südliche Zufahrt, hinter den Pkws und Vans.

Rund um den Campo jaulten plötzlich Projektile in den Nachthimmel: Mindestens zwanzig Stück Leuchtspurmunition detonierten und tauchten alles in rötliches Licht, das für Sekunden sogar die Scheinwerfer verblassen ließ. Gleichzeitig feuerte ein nun deutlich sichtbares schweres MG auf dem letzten Lkw südlich der Einfahrt in die Luft. Die mit Gutiérrez angekommenen Männer erstarrten.

»Sind jetzt alle da?« sagte Guderian halblaut.

Claudia wiederholte, tonlos: »O mein Gott.«

›Ich glaube es nicht‹, dachte Mario. ›Es kann nicht sein, und bestimmt werde ich gleich wach.‹

Die Feuer am Himmel erloschen.

Und von dort, wo Lorenzo de Kok lag, hörte Guderian ein leises, trunkenes, scheppterndes Kichern.

29. Kapitel

Thompson wurde immer nervöser. Der Landeplatz im Busch, den Villena ihm beschrieben, war genau so, wie der Paraguayer gesagt hatte. Bis auf einen kleinen Punkt: Er war zu nah am Campo. Von dort, höchstens einen halben Kilometer westlich der Lichtung, hörte Thompson immer wieder Geräusche, Stimmen, an- und abschwellenden Lärm von Lkw-Motoren, dann plötzlich den Feuerstoß eines MG.

Aber das war, als der Helikopter, der die Kollegen bei Cerro Corá aufgepickt hatte, sich schon im Anflug befand.

»Wo steckst du genau?« sagte Langston, der den brasilianischen Mietpiloten dirigierte.

Thompson saß im Wagen. Er war so stolz darauf gewesen, ihn mit dem Heck zum Campo zu parken, damit er Scheinwerfersignale zur Lichtung, weg vom Lager geben konnte. Aber alles war zu nah. Er knurrte etwas ins Funkgerät.

»Was?«

Thompson konnte die Blinklichter des Helikopters sehen. »Ihr seid auf Kurs«, sagte er. »Ich mach jetzt Licht.« Er blendete dreimal auf und ab.

»Okay. Wir haben dich und die Lichtung. Kannst du es jetzt anlassen?«

Er schaltete die Scheinwerfer ein, legte das Funkgerät auf den Beifahrersitz und öffnete die Tür. Neben dem Wagen stehend, sah er zu, wie der Helikopter aufsetzte. Durchs heruntergekurbelte Fenster (der alte Ford Falcón hatte keine elektrischen Luxusinstallationen) wollte er nach dem Lichtschalter langen.

Die kalte Klinge an seinem Hals stoppte ihn. Eine leise

Stimme sagte auf Spanisch: »Nicht bewegen, Señor Gringo. Wenn Sie leben wollen, bewegen Sie sich nicht.«

Thompson hatte Mühe, beim Lärm des Helikopters alles genau zu verstehen, aber er verstand genug, um sich nicht zu bewegen. Er sah, wie die beiden ersten Männer aus dem Fluggerät stiegen. Dann sah er Schatten über die Lichtung huschen.

Fünf Minuten später saßen der brasilianische Pilot und die sechs Amerikaner (drei waren bei den Wagen in Amambay geblieben) auf einer anderen Lichtung. Sie war kleiner, näher am Campo, und außer Handschellen trugen die Männer straffe Halsbänder, die um Baumstämme geführt waren.

»Hände auf dem Rücken, Hals gefesselt – fällt dir was ein?« sagte Thompson. Er zitterte vor Wut; seine Stimme war heiser.

»Nichts.« Romualdo Villena sprach leise. Er klang hohl und deprimiert.

Der alte Iraner stöhnte unterdrückt. Auch er saß an einen Baum gelehnt; er blutete aus einer Kopfwunde. Leopardi lag immer noch bewußtlos irgendwo vor ihnen, nicht genau zu sehen. Villena sagte, er sei eingewickelt wie eine Wurst, und Mirza Mirkhond habe sich gewehrt.

»Die brauchen uns ja nicht mal zu bewachen. Scheißspiel.« Corbucci schielte hinüber zum Campo, wo die Leuchtfeuer allmählich verloschen. Der Himmel wurde wieder dunkel. »Was machen die da?«

»Entweder erfahren wir es nachher«, sagte Villena müde. »Oder wir erfahren es nicht.«

»Tolle Alternative.«

Etwas zupfte an ihm, inwendig. Ein achter oder neunter Sinn. Ohne sich ganz aufzurichten, spähte Pettigrew über die Heckklappe des Lkw.

Aus dem Busch an der Ostseite der Piste schob sich, im

Mondlicht ausreichend gut zu sehen, die Schnauze eines schweren Armeelasters.

Pettigrew reagierte sofort. Noch bevor der Wagen seinen Unterschlupf oder Hinterhalt – um etwas anderes konnte es sich kaum handeln – ganz verlassen hatte, hing der Brite an der rechten Außenseite seines Lkw, kurz hinter der Kabine. Das Schulterhalfter mit der Browning verschob sich, behinderte ihn aber nicht ernstlich; der Griff des Messers am Gürtel berührte unter dem hochgerutschten Hemd eisig den Bauch.

Er überlegte; fieberhaft, aber kühl. Wenn der Laster hinter ihm Teil einer Falle war, mußte es andere Teile geben. Wahrscheinlich war der Campo insgesamt umzingelt. Claudia hatte etwas von »Hilfe« gesagt, ehe die Telefonleitung starb. Zufall? Eher unwahrscheinlich; jemand – wer auch immer die Falle ausgeheckt hatte – mußte die Leitung gekappt haben. Claudia und die anderen saßen drin, entweder als Opfer oder als Köder. Diese schrägen Transaktionen . . . Der Shit-Expreß fuhr in die Falle; also konnten nicht die Cali-Leute die Trapper sein. Wer denn? Und wie konnte er etwas unternehmen, was konnte er überhaupt tun, und wenn er etwas tun wollte, besser im Campo oder von außerhalb? Draußen mußten, wenn die Überlegungen so weit stimmten, noch einige Leute im Gebüsch hocken. Anschleichen, das Messer zwischen den Zähnen? Blödsinn. Und drinnen . . .

Er war noch nicht zu einem Entschluß gelangt, als der Wagen abbremste. Die anderen Lkws schienen sich im Campo zu verteilen, nach links und rechts zu biegen; der, an dem er hing, würde vielleicht als letzter einfach in der neuen Zufahrt stehenbleiben, oder –

Stop. Pettigrew überlegte nicht weiter; er ließ sich fallen, lief geduckt nach vorn, riß im Laufen das Messer aus der Scheide, hörte, wie Motoren ausgeschaltet wurden, spürte hinter sich den Luftzug und hörte das Quietschen, als die

Beifahrertür des Lkw geöffnet wurde, tauchte unter der aufschwingenden Fahrertür des nächsten rechts eingebogenen Lkw hindurch, warf sich vor dessen Schnauze zu Boden, kroch weiter nach rechts, weil er nicht geradeaus kriechen konnte, denn dort türmte sich ein Haufen abgeholzten Buschwerks, robbte hart daran entlang, erreichte das Ende des Gestrüppwalls, nahm das Messer zwischen die Zähne, lief auf Finger- und Fußspitzen zum ersten Bungalow, hätte dabei fast gekichert, als er sich vorstellte, daß Beobachter ihn vielleicht für ein Warzenschwein halten würden, und kauerte dann hinter der Verandatreppe des Gebäudes.

Erst als er dort saß und sich bemühte, geräuschlos durchzuatmen, wurde ihm klar, was er eben getan hatte. Beziehungsweise, was jahrelang hart ausgebildete und dann jahrelang vernachlässigte Reflexe mit ihm angestellt hatten.

Eine Frau, mit der ihn eine gewisse Restsympathie verband, Relikt oder Bodensatz alter Intimität, die abgeflossen war wie Wasser aus einer Wanne, wenn der Stöpsel gezogen wird ... Limpy hatte »Hilfe« gesagt, vielleicht nur »Hilfe beim Spülen« gemeint, wenn er sich denn überhaupt auf die Weitergabe der Meldung durch die Ladenbesitzerin verlassen konnte. Er war aufgebrochen, eher gelangweilt, aber vorsichtshalber mit der nötigen Ausrüstung. Eigentlich nur, um nachzusehen. Eigentlich, wie er jetzt begriff, aus Langeweile. Raus aus Ciudad del Este, in den Busch, nachsehen, und am Schluß war alles blinder Alarm, es ging um Hilfe beim Kofferpacken, und er würde mit Claudia und diesem Deutschen ein paar Gläser trinken und heimfahren.

Dann begriff er, daß sich alles geändert hatte. Es interessierte ihn im Moment nicht sonderlich, wer hier was gegen wen plante; ob es eine Falle war; auch nicht, daß ihn das alles eigentlich nichts anging und daß Claudia alt genug war, um auf sich selbst aufzupassen, wenn dieser Guderian es schon nicht tat. Es interessierte ihn auch nicht, daß es absurd war, wie ein

Weißer Ritter in die Wildnis aufzubrechen, um bedrängten Maiden beizustehen.

Es war etwas anderes. Ein Geschmack, den er irgendwann einmal gekannt hatte, bei Einsätzen in Ulster. Ein Geschmack, dessen Surrogat – schalen Ersatz – er hin und wieder erzeugen konnte, indem er auf geduldigem Papier Personen ohne Tiefenschärfe blödsinnige Dialoge abbrechen ließ, um die Knoten eines schwachsinnigen Plots mit dem Schwert zu zerschlagen. Es war der Geschmack von Abenteuer.

Polperro Pettigrew kauerte halb unter der Verandatreppe eines Bungalows im paraguayischen Busch. Vor sich, griffbereit, hatte er das Messer und die entsicherte Browning gelegt. Er blinzelte, als die Scheinwerfer aufleuchteten; er hörte den ersten Feuerstoß, die Rede eines Unbekannten mit Megaphon, sah die ausgestiegenen Männer des Cali-Konvois die Hände heben oder sich zu Boden werfen und unter die Lkws kriechen, hörte den nächsten, blutig ernsten Feuerstoß, sah Getroffene zucken und stürzen, hörte hinter sich, an der Südseite des Campo, weitere Wagen ankommen, Stimmen, Wagentüren, noch einen Feuerstoß, sah das fahle Höllenfeuer der Leuchtmunition, versuchte, in alledem ein Schema zu finden, einen Sinn.

Er tastete nach der Browning; einen Moment lang streichelte er den Lauf der Waffe. Dann, als er begriff, daß es das Abenteuer war, bemerkte er auch, daß er fast unhörbar stöhnte.

Er kauerte halb unter der Treppe, die dunkle Hose war eng, und er hatte eine furchtbare Erektion, die er nicht sinnvoll würde nutzen können.

Sie konnten nicht länger warten. Die Karren aus dem anderen Dorf waren angekommen, abends; die komischen Deutschen hatten gefeiert, alles sehr züchtig, und sich zur Ruhe begeben; die »Gäste« schliefen auf ihren Wagen. Morgens würde der Karrenzug aufbrechen, und das Hilfsteam brauchte noch mindestens einen Tag, um irgendwo in der Nähe anzukommen. Die Chancen, den von mehreren Dutzend Bewaffneten geschützten Zug unauffällig aufhalten oder angreifen zu können, waren unter Null.

Dafür war es erstaunlich einfach – fast *zu* einfach –, in das Haus des Mannes zu gelangen, der nachts den Handkarren hütete und der aussah wie Martin Bormann. Er und seine Frau schliefen in einem Raum an der Rückseite des Gebäudes, an der »Bordwand« der Arche. Das Fenster war angelehnt, und sie hatten nicht einmal ein Fliegengitter.

Gershom und Chaim waren im Schlafzimmer, noch ehe die beiden erwachten. Eine Minute später waren sie gefesselt und geknebelt: Überraschung, jähes Aufwachen und Messer an der Kehle halfen.

»Die Kinder . . . nebenan?« Gershom, der Deutsch sprach, wies mit dem Kopf zur Wand.

Der Mann nickte; die Frau sah aus weit aufgerissenen Augen die Eindringlinge an.

»Wir tun euch nichts«, sagte Gershom leise. »Wir wollen, was auf dem Karren ist. Und ein paar Fragen. Knebel ab, dann leise antworten, sonst . . .« Er bewegte das Messer.

Der Mann nickte wieder. Chaim blieb auf der Bettkante sitzen, neben der Frau, das Messer bereit; Gershom löste den Knebel.

»Wie heißt du?« sagte er. Es wäre ihm komisch vorgekommen, in dieser Situation auf Höflichkeiten wie formelle Anrede zu achten.

Der Mann räusperte sich mehrmals; leise, mit belegter Stimme sagte er: »Stephan Sieburg.«

»Dein Vater?«

»Alexander Sieburg. Gestorben neunzehnhundertvierundvierzig.«

Gershom hob die Brauen. »Fünfzig Jahre tot? Was ist auf dem Karren?«

»Seine sterblichen Überreste. Man . . . man hat beschlossen, ihn durch Umbetten auf den größten Friedhof zu ehren; er hatte Verdienste. Für die Gemeinde.«

»Und die andere Kiste?«

»Erinnerungsstücke. Aufzeichnungen.«

»Ich glaube dir kein Wort. Aufstehen.«

Sieburg wurde wieder geknebelt; Gershom fesselte ihm die Hände auf den Rücken und schlang eine Schnur so um die Fußknöchel, daß der Mann weder rennen noch treten konnte.

Leise gingen sie in den Hauptraum; Gershom entzündete eine der dort stehenden Kerzen. »Kein Strom?« knurrte er. »Utopie, was?«

Der Handkarren stand gleich neben der Tür. Die große Kiste, eine Art Sarg, war nicht vernagelt; der Deckel hing an zwei Scharnieren. In der Kiste lagen die Trümmer eines morschen Sargs. Und Knochen.

Die zweite Kiste war vernagelt. Und sie war wesentlich leichter, als Gershom angenommen hatte. Er überlegte, ob er sie aufbrechen sollte, aber das würde wahrscheinlich die Kinder wecken, vielleicht sogar Nachbarn. Er zögerte. ›Besser die Hälfte als nichts‹, dachte er. ›Und Knochen . . .‹

Sie ließen die Sieburgs, falls diese wirklich so hießen, gefesselt und geknebelt zurück. Gershom schleppte die Kiste, Chaim deckte den Rückzug. Als sie den Waldrand erreichten, hörten sie mehrere Autos; in der Ferne waren Scheinwerfer zu sehen. Sie kümmerten sich nicht weiter darum.

Es dauerte fast eine Stunde, bis sie zu ihrem mobilen Quartier kamen, dem versteckten Wagen. Sie stiegen ein, zogen die Türen zu, schalteten die Innenbeleuchtung ein und sprengten den Deckel der Kiste.

Minutenlang wühlten sie. Papiere, Aufzeichnungen, Bleistiftporträts, ein Ehering, zerbrochenes Spielzeug, alter Schmuck.

Die Familie Sieburg stammte offenbar aus Krefeld und war 1881 nach Paraguay ausgewandert. Die Papiere waren zweifellos alt. Und zweifellos echt.

»Scheiße«, sagte Gershom leise; fassungslos.

»Jemand hat uns verarscht.« Chaim starrte in die offene Kiste; er war blaß und schüttelte immer wieder den Kopf.

Plötzlich wurden die Wagentüren aufgerissen; grelles Licht aus mehreren Lampen blendete sie. Eine harte Stimme befahl ihnen, auszusteigen und die Hände zu heben.

Draußen standen ein Leutnant des paraguayischen Heeres und sechs Soldaten mit feuerbereiten Gewehren.

30. Kapitel

Irgendwie schien alles auf einmal zu geschehen. Die ironische, immer noch gelassene Stimme (Guderian konnte nicht feststellen, wo Mann und Megaphon sich befanden) forderte die Söhne Allahs auf, alle Waffen an eine Stelle zu legen, die von einem beweglichen Scheinwerfer markiert wurde; ihnen werde nichts geschehen, in einer halben Stunde sei alles vorbei. Ein zweiter beweglicher Scheinwerfer werde die vorgesehene Geldübergabe begleiten – eskortieren, genauer. Man solle die *beiden* Kaufsummen zu den nahe der Cantina abgestellten Wagen bringen und neben den dort bereits wartenden Geldkoffern zurücklassen. Gutiérrez solle den Männern des Lkw-Konvois befehlen, den Widerstand einzustellen und unter den Wagen herauszukommen.

Mario blickte unwillkürlich zu den beiden Geldkoffern. Immer noch lagen sie da, wo sie seiner Erinnerung nach hätten stehen müssen. Er hörte Claudia scharf einatmen.

Bei den Wagen an der Südeinfahrt wurde heftig gestritten. Mario bildete sich ein, die Stimme von Gutiérrez hören zu können, verstand aber nichts. Er fragte sich, was die Cali-Leute und die Hizbollah miteinander zu tun hatten, wieso sie gleichzeitig am Campo aufgetaucht waren, und überhaupt. *Überhaupt* war der wichtigste Punkt; er fühlte sich verloren in einem absurden Albtraum, dachte an seine erbärmlichen Vorkehrungen und schloß einen Moment die Augen.

Noch ein Feuerstoß, offenbar ungezielt, dann die ruhige Stimme: »Ich erwarte, daß meine Anweisungen ausgeführt werden. Ich versichere Ihnen, die Streitkräfte der Republik werden sich an die Abmachungen halten. Wir schießen keine

Unbewaffneten nieder. Je schneller Sie gehorchen, desto schneller können die meisten von Ihnen unbehelligt verschwinden.«

Gutiérrez und der oder die Anführer der Hizbollah-Gruppe hatten sich offenbar auf irgend etwas geeinigt. Langsam gingen bärtige Männer zu dem Lichtkreis des ersten Scheinwerfers und begannen, aus Gewehren und Pistolen dort eine unregelmäßige Pyramide zu errichten. Zweimal zwei Männer mit schweren Koffern, angestrahlt vom zweiten beweglichen Scheinwerfer, kamen zur Cantina.

Gutiérrez rief: »Ich muß mit den Männern bei den Lkws reden, von hier aus geht das nicht. Ich gehe jetzt hin.« Er setzte sich in Bewegung.

»Stop!« sagte die nun nicht mehr ironische Stimme.

»Wer?« rief Gutiérrez.

»Sie. Stehenbleiben. Waffen und Geld weitergehen.«

Die Männer mit den Koffern hatten jetzt die Wagen bei der Cantina erreicht. Sie stellten vier Koffer neben die zwei liegenden. Dann ließen sie sich plötzlich fallen, tauchten aus dem Licht des Scheinwerfers, hatten Waffen in den Händen und suchten Deckung: zwischen den Wagen und an der Cantina. Die Männer, die ihre Waffen zur Pyramide stellen sollten, taten dies, aber sehr langsam.

Und Gutiérrez rannte los, im Zickzack, gefolgt von drei oder vier anderen, ebenfalls zur Cantina. Bis die ersten Schüsse fielen, hatten sie bereits die relative Deckung des Gebäudes und der Wagen erreicht.

»Legen Sie Wert auf ein Massaker, Gutiérrez?« sagte der Mann mit dem Megaphon.

Der Kolumbianer lag neben Guderian; er keuchte nur leise.

»Los, antworten Sie«, sagte Mario.

Gutiérrez grunzte. »Was für eine Rolle spielen Sie denn bei dieser ganzen Sache?« knurrte er.

»Gar keine. Ich bin einfach da und kann nicht weg.«

»Läßt sich ändern.« Gutiérrez richtete sich ein wenig auf; nicht weit genug, um die Deckung zu verlassen, aber seine Stimme trug nun besser.

»Kein Massaker, Mann. Freier Abzug – oder Sie müssen uns alle einzeln rausholen.«

Die Stimme, nun wieder ironisch, gab einen Gluckser von sich. »Sie langweilen mich, Gutiérrez. Passen Sie mal auf. Feuer!«

Guderian schloß die Augen, preßte die Lider zusammen. Dann öffnete er sie wieder, denn was er hörte, waren nicht die erwarteten MG-Salven.

Die Belagerer hatten offenbar Feuerwerkskörper aus den Kisten der Korea-Krakkers-Ladung geholt und auf die beiden Lkws am Rand gebracht. Und sie konnten damit umgehen. Zischend und sprühend jagten die Knallkörper los, prallten gegen die Lkws des Konvois oder landeten darunter. Dann gingen sie hoch.

Geblendete, kreischende, versengte Männer krochen unter den Lastwagen hervor, wälzten sich auf dem Boden, um die Flammen zu ersticken, oder rannten schreiend umher. Andere versuchten, ihnen zu helfen. An der Südeinfahrt fielen Schüsse; was dazwischen zu hören war, klang wie ein Handgemenge – als ob einige der Männer dort, Hizbollah oder Cali, einen Ausbruch versuchten.

Irgendwo hinter Guderian sagte jemand: »Jetzt.« Es war der Architekt, Recalde – entweder hatte er einen der Geldkoffer getragen, oder er hatte mit Gutiérrez Deckung gesucht.

Bewegung, dumpfe Schläge, ein paar harte Griffe.

Guderian stöhnte und hörte andere stöhnen. Die Geldboten und die mit Gutiérrez Angekommenen stürzten sich auf Ramón, Consuelo, Eladio, Lorenzo, Margarita, Claudia und ihn. Er starrte in die Mündung des Revolvers – oder der Pistole, das konnte er nicht genau sehen – des Kolumbianers.

»So«, sagte Gutiérrez halblaut. »Wir haben eure Waffen. Ich

nehme an, wir können euch verscherbeln, oder? Wer von euch ist denn auf den Gedanken gekommen, den Campo mehrfach zu verkaufen? Wie oft eigentlich – zweimal, dreimal, viermal? Und wieso habt ihr uns und die Hizbollah alarmiert – so früh?«

»Ob Sie's glauben oder nicht, Caballero«, sagte Guderian mühsam, »wir haben keine Ahnung. Und alarmiert haben wir Sie auch nicht; unser Telefon ist seit Stunden tot.«

»Ha«, sagte der Kolumbianer.

»Fick dich ins Knie, Gutiérrez«, sagte Claudia.

»Da gibt's bessere Varianten.« Der Kolumbianer schien zu überlegen.

»Geben Sie jetzt auf?« sagte der Offizier der Belagerer. Er schien sich bewegt zu haben; die Stimme aus dem Megaphon kam aus einer anderen Richtung, aber Guderian konnte immer noch nicht genau ausmachen, woher.

»Recalde, sag ihnen, sie sollen mich nicht kitzeln«, sagte Lorenzo de Kok. Er kicherte.

Gutiérrez schüttelte den Kopf, als ob ihn etwas irritierte. »Hören Sie«, brüllte er, »wir haben hier sieben Geiseln.«

»Viel Vergnügen mit denen.«

»Und wir haben die Geldkoffer.«

»Wen interessiert das Geld?« sagte das Megaphon.

»Um was geht's denn hier eigentlich, verdammt?«

Der Belagerer lachte. »Ums Aufgeben, Mann.«

Das Handgemenge an der Südeinfahrt war beendet, wie es schien; jedenfalls war nichts mehr zu hören. Auch nichts mehr zu sehen; als ob alle Männer, die mit den letzten Wagen gekommen waren, verstummt seien. Entwaffnet. Vielleicht gefesselt. Bis auf die an der Cantina.

»Halt still, Lorenzo«, sagte Recalde, hinter ihnen.

»Wieso?« Wieder kicherte de Kok. Besoffen, dachte Guderian. Dann drehte er sich halb um, als er die Geräusche hörte.

Lorenzo de Kok hatte sich losgerissen, sprang auf,

schnappte die Petroleumlampe, die immer noch vom Geländer glomm, und schleuderte sie in den freien Raum. Zwischen den Bungalows. Dorthin, wo der Fiat stand. Wo die getränkten Schnüre lagen.

Flammen spritzten auf, fraßen sich in geraden Linien über den Boden. Und zum Tankstutzen des Fiat. Dann ging die Welt unter.

Der Fiat detonierte; die Scheiben der Bungalows barsten. Die Gestrüpphaufen loderten auf, ebenso der Müllberg. Die demolierten Großkaliberpatronen explodierten. Und mehrere hundert Feuerwerkskörper, die Guderian bei seiner zweiten Expedition dort versteckt hatte.

Der Campo war taghell erleuchtet. Die Männer des Lkw-Konvois rannten durcheinander, flohen vor den Flammen; irgendwer verlor die Nerven und feuerte einen Schuß ab; ein zweiter Schuß fiel, und plötzlich schienen alle zu feuern, die im und am Campo eine Waffe besaßen.

»Feuer einstellen!« schrie die Stimme. Niemand reagierte.

Im zuckenden Licht sah Guderian Paras mit rosa Helmen ins Lager eindringen. Bajonette blitzten. Hier und da wurde jemand niedergeschlagen. Eladio Montesinos hockte an der Außenwand der Cantina, ein unbegreifliches Grinsen auf dem Gesicht. Er hatte drei Pistolen unter dem linken Arm und ein blutiges Messer in der Rechten. Der Mann, der ihn entwaffnet hatte, lag neben ihm, Opfer der Fingerfertigkeit des Meisterdiebs. Drei Paras tauchten zwischen den blockierten Wagen auf, traten und schlugen nach Waffen in den Händen der Cali-Leute. Die beiden Hizbollah-Männer hatten die Waffen fortgeworfen und hoben die Hände. Gutiérrez kniete auf Guderians Brust und zerrte Claudia an den Haaren zu sich.

»Wenn ich gehe, dann ihr auch«, keuchte er. Er hob die Pistole an Claudias Schläfe.

»He, Solano, nicht so wild«, sagte de Kok kichernd. Ein

Indio ohne Helm, aber im Tarnanzug, der den drei anderen Paras gefolgt war, grinste ihn an und stieß ihm das Bajonett in den Bauch. Lorenzo quäkte leise und kippte nach hinten. Die Waffe in Recaldes Hand bellte zweimal, und der Indio namens Solano starrrte ihn verwundert an, ehe er wie in Zeitlupe in die Knie ging. Guderian rammte die Faust in die Genitalien des auf ihm knienden Kolumbianers, und plötzlich flog ein dunkler Schatten durch die Luft, ein Fuß schleuderte Gutiérrez' Pistole fort. Pettigrews Messer leckte wie eine Stahlschlange die Kehle des Kolumbianers.

Im Morgengrauen sah der Campo fast idyllisch aus, bis auf Brandspuren und Glassplitter. Alle Toten und Verletzten waren von den immer noch unidentifizierten Paras auf die Wagen des Cali-Konvois geladen worden, die mit Paras am Steuer einer nach dem anderen nach Norden fuhren.

Alle Toten, bis auf Chang, Gutiérrez und den Indio Solano. Diese drei hatten sie auf einen der beiden Lkws geschleppt, die von Süden gekommen waren und deren Fahrer offenbar zu den Belagerern gehört hatten. Der Offizier, immer noch verschleiert wie seine Leute, stand neben dem Jeep und sah zu, wie zwei seiner Männer die Geldkoffer hineinhievten. Jeden Koffer öffnete er, stach mit einem Messer hinein, drehte Notenbündel um, als ob er sehen wollte, ob darunter nicht eine Schlange oder Bündel aus Zeitungspapier steckten. Aus jedem Koffer nahm er mehrere Bündel – Pesos und Dollars, soweit Guderian es sehen konnte – und warf sie vor die Treppe zur Veranda.

»Teilen Sie«, sagte er. »Damit werden Sie für das Abenteuer auch noch belohnt.«

Erschöpft und benommen sah Mario zu. Er registrierte, daß Claudia in die Cantina ging, als ob sie nichts mit dem Geld zu tun haben wollte.

Bei den beiden letzten Koffern schien der Offizier kurz zu

stutzen; dann lachte er, warf aber keine weiteren Bündel hin. »Zum Helikopter«, sagte er.

Als der Jeep die südliche Einfahrt passiert hatte und verschwand, ging der Offizier zum wartenden Trupp – zehn Paras, die letzten.

»Das war's«, sagte er. »Ich wünsche einen angenehmen Morgen.«

Pettigrew deutete auf die Bungalows an den Seiten, hinter denen die beiden letzten Lkws standen. »Was sollen wir damit machen?« Es war nicht klar, ob er die Wagen meinte oder die darauf liegenden Leichen. »Und wo sind die anderen alle hin?«

»Eskortiert.« Der Offizier lachte kurz. »Zu Fuß nach Hernandarías. Vielleicht kommen sie zurück; ich rate Ihnen, nicht zu lange zu warten. Es sei denn, Sie legen Wert darauf, mit Cali-Kartell und Hizbollah noch ein bißchen zu tanzen.«

»Und was soll das Ganze?« sagte Guderian schwach.

Der Offizier schüttelte den Kopf. »Trottel«, sagte er. Aus einer Tasche der Tarnjacke zog er einen Beutel, in dem es klirrte. »Ein paar Schlüssel für Handschellen.« Er grinste. »Draußen sind noch ein paar Trottel; die helfen Ihnen vielleicht bei allem, wozu Sie noch Hilfe brauchen.«

31. Kapitel

Sie brauchten nicht lange, um die Gefesselten zu finden. Zehn Minuten; aber sie kamen Guderian wie Stunden vor. Montesinos begleitete ihn; der junge Mann plapperte unausgesetzt, in einer hysterischen monotonen Stimmlage. Daß er vor einem Jahrhundert seine Frau Leonor verloren habe und sich nach dem Chaos dieser Nacht nicht einmal an ihr Gesicht erinnern könne; daß er zwischendurch gehofft habe, gleich in einem alten Sherlock-Holmes-Film aufzuwachen, in dem er mit flinken Fingern höflichen Schurken die Waffen und Brieftaschen entwenden und alles zu einem guten Ende bringen würde und in dem überhaupt alle ihre speziellen Talente nutzen könnten; und ob Mario meine, Colonia del Sacramento sei ein guter Platz für einen Meisterdieb, und und und.

Villena fluchte, als sie die Handschellen öffneten und die Schnur zerschnitten, die um seinen Hals und den Baum lief. Leopardi grunzte, starrte aus blutunterlaufenen Augen ins faulige Morgengrau und fragte, ob sie im Campo Aspirin hätten. Der alte Mann mit der verschorfenden Kopfwunde zitterte (»Wut und Enttäuschung«, wie Villena leise sagte), die Amerikaner schrien nach Schnaps, und der Brasilianer fragte, wer ihm den Helikopter gestohlen habe, der vorhin abgeflogen sei.

Als Guderian im Lager Margarita und Villena und ihre kurze Umarmung betrachtete, war er einen Moment neidisch. Margarita schien alles gut weggesteckt zu haben; es sah so aus, als ob Villena sich an ihr festhielt. Aber Mario war beinahe sicher, daß der Schock und ein vorübergehender Zusammenbruch kommen würden.

Dann korrigierte er sich. Er war überhaupt nicht sicher; eigentlich hatte er das Gefühl, gar nichts zu wissen, nichts verstanden zu haben und nicht einmal ein Bauer auf dem Schachbrett gewesen zu sein, sondern eher ein zufällig herumliegender Krümel. Ein Staubkorn.

Ramón Mendoza beendete einen komplizierten Ringtausch von Reifen; sein Ford und Claudias Pickup würden ein bißchen humpeln, waren aber fahrbereit. Consuelo stopfte Rückbank und Kofferraum voll mit Habseligkeiten; sie wollte nur weg, egal was sie zurücklassen mußte. Als es um das Geld ging, das der Offizier der Belagerer ihnen hingeworfen hatte, winkte Pettigrew ab, Guderian hob die Schultern, und Claudia sagte, die Mendozas sollten es sich mit Eladio teilen. Ihr Vorschlag, de Koks Witwe zu bedenken, klang halbherzig und wurde von den anderen abgelehnt.

»Lorenzo war doch mit drin, offenbar«, sagte Consuelo. »Und Marta ist ein Ekel. Die kann mit der Wäscherei glücklich werden.«

Thompson gelang es, mit seinem Funkgerät auf komplizierten Umwegen eine Verbindung nach Asunción hinzukriegen, wo Villena jemanden aus dem Bett werfen ließ. Sie hörten nichts von dem, was der Paraguayer sagte – für das Gespräch ging er ans andere Ende des Campo. Als er zurückkam und Thompson das Gerät wieder aushändigte, sagte er:

»Irgendwas, was ich von euch wissen müßte und was Margarita nicht mitgekriegt hat? Nein? Na gut. Dann haut ab, alle, und zwar ganz schnell. Es sei denn, ihr wollt die nächsten Tage mit sämtlichen Waffengattungen und Polizeidiensten der Republik reden. Unterlagen über diese wahnwitzigen Transaktionen bitte aushändigen. Wo finde ich euch?«

Guderian warf sein Gepäck auf die Ladefläche des Pickup; dort lagen schon Claudias Sachen und drei schwarze Müllsäcke aus Plastik. Pettigrew dirigierte sie nach Norden (von

Süden mußten in den nächsten Minuten die ersten Polizisten aus Hernandarías auftauchen), dann über die zweite Buschpiste zu seinem Wagen. Er saß in der engen Kabine zwischen Claudia und Guderian.

»Hab ich eigentlich schon danke gesagt, Petty?«

Der Brite legte eine Hand auf den Oberschenkel der Fahrerin. »War mir ein Vergnügen, Limpy. Und ihr seid sicher, daß ihr nicht mit mir kommen wollt, für eine kleine Runde *à trois?«* Der Eton-und-Oxford-Absolvent hatte keine Mühe mit dem französischen Zäpfchen-R. Er zupfte an seiner Hose.

»Sorry – reiner Hetero«, sagte Mario. »Außerdem . . .« Er gähnte. Claudia schüttelte nur den Kopf.

»Na schön. Ich melde mich.« Pettigrew berührte Claudias Wange, klopfte Mario, der ausgestiegen war, damit Polperro nicht über ihn steigen mußte, auf die Schulter, und ging zu seinem Leihwagen. Die beiden zurückgegebenen Brownings hielt er mit der linken Hand an den stumpfen Läufen, wie zwei erbeutete Ratten.

Claudia fuhr schweigend, konzentriert. Mario betrachtete sie von der Seite; sie sah zerkratzt aus, schmutzig, verschwitzt, müde, beherrscht. Und hinreißend. Er unterdrückte einen Seufzer und blickte nach vorn, ohne viel von der Route und der Umgebung zu sehen. Er dachte über die Frau nach, mit der er ganz dringend ins Bett wollte und von der er nichts wußte. Der nächste Adrenalinstoß. Die Hose klemmte, und Mario, wieder hellwach, rutschte und zupfte, bis er halbwegs unbehelligt sitzen konnte.

Claudia hob eine Braue und einen Mundwinkel. *»Mañana, chico«,* sagte sie.

Er knurrte etwas, das er nicht als artikulierbare Meinung ansah, und ließ die Gedanken streunen. Sie streunten nicht lange, sondern richteten sich auf ein Ziel: den Campo und die wirren Vorgänge. Immer noch, trotz vager Umrisse, sah er keine Form, keinen Plan, keinen Sinn. Dann murmelte er

»Scheiße«, als ihm klarwurde, daß er seine mexikanische Machete unbenutzt im Campo zurückgelassen hatte – einfach vergessen in der Eile des Aufbruchs. MI HONOR O LA MUERTE. Nun ja. Er hatte weder das Leben verloren noch die Ehre behalten; da kam es auf die Machete nicht an.

Es war fast 7:30 Uhr, als sie Ciudad del Este erreichten. Vor einer Bank nahe dem Hotel Puerta del Sol standen Polizeiwagen und Schaulustige, ebenso vor einer anderen an der runden Plaza, von der die Zufahrt zur Brücke der Freundschaft abzweigte.

Mario gluckste plötzlich. »Das hast du gemacht, als ich mit den Feuerwerkskörpern unterwegs war, ja? Wieviel ist in den Müllsäcken?«

»Ungefähr anderthalb Millionen Dollar«, sagte Claudia. »Und an die fünfundzwanzigtausend Pesos. Wieso?«

»Irgendwer hat sich hier offenbar mit Banken amüsiert, in der Nacht. Dabei fiel mir das Geld ein. Und die Koffer, die ich gestellt, nicht gelegt hatte.«

»Mhm.«

»Ganz schön cool, Macho.«

»Man tut, was man kann.« Mehr sagte sie nicht, auch als Mario nachsetzen wollte.

Die Brücke war noch fast leer. Der brasilianische Grenzposten am anderen Ufer sah sie scharf an, durch die Scheibe, und winkte sie durch.

»Kaffee?« sagte Guderian, als sie durch die gepflegten Straßen von Foz do Iguaçu nach Süden rollten, vorbei an soliden Häusern, Hotels und Bars.

»Im nächsten Land.« Claudia preßte die Lippen aufeinander. »Ich hätte gern mehr Sicherheitsabstand.«

Auch die Argentinier am Südende des Puente Tancredo Neves mochten nicht kontrollieren. Mario drehte sich um und versuchte, einen Blick auf das paraguayische Ufer zu erhaschen, jenseits der Stelle, wo der Iguazú in den Paraná mündete. Distanz, Häuser, Bäume und die Biegung des Iguazú vor der Mündung machten es ihm unmöglich. Er wußte auch nicht, was er da zu sehen erwartete. ›Kavallerie und Sheriffs wahrscheinlich‹, dachte er.

Kurz nach 9:00 Uhr bogen sie in den argentinischen Nationalpark ein, zahlten am Mauthäuschen Einlaß, warteten auf die Schranke, die sich sehr langsam hob, und erreichten fünf Minuten später das große, moderne Hotel Internacional Iguazú. Es sei ein ordentliches Luxusetablissement ohne Charakter, hatte jemand vor vielen Monaten Guderian erzählt, mit Blick auf die Wasserfälle und das schöne ältere brasilianische Hotel am anderen Ufer. Möglicherweise sei das Hotel Das Cataratas vorzuziehen, aber von dort sehe man eben den ganzen Tag den Betonklotz des Internacional.

Sie nahmen zwei nebeneinanderliegende Zimmer in der dritten Etage – die teureren, an der Ostseite, mit Blick auf die Fälle.

»Zwei Stunden, ungefähr«, sagte der Mann am Empfang. »Die jetzigen Gäste sind noch nicht abgereist. Sollen wir Ihr Gepäck solange hier aufbewahren?«

Claudia reichte ihm die Wagenschlüssel. »Ja, bitte. Auch die Säcke, und stellen Sie den Wagen in den Schatten. Das Gepäck ist auf der Ladefläche.«

»Säcke, Señora?«

»Schwarze Säcke mit schmutziger Wäsche. Muß ich erst sortieren, aber danach . . . Haben Sie einen Wäscheservice?«

»Selbstverständlich, Señora.«

»Ganz schön leichtsinnig«, murmelte Guderian.

Sie blähte kurz die Wangen auf. »Na und? Du kannst ja hier stehen und aufpassen; ich geh ins Restaurant.«

Mario drückte sich in der Nähe des Empfangs herum, blätterte höchst fasziniert in Tourismus-Prospekten und überlegte, wie er und Claudia sich müde, angekratzt, abgerissen, verschwitzt und unrasiert im edlen Restaurant des Hotels ausnehmen würden. Dann sagte er sich, daß es Claudia wohl egal sei, da sie sich nicht rasieren müsse und mit dem übrigen leben könne. Endlich tauchte der Page auf – mit dem regulären Gepäck. Es dauerte noch einmal fünf Minuten, bis er mit den Müllsäcken erschien, die er ohne sichtbare Regungen zum restlichen Gepäck warf. Mario gab ihm zehn Dollar und bat ihn, das Zeug auf die Zimmer zu bringen, sobald diese frei würden.

Im Restaurant fand er Claudia gähnend vor einem weißgedeckten Tisch.

»Ich hab zweimal Kaffee, Eier, Brot und Steak bestellt. Okay?«

»Machen die das so früh? Steaks, meine ich.«

»Der Kellner hat nicht protestiert.«

Nach dem ausgiebigen Frühstück, das Guderian trotz des Kaffees immer mehr durch Schlieren sah, waren die Zimmer noch nicht zugänglich. Um nicht im Stehen einzuschlafen, rafften sie sich zu einem Spaziergang auf – eher einem Marsch: zu den Fällen. Von der Hotelterrasse hörten sie das ferne Dröhnen der Wassermassen und sahen die dunstige Gischt aufsteigen.

»Dröhnen und Dunst«, sagte Mario. »Wie passend.«

Claudia nahm seine Hand. »Keine Metaphysik. Komm schon.«

Es wurde ein beinahe dreistündiger Gang daraus. Tiere, Bäume, Tümpel mit zweifellos gräßlichen Bewohnern, die zahllosen großen und kleinen Neben-Fälle auf der argentinischen Seite und schließlich das überwältigende Bild der brasilianischen und argentinischen Haupt-Fälle vertrieben die Müdigkeit, um sie danach verstärkt wieder zurückzubringen. Es war heiß, schwül und stickig. An der Cafeteria neben den Fällen tranken sie noch einen Kaffee, ohne den zumindest Guderian den Aufstieg zurück zum Hotel nicht geschafft hätte.

Kurz vor Erreichen der Rasenfläche neben dem runden

Pool des Hotels blieb er stehen, legte die Arme um Claudia und sah ihr in die dunkelbraunen Augen, die bei dieser Beleuchtung und Laune nicht ins Schwarze, sondern beinahe ins Braungrüne spielten.

»Und jetzt?« sagte er.

Sie küßte ihn; es war ein langer, intensiver, gieriger Kuß, der nach Kaffee und Müdigkeit schmeckte. Und nach viel Sex. Ihre Zunge versprach erlesene Verzückungen.

»Jetzt?« sagte Claudia schließlich ein wenig atemlos. »Duschen, zähneputzen, schlafen. Ich bin tot. Alles andere *mañana, chico.«*

Der Page hatte alles in eines der beiden Zimmer gebracht.

Claudia ließ sich aufs Bett fallen. »Ich bleib hier«, sagte sie undeutlich, als ob sie schon schliefe. *»Do not disturb.«*

Guderian nahm sein Gepäck und ließ sie zurück, wie hingegossen zwischen Taschen und Müllsäcken. Einen hatte er neugierig geöffnet, indem er den in den zusammengezwirbelten Sack geschlungenen Knoten löste: schmutzige Bettwäsche, und Bündel von Dollarscheinen.

Die Zimmer hatten kleine Balkons, darunter der Pool, dahinter der Wald, dahinter die Fälle. Guderian war zu müde, um die Großartigkeit des Blicks zu würdigen; er zog die Vorhänge zu, schaltete die Klimaanlage ein, zog sich aus und taumelte unter die Dusche. Als er ins Bett kroch, war es drei Uhr nachmittags. Um ein Uhr nachts wurde er wach, geweckt von der Blase und vielleicht auch der halbsynthetischen Folklore unten. Er ging ins Bad, fand anschließend eine göttlich kalte Flasche Tonic in der Minibar, leerte sie und schlief wieder ein.

Claudia ließ sich beim Frühstück nicht blicken; wahrscheinlich schlief sie noch. Mario ließ sich eine zweite Runde Kaffee bringen und blätterte unaufmerksam in einer Tageszeitung. Er fühlte sich wohl und unwohl zugleich. Ausgeruht, sauber, mit frischer Kleidung, satt nach reichhaltigem Frühstück; außerdem richtete gerade niemand ein Gewehr oder derlei auf ihn. Andererseits . . . Claudia. Und das Chaos.

Der Lift war belegt oder blockiert; Guderian nahm vom Restaurant zur Empfangslobby die Treppe. Und sah Romualdo Villena und Margarita Jackson.

Villena checkte gerade ein; er habe, teilte er dem Empfangschef mit, ein Doppelzimmer auf den Namen Pérez reserviert. Beide sahen so aus, als ob sie mindestens zwei Stunden geschlafen hätten und in die Ausläufer einer Dusche geraten seien.

»Ah«, sagte Villena, als Guderian zu ihnen trat. »Wir müssen reden. Wo?«

»Am Pool?«

»Gute Idee. Gib uns ein paar Minuten. Wo ist Claudia?«

»Keine Ahnung. Duscht, oder schläft noch.«

Margarita lächelte müde. »Tolle Vorstellung.«

Die Gäste wurden durch Zettel in den Zimmern gebeten, keine Handtücher mit zum Pool zu nehmen; der »Bademeister« werde sie mit allem Nötigen versorgen, vermiete auch Badekleidung.

Guderian hatte an der Ostseite des Pools vier Liegestühle unter Sonnenschirmen zusammengeschoben und bestellte eben bei einer nicht livrierten jungen Dame Kaffee und Mineralwasser, als Villena und Margarita auftauchten.

»Dasselbe«, sagte der Paraguayer. »Und viel Eis.« Dann ging er an den Rand des Pools und ließ sich hineinfallen.

Guderian hörte einen Pfiff. Er blickte auf; Claudia stand im Bikini auf ihrem Zimmerbalkon und winkte. »Kaffee und Wasser«, rief sie – oder so etwas Ähnliches.

Als sie herunterkam, begrüßte sie die Paraguayer, die aus dem Pool stiegen und sich abtrockneten.

»Ich hab' zwischen der ersten und zweiten Schlafrunde mit Meininger telefoniert«, sagte sie, an Guderian gewandt, auf Deutsch. »Er ist stinkig.«

»Hat er Grund dazu? Oder auch nur eine Ausrede? Bei allem, was er da ausgeheckt hat?«

»Er sagt, das hat nicht er ausgeheckt, sondern jemand in Paraguay – der Mann, der die Bungalowsiedlung gebaut und damals den Kauf gedeichselt hat. Recalde. Und die Überweisungen sind futsch.«

Villena hatte *Recalde* und *Bungalows* gehört. *»En castellano«*, sagte er. »Ich glaube, das geht uns alle an. Wir müssen reden.«

Dann redete er.

»Seht ihr jetzt das Muster?« sagte er schließlich.

Claudia schaute über den Pool. Auf den Pool. Sie schien zu grinsen, aber Guderian war nicht sicher.

»Muster?« sagte er. »Was ich sehe, ist kein Muster, sondern . . . ein Meisterplan.«

Er hatte Schwierigkeiten, alles zu überblicken, aber keine Schwierigkeiten, Bewunderung für die Raffinesse und absolute, eisige Skrupellosigkeit zu empfinden.

Es war eine mörderische Mischung aus Ablenkungsmanövern und zielsicheren Zugkombinationen gewesen. Einiges hatte er miterleben müssen (oder dürfen?), das übrige hatten Villena, Leopardi und andere mühsam aus den Informationen und Vorgängen herausgesiebt und wie ein Puzzle zusammengesetzt.

Jemand hatte dafür gesorgt, daß im entscheidenden Moment alle eigenen Kräfte gebündelt und alle anderen zerstreut waren. Jemand hatte obskure deutsche Dörfer im Hinterland beobachtet, bis er jemanden fand, der zwar überhaupt nichts mit Martin Bormann zu tun, aber eine gewisse Ähnlichkeit mit ihm hatte. Jemand hatte – auf Umwegen, die noch nicht ganz klar waren, auf denen aber Indios als Boten und einander vielfach verpflichtete Immigranten umhergelaufen waren – dafür gesorgt, daß dem längst verstorbenen Vater dieses Mannes eine Ehrung zuteil wurde; und man hatte, wieder durch

Getuschel von Indios, dafür gesorgt, daß eigentlich mit der Hizbollah befaßte Israelis nach dem neuen Köder schnappten: Bormanns angeblichen Aufzeichnungen.

Jemand hatte dafür gesorgt, daß die meisten westlichen Agenten der Region abwesend waren; Villena wußte noch nichts Genaues, war aber sicher, daß es sich um ähnlich verlockende und letzten Endes völlig leere Gerüchte gehandelt haben mußte.

Jemand hatte die US-Dienste mit Informationen über einen angeblichen Putsch, über den Schatz von Solano López und über einen Heroinkonvoi nach Norden gelockt, in die Provinz Amambay.

Jemand hatte allerlei Gegenstände mit roten Karos versehen.

Jemand hatte Gerüchte (Putsch? Rebellion? Guerilleros?) ausgestreut, wahrscheinlich auch alte Beziehungen spielen lassen und Leute unter Druck gesetzt (oder auch bestochen) – mit dem Erfolg, daß zum richtigen Zeitpunkt alle möglicherweise einsetzbaren Infanterie- und Panzertruppen woanders waren: weiter im Westen und im Norden, um fiktive Maoisten und reale Mossad-Leute zu jagen.

Jemand hatte durch Fehlinformationen und Drohungen dafür gesorgt, daß in der entscheidenden Nacht alle Polizeikräfte an den falschen Punkten konzentriert waren.

»Anagnostópulos war ein Bauernopfer«, sagte Villena. »Ich glaube nicht, daß er ein Verräter war – aber jemand, dessen Leiche Aufmerksamkeit, wenn nicht Panik erzeugt, mußte sterben. Ich weiß nicht, ob die bedauernswerte Leonor, Eladios Frau, sterben mußte, weil sie etwas wußte, oder nur, um uns einzublasen, sie wüßte etwas. Um uns auf Trab zu halten. Ebenso die alte Faingold. Sie kann kaum etwas gewußt haben. Wahrscheinlich hat man meine Telefone abgehört, oder jedenfalls eins, und nach ihrem Anruf beschlossen, sie zur Ablenkung zu beseitigen.«

»Moment.« Guderian hob die Hand. »Was war mit diesem mysteriösen Objekt, dem Füller?«

Villena griff in die Brusttasche des Polohemds, das über der Lehne seines Liegestuhls hing. »Hier.« Er hielt einen dicken schwarzen Füller hoch. »Das Montblanc-Meisterstück von Filiberto Anagnostópulos. Eingeweihte Kreise in Asunción, hm, wußten, daß der Biograph immer so ein Ding benutzte – eine Marotte vielleicht. Oder einfach ästhetische Vorliebe. Wahrscheinlich sollte de Kok ihm das Ding abnehmen; wahrscheinlich hatte de Kok die Anweisung, an diesem Morgen unter der Brücke zu sein – eben deshalb. Er hat den Füller genommen und gegen einen anderen, billigeren ausgetauscht. Ein Fehler, der uns mißtrauisch gemacht hat, aber letzten Endes unwichtig, weil so viele verschiedene Dinge gleichzeitig passiert sind ... Er hat den Füller mit einem Kondom-Päckchen an Leonor weitergegeben, die ihn an diesen Amerikaner weitergeben sollte. CIA. Angeblich sollte der Füller genaue Hinweise auf den Ort enthalten, an dem Solanos Schatz liegt; natürlich hat er überhaupt nichts enthalten. Noch eine Finte.«

»De Kok wußte, wie der Dampfer heißt, der das Zeug auf dem Paraná verschippert hat«, sagte Guderian schwach. *»Si la Ludmila se fuera con otro* ... Ich wußte es nicht, bevor du es mir eben gesagt hast.«

»Er hat sich noch mindestens zweimal verraten«, sagte Margarita. »Dann hat dieser Indio, Solano, ihn umgebracht, damit er nichts sagen kann, und Recalde hat Solano erschossen, damit der nichts sagen kann. Und Solano hatte den Füller bei sich; Leopardi hat ihn gefunden.«

»Und Recalde?«

»Tja, der ist verschwunden. Uralte Familie, uralte Verbindungen zu ... ehemals herrschenden Kreisen. Wäre seltsam, wenn er wirklich für die Cali-Leute gearbeitet hätte, oder? Hat er auch nicht; er hat das Konto in Asunción eingerichtet und für eure deutschen Millionäre den Campo, den er selbst gebaut hatte, dreimal verkauft – nehmen wir jedenfalls an. Das Geld ist sofort weitertransferiert worden und verschwunden. Das Bargeld, das die ... Interessenten mitzubringen hatten, auch, nicht wahr?«

Claudia stöhnte leise. »Haben die mitgenommen. Was war mit dem Heroin?«

»Nach eurer Beschreibung der Lkws haben wir etwa sechzig Tonnen geschätzt. Fünfundvierzig waren es dann.«

Guderian runzelte die Stirn. »Haben wir uns so sehr verschätzt?«

»Und was ist damit passiert?« sagte Claudia.

Villena lachte freudlos. »Die haben den Konvoi über den Itaipú-Damm nach Brasilien gebracht, wo Geheimdienst und Drogenfahnder mit einem großen Aufgebot warteten. Die Brasilianer wußten nämlich, daß patriotische Exil-Paraguayer einen bösen Hieb gegen die böse Drogenmafia planten und ihnen danach die Beute aushändigen wollten. Zeichen guten Willens der geschätzten Gäste, gewissermaßen. Deshalb hat Brasilia alle Dienststellen angewiesen, nichts zu unternehmen, als man bemerkte, daß in Guaratuba hektisch gearbeitet wurde.«

»Und die Differenz?«

Villena hob die Schultern. »Die sind mit Jeeps und anderen kleineren Wagen rüber nach Paraguay. Ein paar von ihnen haben dann den Konvoi über den Damm gebracht; die anderen sind mit den Jeeps und den kleinen Wagen wieder über die Brücke zurück. Kann sein, daß sie unterwegs noch mal ein Rendezvous hatten und ein paar Säcke umgeladen haben.«

»Umsatz«, knurrte Guderian. »Prozente. Scheiße. Warum hat man die denn auf der Brücke nicht durchsucht?«

»Weil die Brasilianer den Befehl hatten, sie durchzulassen«, sagte Villena. »Und weil in Ciudad del Este in dieser Nacht zwei Bankdirektoren und ihre Hauptkassierer gezwungen wurden, Banken zu öffnen und Tresore aufzuschließen.«

»Ha!« sagte Claudia.

»Genau. Ha.« Villena schüttelte langsam den Kopf. »An die zweihundertfünfzig Millionen . . . Plus wieviel? Zehn Millionen? Der Kram, den Cali und Triaden und Hizbollah für den Campo bar mitgebracht haben? Die sind wahrscheinlich mit dem zufällig vorhandenen Helikopter nach Brasilien geflogen worden. Der steht ganz brav auf dem Flughafen Foz; natürlich keine Spur mehr von den Leuten, die drin waren. – Ah, noch was. Noch eine Ablenkung, oder vielleicht war es keine? Egal – die brasilianischen Finanzbehörden haben uns gebeten, einen Transport mit etwa zehn Millionen Dollars und Pesos, angeblich aus Grundstücksverkäufen, für Guaratuba durchzulassen. Alles legal – wahrscheinlich wären das diese Millionen gewesen; andere sind jedenfalls nicht aufgetaucht.«

»Nicht zu fassen.«

»Falls ihr fragt, was mit der *Ludmila* war«, murrte Villena, »das war auch so etwas . . . Ein Dampfer, rote Karos, übernimmt Ladung von einem Frachter aus Odessa. Gerüchte sagen, es sind Waffen – für wen? Wir hocken hier mit Putschgerüchten und fangen an zu schwitzen. Dann sind es sogar Kernwaffen – kleine nukleare Knallerbsen. Aus Schweiß wird Panik. Jemand pirscht sich mit einem Geigerzähler ran, als der Kram auf Lkws umgeladen wird, und der Geigerzähler tickt los.«

»Und?«

Villena bleckte die Zähne. »Absolut wertloser Schrott. Alte russische Traktormotoren und so was. Und in jeder Kiste ein bißchen Pechblende. Unbearbeitetes Uran. Schwach radioaktiv. Regt Geigerzähler auf. Scheiße.«

»Wie hoch ist der Aufwand gewesen?« sagte Guderian, immer noch staunend, fast ehrfürchtig. »Und wie hoch das Ergebnis?«

Villena zögerte. »Tja«, sagte er dann. »Nicht genau zu kalkulieren. Ein paar Tote – Bauernopfer, wie gesagt. Noch ein paar

Leichen. Entweder, damit sie nichts sagen, oder damit wir meinen, sie hätten vielleicht etwas sagen können. Ein Dutzend Leichen bei der Sache im Campo. Cali-Leute, Gutiérrez, Chang, sicher auch ein paar Belagerer. Wissen wir nicht genau, weil die die Leichen mitgenommen haben. Kosten, abgesehen von Menschenleben, sagen wir mal – viel Zeit, und vielleicht eine Million? Nicht mehr, jedenfalls nicht viel. Ergebnis? Die Knete aus den Banken und aus dem Campo und an die zehn Tonnen Heroin, oder mehr.«

Guderian bedachte, daß es für Recalde mit seinen alten Verbindungen (und, vermutlich, einem gewissen Ruf in gewissen Kreisen von Ciudad del Este) zweifellos kein Problem gewesen war, seine Geschäftspartner zu diesem schrägen Deal mit den schrägen Zahlungsmodalitäten zu überreden. Meininger & Co., die den Campo längst hatten verkaufen wollen, mußten sich jedenfalls freudig darauf eingelassen haben. Und der ganze restliche Zirkus? Spielerei? Ablenkung für den Bankeinbruch? Fassade? Dann sagte er sich, daß er das Heroin vergessen hatte; dafür mußte man schon ein kleines Risiko eingehen . . .

»Ach, übrigens«, sagte Villena. »Noch so eine Fopperei. Natürlich ist kein Mullah gekommen.«

»Ach, übrigens«, sagte Claudia. »Und das ist keine Fopperei. Wir sind beide gefeuert, Mario. Null Bonus, und bye-bye Baby.«

»Tut mir leid«, sagte Villena; Margarita blickte mitfühlend. »Vor allem hab ich *noch* eine gute Nachricht für euch; deshalb das ganze Gerede.«

»Ich hab mich schon gewundert«, sagte Claudia, »daß der paraguayische Geheimdienst es für nötig hält, uns hier am Pool zu informieren.«

»Ich bin außer Dienst – drei Tage Urlaub.« Villena streckte die Hand aus; Margarita nahm und streichelte sie. »Und damit uns keiner stört, sind wir hergekommen. Die drei Tage wollten wir im Bett verbringen.«

»Hoffentlich schlaft ihr nicht dauernd ein«, sagte Guderian. Er hätte gern die Hand ausgestreckt, bezweifelte aber, daß Claudia sie nehmen würde. *Jetzt* nehmen würde. »Was war die frohe Botschaft?«

Villena räusperte sich. »Laßt euch ein paar Tage – sagen wir, mindestens dreimal dreihundertfünfundsechzig Tage – nicht in Paraguay sehen. Am besten länger.«

»Die Behörden?«

Villena machte mit der Hand, die Margarita losließ, eine wischende Bewegung. »Die würden euch gern ein paar Fragen stellen. Könnte unangenehm werden, ist aber unwichtig.« Er zögerte; dann zuckte er mit den Schultern. »Ich kann's euch ja sagen: Die Behörden, um es mal so allgemein zu sagen, haben nichts in der Hand.«

»Nichts Verwertbares, meinst du?«

»Ja. Natürlich wissen wir, wer die ›Paras‹ waren, die den Campo belagert haben, aber das läßt sich nicht beweisen. Der Leiter des Unternehmens war zweifellos Oberst Sepúlveda, aber niemand hat sein Gesicht gesehen. Das Ableben von Sergio Gutiérrez löst begeisterten Applaus aus – Pettigrew hat gewissermaßen in Notwehr gehandelt und Claudias Leben gerettet. De Kok? Von einem amoklaufenden Indio umgebracht, der mal was mit der Garde des *Karaí* zu tun hatte; und dieser Solano Rey? Hat ein paar Leute umgebracht und lebt nicht mehr. Die Banken in Puerto? Klar, wer das war, aber da ist nichts zu beweisen. Der tote Chang? Die Übergabe zufällig gefundenen Heroins an brasilianische Behörden? *Forget it.* Wir haben keinen juristischen ›Fall‹. Nur einen politischen.«

Claudia blickte ihn mit großen Augen an. »Politisch? Du . . . ah, du meinst, wer das durchgezogen hat, könnte notfalls morgen beschließen, etwas Ähnliches mit ganz Paraguay zu versuchen?«

Villena schwieg; seine Miene war undurchdringlich. Schließlich sagte er: »Was euch angeht – die Kolumbianer und die Chinesen ... Für die sind die Mendozas harmlose Domestiken, aber ich nehme an, euch würden sie gern mal in die Mangel nehmen.«

»Dann reicht aber Paraguay vermeiden nicht«, sagte Guderian. »Ich schätze, wir sollten Südamerika insgesamt meiden, wie?«

Villena stand auf und zog Margarita aus dem Liegestuhl hoch. »Das war der Sinn meiner Rede, ja. Ah, noch was.« Er nahm das Hemd von der Lehne und zeigte den Füller. »Wollte ich einem von euch als Souvenir schenken.«

Claudia schüttelte den Kopf; Mario überlegte einen Moment. »Gib ihn Pettigrew. Mit Dank und Grüßen an Fiona Thistlethwaite.«

Villena zischelte den Namen. »Na gut. Noch was?«

»Wenn die uns ... interviewen wollen, was werden die Kolumbianer, Chinesen und Araber denn mit denen machen, die alles angezettelt haben?«

Villena bleckte die Zähne. »Mit der Hizbollah muß ich mich weiter plagen; erinnere mich nicht daran. Und ... weißt du, der *Karaí Guasú* wird zweifellos wissen, wie er sich die Leute vom Hals halten kann. In diesem Zusammenhang ist Guaratuba wahrscheinlich der sicherste Ort in Südamerika. – Sehen wir uns nachher?«

»Wann nachher?« sagte Mario.

Villena legte den Arm um Margaritas Hüfte. »Danach.«

»Gern. Viel Vergnügen.«

Margarita zwinkerte. Villena verzog keine Miene. »Worauf du dich verlassen kannst.«

Nach mehreren Minuten des Schweigens stand Claudia aus dem Liegestuhl auf und trat an den Rand des Pools. In der Hand hielt sie ein langes Glas mit Mineralwasser und halbgeschmolzenen Eiswürfeln.

»Wahnsinn«, sagte sie leise. »Absolut großartiger Wahnsinn.«

Guderian erhob sich und ging zu ihr. Er legte ihr die Hände an die Hüfte und preßte den Unterleib an ihr Gesäß. »Drei Tage im Bett«, sagte er leise.

»Da hab ich gefrühstückt. Kann man sonst noch was im Bett erledigen?« Sie bewegte den Hintern.

»Ich wüßte was. Mehreres.«

Sie trat einen Schritt vom Poolrand zurück, neben Mario, sah ihn an und fuhr sich mit der Zunge über die Lippen. »Ja?«

»Und wie.«

Sie nickte, lächelte und hakte den linken Zeigefinger in den Gummizug seiner Badehose. Rieb. Die anderen Finger folgten, tasteten, streichelten. Dann sagte sie: *»Mañana, chico«*, leerte blitzschnell das Glas Eiswasser in Marios Hose und stieß ihn in den Pool.

Als er wieder auftauchte, verschwand sie im Eingang zum Hotel.

Sie reagierte nicht auf Klopfen, nicht aufs Telefon, nicht auf seinen Versuch, über die benachbarten Balkons eine Art Verbindung aufzunehmen. Frustriert, an Gemüt und Drüsen geschwollen, ließ er sich aufs Bett fallen, starrte an die Decke und grämte sich.

Als das Telefon ihn weckte, stellte er fest, daß er volle drei Stunden geschlafen hatte. Benommen nahm er den Hörer ab. »Ja?«

»Wir haben Hunger«, sagte Villena am anderen Ende. »In fünf Minuten sind wir unten.«

Ehe Mario etwas sagen konnte, legte der Paraguayer auf.

Guderian machte sich frisch, zog sich an und verließ das Zimmer. Er klopfte nebenan; ohne Antwort.

Der Lift kam, war aber voll. Mario ging die Treppen hinunter; er war immer noch ein wenig benommen vom Schlummer, und hungrig und wütend und ratlos.

In der Lobby winkte ihm der Empfangschef. »Um Vergebung, Señor Guderian, aber ich soll Ihnen das hier geben.«

Er reichte ihm eine mit Gummi umwickelte kleine Plastiktüte.

»Von wem?«

»Von der Señora.« Der Mann hustete rhetorisch. »Sie, eh, hat vor zwei Stunden das Hotel verlassen. Mit Gepäck.«

»Abgereist?«

»Ja, Señor.«

Trotz allem hatte er einen Moment weiche Knie. Er wikkelte das Plastikpäckchen auf, an der Kante des Empfangstischs, und schüttete es aus. Geldscheine rutschten heraus. Dollars und Pesos. In Bündeln.

Der Argentinier hinterm Desk pfiff. Und grinste versteckt. »Gute Arbeit?« sagte er.

Guderian reagierte nicht, starrte auf das Geld, ließ die Tüte los, betastete die Bündel. Der Dicke nach waren es je zwanzig Scheine – ein Bündel mit 100-Dollar-Noten, acht Bündel mit 50-Peso-Scheinen. Zehntausend Dollar oder Pesos. Sein Anteil an den circa 1,5 Millionen? Lächerlich.

Der Empfangschef grinste nicht mehr. »Entschuldigen Sie«, sagte er. »Darf ich?« Er deutete auf die Peso-Bündel.

»Was ist damit?«

Der Argentinier nahm eines der Bündel, streifte das Einmachgummi ab, prüfte mit spitzen Fingern einige Scheine, öffnete ein zweites Bündel, ein drittes, betastete die Dollars. Als er in Guderians Gesicht blickte, wirkte er betrübt.

»Die Dollars sind echt, Señor. Aber die Pesos . . . Es laufen im Moment viele gefälschte Fünfziger um. Moment. Vergleichen Sie mal.« Aus einer Schublade nahm er einen anderen Schein und hielt ihn Mario hin.

Die Scheine, die Claudia Guttenberg ihm hinterlassen hatte, waren sämtlich dicker und glatter. Anderes Papier. Einen Unterschied in Druck und Farbe konnte er nicht feststellen.

Der General leerte das Champagnerglas und stand aus dem Sessel auf. Mühelos, trotz des Alters.

»Sehr schön, Sepúlveda. Ich bin mehr als zufrieden. Wie kann ich Sie belohnen – abgesehen von Ihrer Teilnahme am fortdauernden Wohlstand unserer kleinen Gemeinschaft?«

Der Oberst lächelte. »Ihr Lob, *mi general* . . . Und etwas für die Männer.«

»Selbstverständlich. Tausend Dollar für jeden, wie besprochen. Zunächst einmal. Und mein Lob für Sie?« Er wechselte ins Guaraní. »Du weißt, mein Sohn, daß ich stolz auf dich bin. Ich kann keine Orden mehr verleihen. Sag mir, was du begehrst.«

Sepúlveda schüttelte den Kopf. »Nichts, mein Vater.«

»Nichts? Titel – Geld – Reisen?«

Der Oberst stand noch immer stramm. »Nichts, *mi general.* Nur Ihre Zufriedenheit. Und ein paar Fragen?« Er sprach wieder Spanisch.

»Fragen? Aber gern, mein Freund.«

»Sind Sie sicher, daß unsere möglicherweise enttäuschten Geschäftspartner nichts unternehmen?«

Der General ging zum Sekretär, zog eine Schublade auf und nahm ein Blatt heraus, das er dem Obersten reichte. »Ein kurzer Blick dürfte genügen . . .«

Sepúlveda überflog das Blatt. Es enthielt Namen und Adressen sowie Decknamen von Angehörigen des Cali-Kartells in Ciudad del Este. Hinter jedem Namen standen Daten und Ortsangaben, die sich zweifellos auf Dinge bezogen, die die jeweiligen Personen getan, organisiert oder vielleicht unterlassen hatten.

Sepúlveda gab ihm das Blatt zurück. »Ich bin beeindruckt. Und die anderen?«

Der General legte das Blatt wieder in die Schublade und verschloß sie. »Die Chinesen und die Araber? Auch über ihre führenden Leute haben wir getreulich Aufzeichnungen gemacht. Sollten sie uns gram sein, würden wir ungern, aber doch sehr schnell mit den Behörden all der schönen Republiken hier kooperieren müssen. Ich, eh, habe ihnen das mitteilen lassen.« Er spitzte den Mund, als ob er ein Grinsen unterdrücken müßte. »Außerdem haben sie die Leichen von Recalde und Oribe. Das waren die Verantwortlichen, und ihre Leichen mögen sie nun nach Herzenslust schmähen.«

»Recalde hat nichts anderes verdient. Er war ein Schwein; keiner wird ihn vermissen.« Der Oberst seufzte leise. »Oribe war mir fast ans Herz gewachsen.«

Der *Karaí Guasú* runzelte die Stirn. »Sepúlveda, mein Sohn, er war keiner von uns. Werden Sie mir nur nicht sentimental, hören Sie? Seien Sie kein Trottel.«

Sepúlveda salutierte.

Der *Karaí Guasú* wandte sich ab und ging hinaus auf die Terrasse. Block und ein Kugelschreiber lagen auf dem Tisch, neben der Thermoskanne mit heißem Wasser und den beiden gut gefüllten Mate-Kalebassen. Der neue Biograph ruhte in der Hängematte, im Schatten der Pinien und in der Sicherheit der hohen Mauern.

Der General räusperte sich. Er dachte an die wunderbare Unternehmung. An die Fäden, die er gesponnen und gezupft hatte. Dann kicherte er, lange und laut.

Der Kopf fuhr aus der Hängematte hoch.

Sepúlveda, der hinter den General getreten war, gluckste leise, wandte sich um und ging ins Haus.

»Können wir weitermachen?« sagte der *Karaí Guasú*. »Kommen Sie, Claudia.«

ENDE

GISBERT HAEFS IM HAFFMANS VERLAG

Alexander
»Hellas« und »Asien«
in einem Band
Der Roman Alexanders
des Großen
Hannibal
Der Roman Karthagos
Barakuda I: Pasdan
Science-Fiction-Roman
Traumzeit für Agenten
Thriller
Freudige Ereignisse
Geschichten
Drei Matzbach-Krimis
Kipling Companion
Zur Einführung eines welt-
berühmten Unbekannten
Das Kichern des Generals
Roman

Von Gisbert Haefs neu übersetzt:

AMBROSE BIERCE
Des Teufels Wörterbuch

RUDYARD KIPLING
Das Dschungelbuch
Erzählungen
Das zweite Dschungelbuch
Erzählungen
Genau-so-Geschichten
Erzählungen
Stalky & Co.
Erzählungen
Vielerlei Schliche
Erzählungen
Die Vielfalt der Geschöpfe
Erzählungen
Kim
Roman
Kühne Kapitäne
Roman

Die Ballade von Ost und West
Gedichte

SIR ARTHUR CONAN DOYLE
Die Abenteuer des Sherlock Holmes
Geschichten
Eine Studie in Scharlachrot
Roman
Der Hund der Baskervilles
Roman

GUSTAVE FLAUBERT
Das Wörterbuch der übernommenen Ideen

MARK TWAIN
Tom Sawyers Abenteuer

MONTY PYTHON'S
Flying Circus – Sämtliche Worte II
Folge fünfundvierzig

ROSS THOMAS
Die im Dunkeln
Roman

Von Gisbert Haefs herausgegeben:

AMBROSE BIERCE
Werke in vier Bänden

HANNS KNEIFEL
Das brennende Labyrinth
Science-Fiction-Roman

GEORG CHRISTOPH LICHTENBERG
Sudelbrevier